Zum Buch:

Lina kennt auf Norderney sowohl jedes Sandkorn als auch das Meer wie ihre Westentasche. Zusammen mit ihren Eltern, ihrem Bruder und dem frechen Graupapageienpärchen Frau Merkel und Herrn Schröder lebt sie auf der idyllischen Nordseeinsel. Doch zwei große Träume konnte Lina sich bisher nicht erfüllen. Sie würde zu gerne den Blumenladen, in dem sie angestellt ist, übernehmen und in ein Blumencafé verwandeln, das köstliche Naschereien anbietet. Und endlich die große Liebe finden! Diesem Ziel kommt Lina bald sehr nah, denn der neue Standesbeamte Bent bittet sie um ein Date. Allerdings ist da auch noch Mattis, dem eigentlich Linas Herz gehört – obwohl sie für ihn nur seine beste Freundin ist …

Zur Autorin:

Lotte Römer hat viele Leidenschaften, unter anderem Bücher, Berge und das Meer. Beim Joggen an den malerischen Stränden Norderneys oder während sie die majestätischen Ausblicke der Alpengipfel genießt, entstehen die Ideen für ihre herzerwärmenden Liebesromane. Dann nimmt sie die Leser*innen mit auf die Reise und verleitet sie zum Träumen.

LOTTE RÖMER

Möwensommer

ROMAN

HarperCollins

Auch wenn einige Schauplätze real existieren,
sind alle handelnden Personen und die Handlung
in dieser Ausgabe frei erfunden.
Ähnlichkeiten mit lebenden oder verstorbenen Personen
wären rein zufällig.

1. Auflage 2021

Originalausgabe

Dieses Werk wurde vermittelt durch die
Literarische Agentur Michael Gaeb.
Umschlaggestaltung: Hauptmann & Kompanie, Zürich
Umschlagabbildung: Tina Terras & Michael Walter / Getty Images,
Roman Sigaev, fotohunter, Ann.and.Pen / Shutterstock
Gesetzt aus der Stempel Garamond und der Town 80
von GGP Media GmbH, Pößneck
Druck und Bindung von CPI books GmbH, Leck
Printed in Germany
ISBN 978-3-7499-0135-7
www.harpercollins.de

Klimaneutral
Druckprodukt
ClimatePartner.com/15109-2009-1001

MIX
Papier
FSC FSC® C083411

Für meine Mutter.
Wenn je ein Glaube einen Berg versetzt hat,
dann ihrer.

Kapitel 1

Fünfzig langstielige Rosen. Lina konnte den schweren Strauß schon kaum noch umfassen. Am Ende würde dieses Bukett wirklich pompös aussehen. Es sollte ein Sinnbild der Liebe sein, und ein kleiner Teil von Lina verstand sehr genau, was der Mann, der den Strauß in Auftrag gegeben hatte, mit den Rosen zum Ausdruck bringen wollte. Sie lächelte bei dem Gedanken und dachte darüber nach, wie sie die Stängel so fixieren konnte, dass das Gebinde bei der Übergabe seine Form behalten würde.

Um sie herum standen unzählige große und kleine Blumentöpfe, Wannen mit weiteren blühenden Topfpflanzen, Eimer voll mit farbenprächtigen Schnittblumen und zierliche Tische mit Dekoartikeln. Von der Decke über dem Verkaufstresen wuchs Efeu in dicken Ranken und verwandelte den Verkaufsraum in eine grüne Oase. Lina liebte besonders das Eck mit den Orchideen. Einige von den wunderschönen Pflanzen brauchten besonders viel Zuneigung, anderen reichte schon ein Schnapsglas voll Wasser die Woche. Diese extravaganten Blumen hatten es Lina schon immer angetan. Bereits in ihrer Teenagerzeit hatte sie in ihrem Kinderzimmer auf dem Fensterbrett Orchideen gezogen. Wäre es ihr Laden gewesen, sie hätte sich noch viel mehr auf ausgefallene Blühpflanzen spezialisiert, aber Claudia war nun mal die Chefin, und die setzte eben andere Schwerpunkte. Doch Lina liebte die fröhlichen Farben, die verschiedenen Düfte, die das Geschäft erfüllten, und besonders den neu eingetroffenen alten Leiterwagen, der über und über mit bunten Geranien dekoriert war. Als Claudia damals von Bayern auf die Insel gekommen war, hatte sie auch ein paar alte Milchkannen mitgebracht. Die Kannen, über deren Ränder lilafarbene Achimenes bis fast zum Boden herabhingen, glänzten in der Sonne. Die alten Behälter waren teils schon ein wenig rostig, sodass der Glanz einen herrlichen Kontrast zur Patina des Metalls bot.

Das Blumengeschäft verströmte so viel Gemütlichkeit, dass viele Norderneyer einfach nur auf einen Klönschnack hereinschauten, weil sie die Atmosphäre des Ladens genießen wollten. Wie so oft, wenn Lina sich im Geschäft umsah, dachte sie, dass ein paar kleine Tische mit Stühlen im Laden noch schön wären. Man könnte Kaffee ausschenken und vielleicht kleine Gebäckstücke anbieten. Dann wäre es eine Art Blumencafé. In ihrer Vorstellung war das der Inbegriff von Hygge. Vorsichtig hatte sie Claudia ihre Idee schon mal vorgeschlagen, doch sehr zu ihrem Leidwesen wollte ihre Chefin nichts davon hören. Lina wandte sich wieder den Rosen zu und nahm eine weitere Blume zu dem Strauß. Jede der langstieligen Rosen war ein absolutes Kunstwerk der Natur. Schon eine einzige davon wäre für sie ein perfektes Geschenk gewesen – allerdings schenkte ihr momentan keiner Blumen.

»Meinst du nicht, das ist etwas ungewöhnlich für einen Brautstrauß?«, fragte Claudia und sah ihr über die Schulter. Lina war dabei, die Rosen zu einem Strauß zusammenzubinden, indem sie hübsche breite Bänder, die nichts daran beschädigen würden, um die Stiele wickelte.

»Das hab ich dem Herrn auch gesagt. Aber er war von seiner Idee sehr überzeugt.« Lina war der Kunde, Baron von Stein, genauso ein Rätsel wie offensichtlich auch ihrer Chefin.

»Ist es nicht ein bisschen übertrieben?« Claudias Blick war noch immer skeptisch. Sie zupfte mit der für sie typischen Handbewegung ihren Pony zurecht. Eine nervöse Geste, denn sie war alles andere als eitel. Sie trug eine rustikale Arbeitshose, die eigentlich für Handwerker im Baugewerbe gedacht war, und hatte ihre Haare zu einem straff geflochtenen Zopf gebunden. Das apfelgrüne Shirt mit der schnörkeligen Aufschrift *Blühende Phantasie* und dem kleinen roten Tulpenlogo des Blumenladens bildeten den einzigen Farbtupfer von Claudias Outfit.

»Nein, ist es nicht. Baron von Stein hat gemeint, die langstieligen Rosen seien ein Scherz, um seiner zukünftigen Frau auf sowohl – ich zitiere – humorvolle als auch wertige Weise seine besondere Zuneigung zu demonstrieren«, sagte Lina mit verstellter Stimme, um den adligen Herrn nachzuahmen, woraufhin Claudia laut lachte. »Ich habe nicht wirklich verstanden, warum er zwei Sträuße braucht – ein Brautstrauß hätte es sicher auch getan, noch dazu in der Ausführung, die er bestellt hat. Aber uns soll es recht sein, oder? Der Baron hat für den Brautstrauß pastellfarbene Rosen mit goldbesprühten Nelken bestellt. Ja, ich weiß, das ist nicht perfekt, sondern extrem kitschig«, kam Lina Claudias Einwand zuvor, »doch er ist der Kunde, nicht wahr? Mehr als beraten kann ich ihn nicht. Mein Plan ist, mit Schleierkraut zu verschleiern, was zu verschleiern geht.« Lina grinste schon wieder.

»Na gut. Ich sehe, du machst das schon – wie immer.« Claudia lächelte ihr zu. »Dann kümmere ich mich mal um die Efeuranken für die Strandkörbe. Efeu haben wir hier ja genug.« Sie deutete auf die Ranken um sich herum, die wirklich wie Unkraut wuchsen und so den ganzen Laden bevölkerten. »Ehrlich, etwas Alberneres habe ich in meinem ganzen Leben noch nicht gestaltet. Als ob unsere Inselstrandkörbe nicht schön genug wären! Die stehen doch wohl für sich.« Claudias Empörung zeigte sich darin, dass sie begann, den Efeu ruppig mit der Gartenschere abzuschneiden und auf ihren Arbeitstisch zu werfen, der verborgen zwischen zwei perfekt geschnittenen Buchsbäumchen stand. Die kleinen Bäume warteten schon seit Jahren darauf, ein neues Heim zu finden.

»Na, das sieht der deutsche Adel wohl anders.« Lina hatte das Bild des Barons noch deutlich vor ihren Augen, wie er im senffarbenen Anzug durch den Laden stolziert war und naserümpfend an den Lilien geschnuppert hatte. Er war mit seinen mit Gel zurückgekämmten Haaren und den von Goldringen gezierten Fingern ein ganz besonderes Exemplar Mann, der sehr exakte Vorstellungen von der Dekoration rund um seine Trauung hatte. Zum Glück war Lina im Geschäft gewesen. Denn Claudia, die ihr Herz immer auf der Zunge trug, hätte dem Baron wohl freiheraus gesagt, was sie von efeuberankten Strandkörben auf Norderney hielt. Zu Linas Bedauern war die Braut nicht im Laden aufgetaucht, dabei hätte sie nur zu gern gewusst, wie die Frau aussah, die in diesem adeligen Paradiesvogel ihr Gegenstück gefunden zu haben glaubte. Aber vermutlich würde sich ihr diese Chance bei der Übergabe ihrer Blumenkunstwerke bieten. Im Anschluss daran hätten Claudia und sie sicher was zu reden!

Lina betrachtete die Rosen und kam zu dem Schluss, dass sie fertig mit dem Strauß war. Langstielige Rosen zu binden war auch nicht wirklich anspruchsvoll. Da würde der Brautstrauß morgen ein anderes Kaliber sein. Allein die Verwendung des Goldsprays würde die Nelken billig wirken lassen, was sie nur schwer ausbügeln konnte. Es tat ihr in der Seele weh, ihre Blumen so zu misshandeln, zumal weiße Nelken für Treue standen, was Lina als viel passender empfunden hätte. Doch der Kunde war nun einmal König. Trotzdem: Lina kam nicht umhin sich zu fragen, ob das Gold der Nelken vielleicht eine Bedeutung hatte, von der sie nichts wusste.

Sie nahm den Rosenstrauß, um ihn nach hinten in die Kühlung zu tragen, wo die Pflanzen garantiert ihre Frische behielten.

Als sie zurück in den Verkaufsraum kam, hantierte Claudia schon mit der ersten Efeugirlande herum.

»Dann mach ich mich an die Tischgestecke für die Feier, oder?«, schlug Lina ihrer Chefin vor.

Claudia nickte zur Antwort und fluchte leise, während sie kleine rote Rosen in ihrem Gebinde befestigte. »Hinten stehen die Kübel …«

»… mit den Nelken, ich weiß. Hab ich schon gesehen. Passend zum Brautstrauß. Und ja, ich denk dran, sie auch goldfarben anzusprühen.«

In diesem Moment ging die Ladentür auf.

»Guten Tag, Herr Rainer!«, riefen Claudia und Lina unisono.

»Moin, mien leven Deerns.«

Der alte Herr stützte sich auf einen Gehstock und trat mit unsicheren Schritten auf Lina zu. Sie mochte ihn, besonders wegen seines gütigen Lächelns, das ihn mit seinem weißen Bart wie einen besonders freundlichen, leicht gebrechlichen Weihnachtsmann wirken ließ. Jede Woche besuchte er das Geschäft und kaufte eine besondere Blume und ließ sie mit etwas Grün dekorieren. Vergangene Woche war es eine regenbogenfarbene Rose gewesen. Claudia hatte sie eigentlich als Gag bestellt – und dann waren die bunten Rosen weggegangen wie warme Semmeln.

»Es sieht hier ja wild aus, wenn ich mir das zu sagen erlauben darf.« Herr Rainer zeigte mit seinem Gehstock auf das Rankeninferno auf Claudias Tisch.

»Oh, Sie dürfen«, antwortete Claudia, wobei sie ihren Daumen in den Mund steckte. Anscheinend war ihr ein Dorn zum Verhängnis geworden. »Es ist das pure Chaos. Aber wir haben eine Adelshochzeit – oder so was Ähnliches«, nuschelte Claudia zur Erklärung, noch immer mit ihrem Finger im Mund.

»Adel, ach so was.« Langsam schüttelte Herr Rainer den Kopf und griff mit seiner freien Hand nach der Efeugirlande, die er eingehend betrachtete. »Früher war das anders auf Ney, da waren wir alle noch mehr unter uns.« Er als alteingesessener Norderneyer konnte sich noch an das ruhige, beschauliche Inselleben von vor sechzig Jahren erinnern, als der Tourismus noch in den Kinderschuhen gesteckt hatte.

»Was darf es heute sein, Herr Rainer?« Lina war nach vorne zu den Blumenkübeln gekommen, wo eine bunte Auswahl Schnittblumen darauf wartete, gekauft zu werden.

»Was haben Sie denn Schönes?«, entgegnete er und musterte das Angebot, das über Callas, Gerbera und Chrysanthemen hin zu Rosen und ein paar wenigen Hortensien reichte.

»Ich würde mich wohl für eine Lilie entscheiden, die duften wundervoll. Es ist eine tolle, neue Sorte. Hier, riechen Sie mal«, forderte Lina Herrn Rainer auf und hielt ihm eine der Blumen hin. Während er sich ein wenig nach vorn beugte, senkte er die Lider. Man erkannte sofort den Genießer in dem alten Mann.

»Oh, wirklich.« Er riss die Augen überrascht wieder auf, die nur so blitzten. Herr Rainer war zwar alt, doch geistig noch topfit. Und er liebte es immer noch, Neues zu entdecken.

»Die wird meine Else freuen.«

»Sehr schön. Ich gebe noch ein wenig Schleierkraut dazu, das geht aufs Haus.« Das Geschäft hatte aus Versehen eine doppelte Lieferung erhalten. Außerdem wollte Lina den Rainers eine Freude bereiten. »Oh, das ist ja wunderbar, vielen Dank, meine Liebe. Ich werde Else auch gleich dran schnuppern lassen, da wird sie staunen.«

Else Rainer war seit Jahren nicht mehr aus ihrem Haus in der Maybachstraße herausgekommen. Sie konnte seit ihrem Schlaganfall kaum ein paar Schritte laufen und litt unter einer halbseitigen Lähmung. Dadurch hatte sich bei den Rainers die jahrzehntelang klassische Rollenverteilung vertauscht. Wo vorher Frau Rainer ihren Mann bekocht und sich um die Wohnung gekümmert hatte, erledigte Herr Rainer alle Tätigkeiten, so gut er eben konnte. Niemand hätte es ihm zugetraut, doch mit den Jahren war er zu einem perfekten Hausmann geworden.

Er hatte es sich zur Aufgabe gemacht, dass seine Frau so glücklich wie möglich war, trotz der Umstände. So besuchte er jede Woche das Blumengeschäft und holte eine kleine Aufmerksamkeit für seine Else.

Lina kannte die Rainers nicht sehr gut, allerdings wurde auf der Insel erzählt, dass die beiden Leute bewundernswert mit ihrer Situation zurechtkamen.

Vorsichtig drapierte Lina etwas Grün zu Lilie und Schleierkraut und verpackte das Arrangement in durchsichtige Folie. Es knisterte laut. Wie immer spürte Lina ihren inneren Widerwillen gegen das ganze Plastik, das im Laden verwendet wurde. Sie hatte schon mehrfach für mehr Nachhaltigkeit plädiert – insbesondere hinsichtlich der kleinen Tütchen mit Dünger, die Claudia immer an die Kunden verteilte. Wenn es nach ihr gegangen wäre, hätte sie das Geschäft viel mehr nach ökologischen Standards betrieben, immerhin waren heutzutage die Probleme mit Plastik und Kunstdünger nun wirklich bekannt. Es gab so schöne Papierverpackungen, hervorragende alternative Düngemethoden und ganz wunderbare Blumen aus Bioanbau, die der *Blühenden Phantasie* alle Ehre gemacht hätten.

Aber Claudia war schließlich die Chefin, dachte Lina erneut.

»Wunderbar haben Sie das gemacht, mien Deern.« Herr Rainer war sichtlich zufrieden mit Linas Arbeit.

Lina freute sich über das Kompliment des alten Mannes. »Danke. Geht es Ihrer Frau gut?«

»Oh ja. Wir kommen zurecht, vielen Dank. Wissen Sie, solange man noch zu zweit ist, geht das schon.«

Zu zweit. Ein kleines, doch schmerzendes Ziehen in Linas Magengegend war die Reaktion auf Herrn Rainers Worte. Sie sehnte sich seit Jahren nach Zweisamkeit. Seit Justus, mit dem sie eine zweijährige Beziehung geführt hatte, wegen der Arbeit zurück aufs Festland gezogen war, hatte es keinen Mann mehr in ihrem Leben gegeben. Wie lange war das jetzt her? Tatsächlich schon drei Jahre, dass er fort war?

Jedenfalls war sie seitdem Dauer-Single. Kein Wunder, die Männerauswahl auf der Insel war auch wirklich überschaubar – zu überschaubar nach Linas Geschmack. Aber wenn sie ehrlich in sich hineinhorchte, fehlte ihr manchmal ein Mann an ihrer Seite, jemand, an den sie sich anlehnen konnte, der sie einfach mal in den Arm nahm, für den sie da sein konnte und er für sie. Allerdings konnte sie es sich nicht erlauben, sich in Grübeleien zu vertiefen, denn es gab heute noch viel zu tun.

Lina richtete sich auf, kassierte ab und verabschiedete Herrn Rainer. »Bis nächste Woche dann!«

Er hob im Gehen die Hand und winkte vorsichtig mit der in Cellophan verpackten Blume. Erneut knisterte das Plastik.

Lina widmete sich wieder den Schnittblumen und roch ein weiteres Mal an den herrlichen Lilien. Ihr Beruf war jedenfalls sehr abwechslungsreich und immer für eine Überraschung gut, auch wenn diese Überraschungen vielleicht nicht immer ihrem eigenen Geschmack entsprachen, wenn sie an die goldenen Nelken dachte. Aber, so viel war klar, Floristin war und blieb ihr absoluter Traumjob!

Kapitel 2

»Totale Flaute, ich kann es nicht fassen, es war ein fünfer Wind vorhergesagt und jetzt das!« Mattis schaute ungläubig den Mast entlang hinauf zum Himmel, der sich wolkenlos in strahlendem Blau über ihnen erstreckte.

»Ach, macht doch nichts.« Lina hatte längst ihr Sommerkleid ausgezogen, sich ihr Handtuch geschnappt und war zum Vorderdeck des kleinen Segelboots gegangen, um im Bikini die warme Sonne zu genießen. Sie würde sich einfach hinlegen, sich bräunen und dem Glucksen der Wellen an der Bordwand lauschen. Vermutlich würde sie ohnehin einschlafen, wenn sie sich ausschließlich auf das sanfte Auf- und Abtanzen des Bootes konzentrierte, so müde wie sie nach dem langen Tag im Blumenladen war. »Wir genießen einfach das traumhafte Wetter.«

»Ich wollte so gern mit dir nach Juist rüber«, erwiderte Mattis knurrend, während er sich daranmachte, die Kajüte aufzusperren. »Jetzt wird es nichts mit unserer entspannten Segelpartie, außer wir wollen die ganze Zeit das Gebrumme des Motors hören.«

»Das lieber nicht, dann bleiben wir eben einfach hier.«

Schon hatte Lina das Handtuch ausgebreitet und sich niedergelassen. Sie hielt die Hand über die Augen und schaute zum endlosen Himmel hinauf, über den langsam ein paar Schäfchenwolken dahintrieben. Es war wirklich ungewöhnlich warm für einen Junitag auf dem Wasser. Die Nordsee konnte sogar im Hochsommer frisch sein, da waren Tage wie dieser eigentlich ein wahres Geschenk. Darum fand sie es gar nicht so schlimm, heute im Norderneyer Hafen zu bleiben, statt wie geplant auszulaufen. Um sie herum waren die anderen Schiffe am Steg entlang vertäut. Es waren weit und breit keine Leute auf den anliegenden Booten zu sehen. Kein Wunder, bei dieser Flaute.

»Komm, Mattis, leg dich einfach auch ein wenig in die Sonne«, schlug Lina ihrem besten Freund vor. Das leise Plätschern der Wellen machte, dass sie sich schon ganz schläfrig und wohlig fühlte.

Ein undefinierbares Grummeln war die Antwort, und Lina konnte nicht sagen, ob Mattis ihr zustimmte oder noch immer das Wetter verfluchte. Er war, wenn seine Pläne durchkreuzt wurden, zuweilen ein wenig launisch.

Sie hatte die Augen geschlossen und hörte ihren Kindheitsfreund noch immer mit dem Schlüssel herumhantieren. Anschließend stieg er in die Kajüte hinunter. Lina versank in eine Art Dämmerzustand. Sie genoss es immer sehr, auf dem Wasser zu sein. Gemeinsam mit Mattis war sie mindestens einmal pro Woche auf seinem Segelboot. Genauso wie sie selbst liebte er die grenzenlose Freiheit, die man nur draußen auf dem Meer genoss, wo einzig die Gesetze des Ozeans und des Windes galten. Sowohl Mattis als auch Lina waren erfahrene Segler, die mit fast allen Situationen zurechtkommen konnten. Heute hatten sie mit gutem Wind gerechnet. Der Plan an diesem Tag war gewesen, nach Juist zu segeln, das von Norderney nur einen Katzensprung entfernt war und deshalb perfekt als schnelles Ausflugsziel taugte. Sie mochten beide das Hafenrestaurant dort, um sich etwas Gutes zu tun. So, im Segelhafen von Norderney, musste eben die Fantasie herhalten. Außerdem könnten sie später vielleicht noch andere Schiffe bei Anlegemanövern beobachten und sich über die ungeschickten Freizeitkapitäne amüsieren, oder sie könnten rüber in die Bucht gehen und den Windsurfern zuschauen, nachdem sie genug Sonne getankt hatten. Langweilig war Lina mit Mattis noch nie geworden.

Das Meer strahlte heute in einem so intensiven Blau, als wollte es mit dem Himmel konkurrieren, und winzige weiße Schaumkrönchen schmückten die Wasseroberfläche. Neben Mattis' Segelboot lag ein Touristenboot am Steg, das Lina noch nie gesehen hatte. Ein einfaches Holzboot mit nur einem Mast und ohne Kajüte, das so gar nicht hierher passen wollte. Sie nahm sich vor, Mattis nach dem kuriosen Boot zu fragen.

»Bist du eingecremt?«, tönte jetzt dumpf dessen Stimme aus dem Schiffsbauch.

Statt eine Antwort zu geben, drehte Lina sich nach vorn und öffnete die Augen wieder. Mattis kannte die Antwort ohnehin. Er war in dieser Hinsicht die Stimme der Vernunft, während Lina sich auf Mattis' Weitsicht verließ.

»Bleib einfach liegen.« Mattis war ans Deck zurückgekommen, die aufgeschraubte Sonnencremetube hielt er bereits in der Hand. Sie verstanden sich schon seit Jahren ohne Worte, und er wusste, dass Lina, was ihre Sonnenbäder betraf, zum

Leichtsinn neigte. Das hatte ihr schon so manchen gefährlichen Sonnenbrand beschert, und eigentlich war ihr klar, dass damit nicht zu spaßen war.

Behutsam verteilte Mattis einen großen Klecks Creme zwischen seinen Händen und legte diese dann auf ihren Rücken. Auf der sonnengewärmten Haut fühlten seine Finger sich angenehm kühl an. Er begann bei ihren Schultern und arbeitete sich dann ihren Rücken in gleichmäßigen Kreisen hinunter. Lina wusste genau, wie Mattis' Hände sich anfühlten, wenn er sie eincremte. Seit Kindertagen rieb Mattis ihr den Rücken ein, seit Kindertagen waren sie gemeinsam über die Strände und durch die flachen Wellen gesprungen, und seit Kindertagen hatten sie ihre gemeinsame Sonnencreme-Routine. Seine fließenden, sanften Bewegungen waren ihr so vertraut, dass sie sicher war, sie hätte die Berührung seiner Hände unter Hunderten Männern erkennen können. Mit den Jahren waren die Bewegungen immer mehr ausgereift, und Lina genoss es sehr, wenn er die Sonnenlotion auftrug. Es war wie eine kleine, aber feine Massage.

»So. Und jetzt?«, fragte Mattis, nachdem er fertig war. »Möchtest du ein Glas Sekt und ein paar Erdbeeren?«

Unvermittelt brach Lina in lautes Lachen aus. »Natürlich. Und die Kaviarschnittchen kannst du auch anrichten.«

Sie richtete sich ein wenig auf und drehte sich zu Mattis, der sie angrinste. »Heb dir das für deine Eroberungen auf, mein Lieber.« Wie immer, wenn sie dieses heikle Terrain betrat, verspürte sie einen kleinen Stich. Einen Stich, der sich nie ganz vermeiden ließ, seit sie damals … Schnell schob Lina die Erinnerung weit von sich und erwiderte das Lächeln ihres Sandkastenfreundes, der schon aufgestanden war.

»Dann ein Bier, oder?«

»Klingt super.« Lina hatte sich längst wieder gefangen, als Mattis zurückkehrte und zwei Flaschen dabeihatte. Sie stießen an und tranken direkt aus den Bierflaschen. Die Stimmung war ruhig und friedlich, während sie einträchtig nebeneinandersaßen.

»Du, sag mal, was ist das denn für ein eigentümliches Boot?« Lina deutete mit dem Flaschenhals auf das kleine Holzschiff, das sie vorhin entdeckt hatte.

»Eine Plätte. Genau genommen eine Chiemseeplätte.« Die Antwort kam ohne jedes Zögern. »Das ist ein Segelboot, das aus der Tradition der Fischerboote entstanden ist. Ob das allerdings so richtig für die Bedingungen hier auf der Nordsee taugt, bezweifle ich.« Mattis nahm einen großen Schluck Bier. Er wusste über Boote Bescheid wie niemand sonst, den Lina kannte.

»So eine Hitze!« Er zog sich sein T-Shirt über den Kopf und saß jetzt mit nacktem Oberkörper neben Lina. Sie roch seinen ganz eigenen Körperduft: würzig, leicht nach Holz und ein bisschen nach dem herben Bier, das er gerade trank. Lina nippte ebenfalls an ihrem Getränk. Täuschte sie sich, oder schlug ihr Herz ein wenig schneller als noch Sekunden vorher? Sicher war es nur das heiße Wetter, das ihr zu schaffen machte.

»Und hast du viel zu tun diese Woche?«, erkundigte sich Mattis.

»Frag nicht!« Lina verdrehte die Augen. Sie dachte an die große Hochzeit, die bevorstand. Morgen würde sie ganz früh ins Blumengeschäft gehen und gemeinsam mit Claudia die kleinen Gestecke für die Tische fertig gestalten. Dazu kamen noch der Brautstrauß und ein passendes, dezentes Arrangement für das Revers des Bräutigams. Außerdem sollte es noch exquisite kleine Anstecknadeln für alle Gäste geben, nur eine Nelke mit Schleierkraut und Grün, aber wenn man hundert davon machen musste, wurde selbst das zu einer zeitlichen Herausforderung.

»Lass mich raten – es ist wieder mal jemand so verrückt, sich ewig zu binden!« Wenn das Thema Hochzeit angesprochen wurde, egal, in welchem Zusammenhang, verzog Mattis das Gesicht. Er war ein Freigeist, ein ewiger Junggeselle, der sich gern mit Frauen traf – und anschließend genauso gern wieder weiterzog.

»Du hast es erfasst. Und noch dazu ist es irgendein reicher Industrieller und Baron vom Festland. Da muss alles perfekt sein. Claudia hat eine Flut an Frischblumen geordert. Es sind einhundert Gäste, verteilt auf zwölf Tische, dazu der übliche Schnickschnack und zwei große Bodenvasen links und rechts des Brauttisches.«

Mattis wusste genug über Linas Arbeit als Floristin, dass er sich etwas unter ihren Beschreibungen vorstellen konnte.

»Oje.« Er beugte sich zu Lina herüber und berührte sie kurz an der Schulter, eine tröstliche Geste.

»Ja.« Sie seufzte. Seine warme Hand, die noch für einen winzigen Augenblick auf ihrem Schulterblatt lag, fühlte sich gut an.

»Ich versteh eh nicht, dass die Leute sich da so anstellen. Allein das mit dem Heiraten ist doch völlig übertrieben. Welche Ehen halten denn heutzutage noch für immer? Da könnte man doch klug genug sein, um sich die Kosten zu sparen.« Wie so oft, wenn das Thema auf den Tisch kam, veränderte sich Mattis' Ton. Seine sonst so warme Stimme klang sehr entschieden.

»Oh, ich glaube kaum, dass du dich in dieser Situation mal wiederfindest, bei deinem Lebenswandel. Nur keine Sorge.« Linas Worte trieften nur so vor Sarkasmus.

»Das glaub ich allerdings auch.« Sein Gesichtsausdruck ließ keine Zweifel zu. Sie kannte diesen Ausdruck, wenn er die Lippen fest aufeinanderpresste. Mattis war ein willensstarker Mann – und kam bei Frauen wahnsinnig gut an, so gut, dass sein Ruf ihm über die ganze Insel vorauszueilen schien. Sein muskulöser Oberkörper, die gut definierten Muskeln und das symmetrische Gesicht, aus dem meerblaue Augen hervorstrahlten – kein Wunder, dass er begehrt war. Lina konnte das durchaus verstehen.

»Ganz der Vater. Kommt mit Nähe einfach nicht zurecht«, pflegte Linas Mutter zu sagen, und mit Sicherheit war diese Einschätzung nicht ganz falsch, denn Mattis' alter Herr war seit dem Tod von Mattis' Mutter allein mit seinem Sohn geblieben und hatte Mattis ohne Frau an seiner Seite großgezogen. Vielleicht, dachte Lina, war da auch etwas in Mattis zerbrochen oder gar nicht erst gewachsen, was Liebe und Nähe anging. Mattis schien jedenfalls nichts zu vermissen, ganz im Gegenteil. Wann immer Lina ihn auf sein Liebesleben ansprach, zuckte er mit den Schultern, grinste frech und schwieg.

Und seit ihrem achtzehnten Geburtstag wusste Lina, dass er für keine Frau dieser Welt sein Schweigen brach.

Kapitel 3

Lina schaute auf die Uhr. Es war Viertel nach elf. Sie war so was von spät dran! Um halb zwölf sollte die Trauung beginnen.

Ohne nach links oder rechts zu sehen, hastete sie durch die Fußgängerzone in Richtung Strand. Sie war gleich mit zwei Brautsträußen bewaffnet, um dem Bräutigam seinen liebevollen Streich zu ermöglichen.

Am Weststrand waren die Strandkörbe bereits ganz früh am Morgen von Claudia dekoriert worden – unter ihrem wilden Fluchen, wie »verschlimmbessernd« diese Aktion war. Lina hatte sehr lachen müssen, das Wort hatte sie davor noch nie gehört.

»Unsere Strandkörbe sind eines der Wahrzeichen von Norderney, und sie sind bisher sehr gut ohne Efeu zurechtgekommen«, hatte Claudia geschimpft, während sie ihren Fahrradanhänger mit Efeubergen befüllt hatte. Lina hatte sich einen Kommentar darüber verbissen, dass die Chefin auch erst seit sechs Jahren auf dem Nordseeeiland lebte und somit technisch gesehen noch lange nicht als Insulanerin galt – jedenfalls nicht nach den ungeschriebenen Regeln der Einheimischen.

Schließlich hatte Lina sich dann dem goldglitzernden Brautstrauß gewidmet und sich in Kleinigkeiten verzettelt. Denn es waren noch ein paar Kunden in den Laden gekommen, nicht zuletzt, um einen kleinen Klönschnack zu halten, und am Ende war die Zeit ihr einfach zwischen den Fingern zerronnen, und sie war gerade so fertig geworden. Sie hatte eine Konstruktion aus Rosen, Glitzernelken und Schleierkraut zusammengestellt, die man mit viel Liebe futuristisch nennen konnte, außenherum weißer Tüll, wie vom Bräutigam gewünscht. Viel Geld, aber nicht so viel Geschmack, dachte Lina, als sie jetzt versuchte, die Sträuße zu Fuß unbeschadet in Richtung Strand zu transportieren.

Sie schaute zum Himmel hinauf, wo sich finstere Wolken auftürmten. Der Wind hatte aufgefrischt. Sosehr sie den reichen Adligen für seltsam hielt, einen Regenguss während der Trauung wünschte Lina niemandem. Schnell lief sie weiter.

Auf Höhe des kleinen Waffelladens strömte ihr der Duft der frisch gebackenen Köstlichkeiten entgegen, und ihr Magen knurrte laut vernehmlich. Die kleinen Tische standen bereits vor dem charmanten Café, und zwei kleine Jungen kamen mit Waffeln am Stil, deren oberer Teil in dunkle Schokolade getaucht worden war, aus der Tür, während eines der beiden Kinder einen herzhaften ersten Bissen nahm.

Lina hob die beiden Blumensträuße hoch über ihren Kopf. Beide waren in die obligatorische Knisterfolie eingeschlagen. So bahnte sie sich ihren Weg durch die Innenstadt.

»Moin Lina!« Eine vertraute Stimme ließ sie sich umdrehen. Mattis grinste ihr entgegen, sichtlich erfreut, sie zu sehen.

»Was machst du hier?« Es war immer schön, ihren besten Freund spontan zu treffen.

»Ach, im Rathaus ist eine Sicherung durchgebrannt, da muss ich hin. Und du? Alles für den schönsten Tag im Leben deiner Kundschaft erledigt?« Der Sarkasmus in seiner Frage war unüberhörbar. Mattis betrieb ein kleines Elektrogeschäft auf Norderney und war für sämtliche Technikprobleme zuständig, welche in der Stadt so anfielen. Zügig schob er sein Fahrrad neben sich her durch die Fußgängerzone mit den Einkaufslustigen und schloss mühelos zu Lina auf, die ihr Tempo wieder aufnahm.

»Erledigt schon, aber ich bin viel zu spät dran. Der reiche Kerl heiratet direkt unten am Strand! Ich werde also gleich einen Sprint hinlegen, wenn ich aus der Menschentraube raus bin. Ich hab nämlich nur noch zehn Minuten.« In der Innenstadt herrschte heute reges Getümmel, was sicher auch dem bewölkten Wetter geschuldet war. Da trieb es die Leute eher in Geschäfte als an den Strand. Sie bummelten durch die kleinen Läden, aßen Krabbenbrötchen oder gingen mit ihren Kindern zum Kap Hoorn, dem neuen riesigen Outdoor- und Indoor-Spielgelände im Stadtpark.

»Magst du mein Fahrrad haben? Dann kannst du die letzten Meter Gas geben?«, bot Mattis ihr an.

Linas Augen leuchteten auf. »Du bist meine Rettung!«

Theatralisch hob Mattis seine freie Hand in Richtung Herz. »Ich weiß«, sagte er grinsend. »Aber natürlich will ich eine Gegenleistung dafür.«

In gespielter Verzweiflung verdrehte Lina die Augen. »War mir klar. Oh, Verzeihung!« Sie hatte eine Frau angerempelt, die ihr einen Blick zuwarf, als würde sie Lina gleich umbringen wollen. Meine Güte, selbst im Urlaub waren so viele Leute gestresst.

Sie wandte sich wieder Mattis zu. »Also, was ist der Preis?«

»Eine Waffel in der Mittagspause, wenn jeder von uns mit seinem Auftrag fertig ist. Mir wäre vorhin fast meine eigene Sicherung vor Hunger durchgebrannt, kaum dass ich den Duft aus dem Waffelcafé gerochen habe. Ich hab noch nicht mal gefrühstückt. Außerdem können wir dann gleich noch deinen Geburtstagsausflug besprechen«, schlug Mattis vor.

Daran hatte Lina noch überhaupt keinen Gedanken verschwendet. Erst jetzt, wo Mattis es ansprach, dachte sie an Montag. Stimmt, da würde sie fünfundzwanzig werden. Das Gefühl, das diese Tatsache in ihr auslöste, war kein gutes. Es fühlte sich eher mulmig an, denn ihr war klar, dass dieser Tag Erinnerungen wecken würde, die sie lieber weiter in sich vergrub. Seit sie achtzehn geworden war, hatte sie nicht mehr mit Mattis allein feiern wollen, weil es sie jedes Mal wieder Erinnerungen an das Fest anlässlich ihres Geburtstags zur Volljährigkeit erinnerte. Außerdem veranstalteten ihre Eltern jedes Jahr im Januar die Winterparty für ihre Kinder. Lina hätte dieses Fest völlig ausgereicht, vor allem nachdem ihr achtzehnter Geburtstag ein so unschönes Ende genommen hatte.

Doch Mattis ließ in keinem Jahr locker. Er organisierte immer einen Ausflug. Bei ihrem neunzehnten Geburtstag wäre Lina Mattis und seinem Korb voller Leckereien fast ins Gesicht gesprungen, als er vor ihrer Tür gestanden hatte und sie zu einem Picknick raus zum Strandflieder entführen wollte. Aber dann war sie mitgegangen. Weil Mattis eben Mattis war – und nicht nur der Kerl, der sie im Jahr zuvor bitterlich enttäuscht hatte. Er war ihr bester Freund, und nach dem Vorfall war Mattis das noch immer, und Lina war diese Beziehung viel zu wichtig, als dass sie auf diese Freundschaft hätte verzichten wollen.

Sie war ihm drei Monate ausgewichen, das war schlimm genug gewesen. Es hatte sich angefühlt, als wäre sie eine Suppe ohne Salz, einfach unvollständig.

»Ich weiß schon, was wir dieses Mal machen können«, informierte Mattis sie. »Das wird dir gefallen.«

»Mhh-hmm.« Bittersüß. Das traf ihre Emotion dazu am besten. Sie spürte eine Mischung aus Freude und noch immer den Nachhall der tiefen Traurigkeit, die sie seit ihrem achtzehnten Geburtstag immer wieder überkam. Sie konnte sich noch sehr gut an diesen einen Tag vor sieben Jahren mit ihm erinnern, wie an einen Phantomschmerz, der nie verging. Lina riss sich zusammen und konzentrierte sich auf das Jetzt. Sie war fest entschlossen, sich auf das Positive zu fokussieren. Das andere war ein Ausrutscher gewesen, mehr nicht.

Gemeinsam erreichten Mattis und Lina das Ende der Fußgängerzone, wo sich der Kurpark erstreckte. Geigenklänge, ein Tusch und Applaus waren zu hören. Zahlreiche Besucher hatten sich auf dem Freigelände eingefunden, um den Warschauer Symphonikern zu lauschen. Lina war überrascht, als sie die Leute im Freien sitzen sah. Nach ihrem Empfinden wäre heute eher ein Tag für das Conversationshaus gewesen, wo die Konzerte bei schlechtem Wetter stattfanden. Doch anscheinend wurde die Veranstaltung, da einmal geplant, auch bei drohendem Regen durchgezogen. Das Orchester setzte zum nächsten Stück an.

»Also?«, fragte Mattis nach und hielt ihr sein Rad hin, nachdem er seinen monströsen Werkzeugkasten aus dem Fahrradkorb geholt hatte.

»Geht klar.« Lina übernahm das Fahrrad und legte ihre Blumensträuße behutsam in den Korb. Es war immer schön, Zeit mit Mattis zu verbringen, selbst wenn es nur die kurze Mittagspause war.

»Danke, dass du mich gerettet hast!«, sagte sie gespielt pathetisch in seine Richtung, während sie die Blumen noch mal zurechtrückte.

»Immer und gerne, das weißt du doch.« Er sah sie mit seinen funkelnden blauen Augen an. Seine vollen Lippen verrieten nicht den Hauch eines Lächelns. Der Ausdruck auf seinem Gesicht irritierte Lina für einen Moment, doch dann breitete sich das bekannte breite Grinsen auf Mattis' Miene aus. »Dann mal los, der Baron wartet.«

»Ja, bis nachher.« Lina hob ihr Bein über die Fahrradstange und fuhr los, ohne zurückzuschauen. Mattis' Rad war ihr einen Hauch zu groß, aber das würde nicht weiter stören. Ohne die Schilder mit dem durchgestrichenen Fahrrad zu beachten, fuhr sie so schnell es eben ging über das Kurparkgelände, wich Fußgängern geschickt aus und steuerte an den Blumenrabatten entlang. Der ganze Park war prächtig dekoriert. Jedes Jahr gestalteten auch Lina und Claudia ein paar der Beete, denen Lina auch im Vorbeifliegen einen prüfenden Blick zuwarf. Berufsneugier. Sie hatten ihre Beete dieses Jahr mit bunten Dahlien bepflanzt. Wo in der Mitte große satt pinke und weiße Blüten dominierten, waren die Pflanzen, die sie säumten kleiner und orangegelb gemustert. Insgesamt wirkte die Kombination bunt und fröhlich, genau wie Claudia es vorhergesagt hatte.

Lina passierte den Park und konnte endlich richtig Gas geben. Noch fünf Minuten, stellte sie fest, das konnte sie ebenso noch schaffen. Sie trat kräftig in die Pedale und erreichte schnell den Deich. Das Meer breitete sich als glitzernde blaue Weite vor ihr aus, und sie hörte das Rauschen der Wellen, die an den Strand spülten. Genüsslich sog sie den Geruch des Salzwassers tief in ihre Lungen ein. Der weiße Strand zog sich wie ein Band zwischen Deich und Wasser dahin, von Strandkörben geziert. Ein paar Leute gingen an der Uferlinie entlang spazieren, etliche Drachen tanzten im Wind. Sie erinnerten sie an ihre Kindheit, besonders an diesen einen Sommer, in dem sie und Mattis geradezu besessen vom Drachensteigenlassen gewesen waren. Ihre gesamte freie Zeit hatten sie dem Wind und ihren Drachen gewidmet. Ein Lächeln huschte über ihr Gesicht, als eine Windböe ihr die Haare aus dem Gesicht wehte und der Himmel plötzlich aufriss. Ein paar Sonnenstrahlen bahnten sich ihren Weg herab, und plötzlich schien der ganze Strandabschnitt vor ihr aufzuleuchten. An keinem Ort der Welt fühlte Lina sich so zu Hause wie hier. Das Meer erstrahlte wie ein blauer leuchtender Spiegel des Himmels. Es sah wunderschön aus, am liebsten hätte Lina einfach angehalten, stattdessen strampelte sie gegen den Wind an, immer wieder Touristen ausweichend, die ihre Kameras oder Smartphones zückten, um die wundervolle Landschaft und die eben entstandene Wolkenformation fotografisch festzuhalten. Das Papier, in das der Brautstrauß geschlagen war, knisterte leise im Wind.

Endlich kam der Badewagen, wo das Standesamt am Strand untergebracht war, in Sichtweite. Der alte Badekarren war noch von ganz früher, aus der Zeit, in der die Damen zum Baden ins Wasser gefahren worden waren, um sie vor den Blicken der Herren zu schützen. Mit den großen, hölzernen Reifen wurde er damals von einem Pferdegespann ins Wasser gezogen. Jetzt diente das historische Gefährt als romantischer Ort am Strand, in dem die Trauungszeremonien vollzogen wurden. Der cremefarbene Karren sah aus wie ein winziger, antiker Wohnwagen. Lediglich das Brautpaar, die Trauzeugen und der Standesbeamte fanden in dem kleinen Anhänger Platz.

Eine große Menschentraube hatte sich vor dem Gefährt versammelt. Gehörten die etwa alle zur Hochzeitsgesellschaft? Meine Güte, die passten doch niemals in die wenigen Strandkörbe, die u-förmig um die hölzerne Umkleide angeordnet waren.

Warum hatte sich diese große Gesellschaft nicht in den Weißen Saal im Conversationshaus eingebucht? Für so große Hochzeitsgesellschaften war es ideal, dort die Trauung vornehmen zu lassen, fand Lina. Auch viel einfacher zu dekorieren, das spielte für sie natürlich auch eine Rolle. Aber sie fragte ja niemand.

Lina sprang die Stufen zum Strand hinunter und wickelte im Laufen das Cellophan von dem Strauß mit den Rosen und stopfte es in die Brusttasche ihrer Latzhose, sodass diese sich unschön nach vorne beulte. Doch das war ihr egal. Hauptsache, sie war noch pünktlich.

»Darf ich mal?« Sie schob sich an einer sehr korpulenten Frau vorbei, die ein weißes Kleid mit schwarzen Punkten trug und mit beiden Händen einen überdimensionalen schwarzen Strohhut festhielt. Den kritischen Blick der Dame ignorierte Lina einfach und zwängte sich zwischen einem jungen Paar und zwei alten Männern hindurch, beide Blumensträuße hoch über ihren Kopf gehoben, damit ihr Werk nur nicht beschädigt wurde.

»Vorsicht, darf ich mal bitte?« Endlich hatte sie es geschafft, die Gästereihen zu passieren, und sah das Brautpaar vor sich. Lina riss vor Überraschung die Augen weit auf. Genau so hätte sie sich das Brautpaar eben nicht vorgestellt und irgendwie schon!

Der Baron trug einen roten Anzug in exakt der Farbe der Rosen im Brautstrauß. Sein Schnurrbart mit den gezwirbelten Enden verlieh ihm zusammen mit dem Monokel eine ganz eigenwillige Erscheinung, die aber durch und durch Stil hatte. Gerade hatte er mit seiner goldberingten Hand die seiner Braut an die Lippen gehoben und küsste zart ihre Fingerspitzen, während er keine Sekunde die Augen von ihr ließ.

Die Braut war von eher runder Statur, sicher hatte sie zwanzig Kilo zu viel auf den Rippen. Ihr Kleid hörte über dem Knie auf, war weiß, aber golddurchsetzt und wurde von einem roten Gürtel im Farbton des Anzugs zusammengehalten, den auch ihre Schuhe hatten. Ihr Gesicht wurde von ihrer Nase dominiert, die ihr jedoch etwas Markantes verlieh. Es hätte leicht sein können, dass sie ein wenig wie ein Raubtier gewirkt hätte, wären da nicht die verspielten, dunklen Locken gewesen, die ihr fröhlich um das Gesicht tanzten. Lina schaute auf den Brautstrauß und zurück zu Baron von Stein und seiner zukünftigen Gemahlin. Das Blumenarrangement würde das Ensemble perfekt abrunden. Baron von Stein hatte sich vorgebeugt und küsste die Braut auf die Wange, was mit Bravorufen aus dem Publikum quittiert wurde.

»Entschuldigen Sie?« Erst jetzt, als der Applaus abflaute, konnte Lina sich bemerkbar machen.

Die Braut schaute in ihre Richtung. »Ach, wie wunderbar!« Sie stakste in ihren hochhackigen Schuhen über den Sand auf Lina zu.

»Der Strauß ist perfekt.« Sie lächelte Lina freundlich an. »Sie sind ein Genie! Ich finde auch die Blumengirlanden ganz wunderbar.« Sie griff nach den langstieligen Rosen und hielt den monströsen Strauß in ihren Armen. Sie wäre wohl mit diesen Blumen allein schon wirklich zufrieden gewesen, was die Frau noch sympathischer machte.

»Ich … also …« Vor lauter Menschen hatte sie die Efeuranken, die Claudia gebunden hatte, noch gar nicht wahrgenommen, und sie sahen wie erwartet einfach nur schrecklich deplatziert aus. Dabei war das Ambiente hier am Strand wirklich zauberhaft, wenn man es pur genoss!

»Das ist nicht der Brautstrauß, Engelchen.« Der Baron war herangetreten. »Ich wollte dir nur eine zusätzliche Freude machen. Wissen Sie, ein Strauß langstieliger Rosen war mein erstes Geschenk für Gloria.«

Gloria, deren Name perfekt zu der extravaganten Frau passte, küsste ihren Bräutigam ungestüm, der die Zärtlichkeit sichtlich genoss. Nun verstand Lina natürlich, warum er Baron gleich zwei Blumensträuße geordert hatte!

Nachdem das Paar sich voneinander gelöst hatte, wandte er sich Lina zu. »Wenn wir bitte den anderen Strauß haben könnten?«

Lina nickte und hob den zweiten Strauß auf, den sie behutsam hinter sich in den Sand gelegt hatte. Vorsichtig wickelte sie ihn aus. Tatsächlich passten die Farben wunderbar zusammen. Der Baron war ein unerwartetes Genie in Fragen der Farb- und Stilzusammenstellung. Lina hatte vorschnell über ihn geurteilt, das musste sie sich eingestehen. Trotzdem: Die Efeudekoration an den Strandkörben war einfach unverzeihlich, dabei blieb sie. »Oh!« Die Braut schlug sich die Hand vor den Mund beim Anblick ihres Blumenarrangements.

»Ihr Mann hatte die Idee für den Strauß«, antwortete Lina, statt auf die Girlanden einzugehen. Sie war eine so schlechte Lügnerin!

Der Wind wehte nun sanfter, die Wolkenberge hatten sich ganz verzogen, wie es so oft auf der Insel der Fall war, und es war gut möglich, dass das Wetter für die Zeit der Trauung hielt. Die Strandkörbe hätten – ohne Deko – ihr natürliches nordisches Flair versprüht. Der weiße weiche Sand und der Duft des Meeres taten ihr Übriges, um der anstehenden Zeremonie den letzten Schliff zu geben.

»Gefällt er dir, meine Schöne?« Der Baron hatte seine Stimme gesenkt. Sie hatte einen ganz eigenen, sanften Ton angenommen, der offenbar für die Frau seines Herzens reserviert war.

»Ach, Mäuschen, die Blumen sind wirklich zauberhaft.« Die Braut bedachte ihren zukünftigen Gatten mit einem anhimmelnden Blick.

Hatte Gloria den Baron wirklich eben Mäuschen genannt? Jetzt war es Linas Hand, die in Richtung ihrer Lippen flog, um das Zucken ihrer Mundwinkel zu verbergen.

»Wären Sie dann so weit?«, rief eine dunkle Stimme aus Richtung des Badekarrens. Ein blonder Mann mit kurz geschnittenen Haaren, perfekten Gesichtszügen, dunklen, geheimnisvollen Augen und einem perfekt sitzenden Nadelstreifenanzug, der eines Bräutigams würdig gewesen wäre, kam auf sie zu.

Das musste der neue Standesbeamte sein, von dem Oliver, Linas Bruder, erzählt hatte. Wie hieß er noch? Es wollte ihr nicht einfallen.

»Ja, Momentchen.« Die Braut winkte grazil in Richtung des Standesbeamten und wandte sich noch mal an Lina. »Vielen Dank, meine Liebe! Sie machen meinen Tag noch schöner.«

»Sehr gern«, antwortete Lina und meinte es auch so. Sie hatte nach wenigen mit der Braut gewechselten Worten verstanden, warum Baron von Stein sich in genau diese Frau verliebt hatte.

»Können wir jetzt?«, unterbrach der Standesbeamte erneut. »Es tut mir leid, aber ich muss auch noch rüber zur *Hochtiedsstuv*, da ist nachher noch eine Hochzeit.«

In der *Hochtiedsstuv* – einem alten, wunderschönen Fischerhaus im Argonnenwäldchen – fanden ebenfalls oft Trauungen statt, wie Lina natürlich bestens wusste. Dort konnte die frisch Vermählten übernachten und die Hochzeitsnacht zu einem besonderen Erlebnis werden lassen, wenn man den rustikalen Charme der Fischerkarte mochte. In den vergangenen Jahren war Norderney zu einer richtigen Hochzeitsinsel geworden, was wohl auch diesen zweiten Standesbeamten rechtfertigte, der ganz neu eingestellt worden war.

Der Mann im Nadelstreifenanzug war ganz aus dem Badekarren herausgetreten. Prüfend schaute er zum Himmel.

»Möglicherweise könnten wir es sogar so machen, wie Sie wollten und die Zeremonie hier vor dem Wagen vornehmen, ausnahmsweise, versteht sich.«

»Wirklich?« Der Bräutigam griff nach der Hand der Braut und drückte sie fest.

»Das wäre wundervoll. Hab ich dir nicht gesagt, Mäuschen,

dass wir Glück haben?«, brachte die zukünftige Gemahlin strahlend hervor. Das Paar tauschte einen weiteren Kuss, dieses Mal ganz keusch und zärtlich, während der Standesbeamte mit schnellen Schritten auf sie zulief.

Während er immer näher kam, fiel Lina auf, wie groß der Mann war. Er strahlte ein Selbstbewusstsein aus, von dem andere Männer nur träumen konnten und ... In diesem Moment wurde Lina sich ihrer Latzhose mit der unschönen Beule auf Brusthöhe und ihrer mit Sicherheit total verwuschelten Haare bewusst. Instinktiv tastete sie nach ihrer Frisur und gelangte zu dem Schluss, dass das, was da auf ihrem Kopf war, vermutlich mehr einem roten krausen Vogelnest glich als einer gepflegten Frisur. Sie spürte, wie sie vor Verlegenheit rot wurde und wich ein Stück zurück. Aber der Standesbeamte würdigte sie ohnehin keines Blickes.

»Meine Chefin Claudia kümmert sich gerade um die Deko im Hotel«, wollte Lina die Brautleute noch informieren, allerdings waren die zukünftigen Eheleute schon hinter dem Standesbeamten her in Richtung des historischen Gefährts gegangen. Bestimmt hatten sie Lina nicht mehr gehört. Doch dann drehte sich der Baron noch mal zu ihr um.

»Wiedersehen!« Er winkte über seine Schulter zu Lina zurück, woraufhin sich auch der Standesbeamte umwandte und sie ansah. Täuschte sie sich, oder musterte er sie in Sekundenbruchteilen von oben bis unten, um sich dann, ohne eine Miene zu verziehen, wieder umzudrehen?

Es fühlte sich für sie ein wenig so an, als wäre sie bei einer wichtigen Prüfung durchgefallen.

Rasch eilte sie zum Fahrrad zurück. Da gab es ein einziges Mal einen neuen, interessanten Mann auf Norderney, der länger blieb als einen Urlaub lang, und dann entpuppte er sich als arroganter, oberflächlicher Schnösel, der sie mit einem einzigen Blick abkanzelte.

Gut, dass sie keinen Typen brauchte, um in ihrem Leben klarzukommen, dachte sie trotzig und schwang ihr Bein über die Fahrradstange.

Plötzlich vibrierte ihr Handy, direkt auf Höhe ihres Herzens. Mattis! Den hätte sie jetzt beinah vergessen. Beim Gedanken an die Waffelbäckerei knurrte ihr Magen erneut, wie schon vorhin, als sie an der Bäckerei vorbeigegangen war. Sie zog ihr Smartphone unter dem Papierknäuel hervor, das noch immer in der Brusttasche ihrer Hose steckte.

Bin da. Und du? hatte er geschrieben. Knapp wie immer.

Komme, tippte Lina. Danach stieg sie auf und trat kräftig in die Pedale.

Kapitel 4

Lina spürte seine warme Hand, die am Ansatz ihrer Jeans entlang über ihren Bauch glitt. Die Welt war irgendwie verschwommen, sie konnte das Gesicht des Mannes nicht sehen, aber als er sie küsste, kam es ihr herrlich warm und vertraut vor. Ihre Lippen öffneten sich wie von selbst, und seine Zungenspitze begann, mit der ihren zu tanzen. Lina schlang ihre Arme um ihren Liebhaber, fühlte durch dessen Hemd seine Muskeln, seine Stärke, und wusste, dass sie sich ganz fallen lassen konnte in die Berührungen dieses Mannes. Seine Finger waren inzwischen unter ihr Shirt gewandert, lagen nun auf ihrem Rücken, und er presste Lina an seinen durchtrainierten Körper. Sie merkte, dass es ihm ging wie ihr selbst: Sie wollten einander so sehr!

Linas Atem ging schwer, als sie den Traummann erneut leidenschaftlich auf den Hals küsste. Mit den Fingern strich er ihren seitlichen Bauch entlang und schloss die Hände dann für einen Moment fest um ihre Taille. Er wollte sie noch näher ziehen, immer näher.

Ein leises Stöhnen entrang sich Linas Lippen, die gerade wieder die des Mannes gefunden hatten und …

»Hey, du Mistkerl!«

Lina öffnete die Augen. Mit einem Mal war sie hellwach, herausgerissen aus dem schönsten Traum seit Langem.

»Da kuckste, wa?«

»Frau Merkel!«, rief sie entrüstet und richtet sich in ihrem Bett auf.

»Dumm, dumm! So dumm!«

»Du hast zwar recht, aber musstest du mich deshalb gleich aufwecken?«, fragte Lina seufzend.

»Da kuckste. So dumm.«

Müde strich sich Lina übers Gesicht. »Wie bist du überhaupt reingekommen, hm?«

»Herr Schröder.«

»Das glaub ich allerdings kaum. Ich habe da eher meinen nichtsnutzigen Bruder im Verdacht.« Lina gähnte herzhaft und streckte sich.

»Schröder. Dumm, so dumm.« Ein dreckiges Lachen ertönte.

Leise fluchend krabbelte Lina unter ihrer Bettdecke hervor. Frau Merkel, die Graupapageiendame ihres Bruders, saß oben auf dem Türrahmen und beobachtete sie ganz genau. Erneut stieß sie ihr Lachen aus.

»Olli!«, rief Lina. »Hol die Merkel aus meinem Zimmer.«

»Liebe Schwester, liiiebe Schwester«, gurrte jetzt die Papageiendame, und Lina lächelte unweigerlich.

»Na, du bist ja auch meine Süße, nicht wahr? Aber ich hab gerade so einen schönen Traum gehabt, weißt du?«

»Mistkerl.« Frau Merkel imitierte die Stimme von Oliver fast perfekt.

Lina kapitulierte. Sie musste ohnehin in einer Dreiviertelstunde zur Arbeit, da konnte sie genauso gut schon aufstehen. So, wie sie drauf war, brauchte sie sowieso den Kaffee als Infusion – oder einen halben Liter davon.

Sie schlurfte in Richtung Küche, ohne die Papageiendame weiter zu beachten.

»Liiiebe Schwester, so ein Mistkerl«, gab der Vogel von sich.

»Absolut, Frau Merkel!« Wie immer nach solchen Träumen fühlte Lina sich beim Aufwachen total zerschossen und von der Vergangenheit eingeholt. Die Nacht mit Mattis vor sieben Jahren an ihrem achtzehnten Geburtstag war in solchen Momenten wieder voll präsent, die Erinnerung so klar, als wäre es erst gestern gewesen, dass sie in seinem Bett aufgewacht war, nach einer durchliebten Nacht. Sie spürte das Gefühl noch, das sie erfasst hatte, kaum dass sie im Halbschlaf neben sich gegriffen hatte – und da kein Mattis gelegen hatte, sondern nur ein kaltes Kissen. Wie tief die Enttäuschung gewesen war, die sie da überfallen hatte. Sie, die seit Jahren heimlich in Mattis verliebt gewesen war und sich am Ziel ihrer naiven Mädchenträume fühlte. Was für eine Ernüchterung, dass er nur mit ihr geschlafen hatte, weil er betrunken gewesen war und es so peinlich fand, dass er ihr nicht einmal am nächsten Morgen in die Augen schauen konnte, sondern es stattdessen vorgezogen hatte, zu flüchten. Sicher war ihm die Nähe zu ihr plötzlich unangenehm, wie bei all seinen Affären, die sie mitansehen musste. Lina war eine Frau unter vielen für ihn gewesen, das war ihr in diesem Moment erst schmerzlich klar geworden.

Sie war aufgestanden, hatte ihre Sachen so schnell angezogen, dass sie gar nicht merkte, dass sie verkehrtherum in ihr

Oberteil geschlüpft war, und war nach Hause gerannt, wo sie sich unter dem Vorwand eines Katers den ganzen Tag in ihrem Zimmer verkrochen hatte. So hatte ihre Volljährigkeit begonnen: Mit der größten Enttäuschung ihres Lebens.

Zwar hatte sie danach Justus kennengelernt, der auf die Insel gekommen war, um hier Erfahrungen als Koch zu sammeln. Er war ein netter, bodenständiger Kerl mit roten Haaren, dem man figürlich den Koch nicht ansah. Seine ruhige Bodenständigkeit hatte Lina gutgetan. Er hatte das Herz am rechten Fleck gehabt. Aber er hatte es nicht geschafft, Linas tief schlummernde Enttäuschung komplett auszuradieren. Die Beziehung mit Justus war gut gewesen, aber wenn sie ganz ehrlich war, dann wusste sie, dass es von ihrer Seite nicht die große Liebe gewesen war. Denn nach jenem Morgen bei Mattis fiel es ihr schwer, sich mit Haut und Haaren auf jemanden einzulassen. Eine Unsicherheit und eine Angst, verletzt zu werden, waren zurückgeblieben – wie ein Schatten, der sie unweigerlich verfolgte. Dazu kam, dass es Justus nicht gelungen war, an die Stelle in ihrem Herzen vorzudringen, die Mattis so mühelos erreicht hatte.

»Happy Birthday to you, happy Birthday to you, happy …« Ihr Bruder hatte sich in der Küche positioniert und hielt einen Muffin hoch, den er mit einer Unzahl kleiner Kerzen verziert hatte.

»Bitte hör auf, du singst wie Herr Schröder«, sagte Lina grinsend.

»Da irrst du dich, Schwesterherz, Herr Schröder singt wie ich!« Oliver lachte leise. Seine beiden Graupapageien waren nicht nur die Lieblinge der ganzen Familie, sie sorgten auch für unglaublich viel Wirbel im Haus. Es war eigentlich nie leise. Just in dem Moment flatterte Herr Schröder ins Zimmer, als ob man ihn gerufen hätte, und setzte sich auf die Küchenlampe.

»Wenn er sich über meinen Muffin hermacht, gibt es heute Papageiengeschnetzeltes!«, erklärte Lina schnell.

»Immerhin freust du dich«, meinte Oliver, der immer gut gelaunt war, und breitete strahlend lächelnd die Arme aus. Lina und ihr Bruder umarmten einander. Von wegen kleiner Bruder! Er war ein stattlicher, attraktiver Mann geworden, der sich auf eine ordentliche Umarmung verstand. Die Frau, die ihn mal abkriegen würde, könnte sich glücklich schätzen, da sie einen Volltreffer landen würde. »Alles Liebe zum Geburtstag«, gratulierte er Lina.

»Danke, Olli. Hast du dir extra wegen deiner alten Schwester freigenommen?«

Ihr Bruder arbeitete bei der Stadtverwaltung der Insel und würde im Herbst seine Ausbildung dort abschließen. Für Lina war es noch immer verwunderlich, dass ihr kleiner Bruder keinen handwerklichen oder gar kreativen Beruf gewählt hatte, aber er wirkte zufrieden mit seinem Papierkram.

»Ja, das habe ich sehr wohl. Ich fang heute zwei Stunden später an wegen eines wichtigen familiären Termins.«

»Ach ja.« Lina grinste. Ihr Geburtstag war also ein wichtiger Termin für ihren Bruder, wie schön! Und trotz der Uhrzeit war er auch noch gut gelaunt.

»Ja. Und jetzt setz dich, ich mach uns einen Kaffee. Du siehst aus, als könntest du den brauchen.«

Lina setzte sich und musste schmunzeln. Ihre Mutter hatte tatsächlich den alten Geburtstagszug, der seit achtzehn Jahren schon nicht mehr genug Kerzen trug, aufgebaut. An den

Zug waren ausschließlich glückliche Kindheitserinnerungen gekoppelt. Er hatte noch auf keinem von Linas Geburtstagstischen gefehlt und auch heute verfehlte er seine Wirkung nicht: Lina konnte gar nicht anders, als sich sofort geborgen zu fühlen. Dazu hatte ihre Mutter ihr auch noch selbst gestrickte Socken an den Tellerrand gelegt, weil sie wusste, dass Lina oft kalte Füße hatte. Dass sie sich, trotz ihrer beruflichen Belastung mit dem Familienhotel, die Zeit für ein selbst gemachtes Geschenk genommen hatte, rührte Lina sehr. Sie würde sie später anrufen, um sich zu bedanken.

Als Olli in diesem Moment auch noch den Muffin zu Lina herüberschob, der aussah, als würde auf ihm ein Kerzenflammeninferno toben, verstärkte sich das warme Gefühl in Linas Bauch noch mehr. Ihre Familie war immer Linas sicherer Hafen gewesen, auch wenn die Eltern so viel arbeiteten.

»Auspusten und schnell was wünschen. Du kennst das Konzept!«, befahl ihr Bruder.

Lina grinste. Klar hatten die Geschwister in ihrer Kindheit gestritten, doch heute war sie sehr dankbar für ihren kleinen Bruder. Beide Eltern waren längst drüben in dem kleinen Strandhotel, das sie betrieben, und ein Geburtstagsmorgen allein war irgendwie kein Geburtstagsmorgen. Doch dass Oliver da war, machte den Tag gleich viel heller. Sie wohnten beide noch bei den Eltern. Da diese so viel arbeiteten, entstand zwischen Bruder und Schwester mit den Jahren das Gefühl einer Wohngemeinschaft, in der alle sich wohlfühlten. Besonders die Sommer, wenn die Eltern tagtäglich in ihrem Strandhotel waren und sich oft auch noch die Nächte dort um die Ohren schlugen, hatten die Geschwister zu einem unschlagbaren Team gemacht.

Trotz des Familienbetriebs hatten die Eltern ihnen immer die freie Wahl gelassen und sie nicht zu etwas gedrängt, das sie nicht wollten. Sie hatten sowohl Lina als auch Oliver darin unterstützt, ihre eigenen Wege zu gehen. Damit waren sie eher untypische Norderneyer, aber ihren Eltern war das Glück ihrer Kinder immer wichtiger gewesen als der wirtschaftliche Profit, was Lina den Eltern hoch anrechnete. Sonst würde sie wohl Reservierungen entgegennehmen statt Hochzeitssträuße zu binden.

Lina schloss die Augen, wünschte sich etwas im Stillen und pustete mit aller Kraft, um alle Kerzen gleichzeitig zu löschen.

In diesem Moment klingelte ihr Handy. Lina holte es aus ihrer hinteren Hosentasche und warf einen Blick darauf. Happy Birthday, mien Lütt! Ich freu mich schon darauf, mit dir zu feiern, Lieblingsmensch.

Lina starrte einen Moment zu lang auf das letzte Wort, ein wenig zu berührt. Mattis hatte mal wieder voll in die Kerbe geschlagen, wo Freude und Traurigkeit sich die Hand gaben. Wäre sie ihm doch nie zu nah gekommen, dann …

»Mist, verschüttet.« Die Worte rissen Lina aus ihren Gedanken. Sie schaute in die Richtung, aus der die Worte gekommen waren, doch es war nur Herr Schröder, der fröhlich vor sich hin quasselte.

Kapitel 5

Lina kehrte gerade ein Häufchen Erde auf eine Schaufel, als Claudia in den Laden kam. Sie hatte einen Blumentopf ungeschickt mit dem Ellbogen umgeworfen, und die verteilte Erde war das unschöne Resultat, neben ein paar abgeknickten Zweigen, die der Schönheit des Tränenden Herzens aber keinen Abbruch taten. Es stand in voller Blüte und würde sicher seinen Abnehmer finden, wenn Lina erst die abgeknickten Zweige mit einer Gartenschere entfernt hätte.

»Ich war drüben bei der *Georgshöhe*. Unsere Blumendeko steht noch!« Die *Georgshöhe* war ein Strandhotel auf der Insel und sehr beliebt für noblere Hochzeiten. Somit war es kein Wunder, dass der Baron genau diese Lokalität für die Feier ausgesucht hatte. »Die haben keine Blumen mitgenommen. Stell dir das mal vor.«

Es war ein Tick von Claudia nachzuschauen, wie die Kundschaft den Umgang mit ihrer Arbeit handhabte. Jetzt war sie, wie immer, wenn sie ihre Leistung nicht genug wertgeschätzt fühlte, entrüstet.

»Claudi!« Linas Ton verriet gespielte Empörung.

»Ich weiß, ich weiß!« Die Chefin hob abwehrend die

Hände. »Es geht mich nichts an. Doch die schätzen unsere Arbeit nicht, das sag ich dir. Und die Blumen sind auch ganz besondere Geschöpfe der Natur, die …«

»… es verdienen, geachtet zu werden für ihre Schönheit!«, vollendete Lina den Satz von Claudia. »Aber du kannst es nicht ändern. Wirklich, du würdest dir selbst einen Gefallen tun, wenn du nicht mehr den Kunden nachspionierst.«

Das kleine Hotel ihrer Eltern tauchte unweigerlich vor Linas innerem Auge auf: fünfzehn Zimmer, alle mit Bad, welche mit den grünen oder rosafarbenen Kacheln etwas Nostalgisches hatten, aber dank der Tatsache, dass man sich als Familienbetrieb einen Namen gemacht hatte, meistens ausgebucht. Außerdem waren die Zimmer selbstredend blitzsauber und gepflegt. Im elterlichen Hotel wurde nur Frühstück serviert, doch die freundliche Atmosphäre sorgte für viele Stammgäste, auch wenn an Blumenbouquets dort nicht einmal zu denken war. Es ging bei Linas Eltern wesentlich einfacher zu als im Hotel *Georgshöhe*.

Lina holte ihre Gartenschere. Mattis hatte sie ihr letztes Jahr zum Geburtstag geschenkt. Es war ein besonderes Stück mit lilafarbenem Griff, das er liebevoll für sie ausgesucht hatte. Es war eine Freude, mit dem Gartengerät mit den messerscharfen Klingen zu arbeiten.

Entschlossen reckte Claudia das Kinn vor. »Ich war eh in der Gegend. Ich habe nicht spioniert, wie du es nennst.« Sie klang beinahe ein wenig eingeschnappt.

»Ist ja gut, ich wollte dich nicht beleidigen. Was hast du bei der *Georgshöhe* drüben gemacht?«, fragte Lina nach, um das Thema zu wechseln und Claudia von ihren trüben Gedanken abzulenken. Sie schnitt vorsichtig einen Zweig ab.

»Ach ja, natürlich.« Claudia beugte sich über ihre Handtasche und brachte ein Kuvert zum Vorschein. »Hier, für dich.«

Ihre Wangen waren leicht gerötet, während sie Lina den Umschlag reichte. »Happy Birthday!«

Lina war ganz gerührt, sie umarmte ihre Chefin und gab ihr einen Schmatz auf die Wange. »Vielen Dank!«

»Ist ja gut, ist ja gut.« Claudia wirkte plötzlich ganz verlegen. »Schau erst mal rein, bevor du dich zu früh freust.«

Mit einer schnellen Bewegung steckte Lina ihren Finger in die kleine Öffnung und riss den Briefumschlag auf.

Eine Grußkarte kam zum Vorschein. Darauf waren zwei Hände abgebildet, die einander hielten. »Schön, dass es dich gibt!« stand in verspielten Buchstaben über dem Foto.

»Das ist eine süße Karte.« Lina mochte Postkarten. Sie hatte zu Hause in ihrem Zimmer eine ganze Pinnwand, die für Karten, die sie im Lauf der Zeit bekommen hatte, reserviert war. Diese hier würde einen Ehrenplatz finden.

»Dreh sie um«, forderte Claudia sie auf.

Lina tat, wie ihr geheißen. Das Geschenk war ein Wellnessgutschein für eine Massage im Hotel *Georgshöhe*.

Weil du es verdienst, verwöhnt zu werden. Deine Claudia ♡ hatte ihre Chefin dazugeschrieben, in kleinen, schnörkeligen Buchstaben und mit einem winzigen Herz hinter ihrem Vornamen.

»Oh wow. Ich war noch nie im Wellnessbereich dort. Das ist eine tolle Idee. Vielen Dank!« Lina freute sich wahnsinnig. Sie war keine Saunagängerin, doch so eine Massage würde sie genießen, besonders an einem dieser stürmischen Wintertage.

»Nicht der Rede wert. Hauptsache, es gefällt dir!«

»Sehr«, sagte Lina mit Nachdruck und meinte es so.

Claudias Wangen röteten sich. »Dann ist es ja gut.« Die Chefin wandte sich ab und schien noch immer verlegen.

»Und jetzt machen wir den Blumenkranz für die Beerdigung von Herrn Rieder«, wechselte Claudia Augenblicke später resolut das Thema.

Pragmatisch wie immer. Lina mochte ihre Chefin genau deswegen so gern.

Während Lina die rosa Protea, die sie für den Trauerkranz bestellt hatten, auf den Arbeitstisch gelegt hatte, öffnete sich die Ladentür. Als Lina den Kopf hob, straffte sie automatisch die Schultern und wischte sich nicht vorhandene Schmutzpartikel von ihrer Latzhose. Immerhin war die Hose heute nicht vermüllt.

»Hallo!«, rief sie dem Kunden entgegen.

»Guten Tag.« Es war der neue Standesbeamte mit einem strahlenden Lächeln auf den Lippen. Anstatt eines Nadelstreifenanzugs trug er ein sportliches Jackett und dazu eine Jeans, wirkte aber dennoch bestens gekleidet. Die akkurat geschnittenen Haare. Alles an ihm war perfekt aufeinander abgestimmt. Typisch Schnösel! Da war die Hülle einfach viel wichtiger als der Inhalt. Mehr Schein als Sein war da die Devise.

Lina trat hinter dem Arbeitstisch hervor und ging in die Mitte des Verkaufsraums. »Was kann ich für Sie tun?«

Sie lächelte und hoffte, professionell zu wirken – und sonst nichts.

»Ich wollte eine Rose kaufen.« Der Standesbeamte ließ seinen Blick über die Schnittblumen wandern, ganz Herr der Lage.

»Sehr gern. Ich hab hier sehr schöne gelbe Rosen oder dort drüben die weißen sind auch ganz frisch«, informierte Lina den Mann.

»Hm.« Er schien nicht zufrieden. »Ich wollte schon was Rotes, mit langem Stiel, wenn sie verstehen.« Der Standesbeamte zwinkerte Lina zu und ließ keinen Zweifel daran, dass die Blume für eine besondere Frau gedacht war.

Na, das hätte sie sich ja gleich denken können, dass dieser Kerl, kaum auf Norderney angekommen, schon ein Eisen im Feuer hatte.

»Natürlich. Wie wäre die hier?« Lina holte eine tiefrote wunderschöne Blume aus einem der Kübel und hielt sie ihrem Kunden hin. In dem Moment, wo er nach der Pflanze griff, fielen ihr seine perfekten Finger auf. Er hatte wunderschöne, sehr gepflegte Hände, nicht wie die großen Hände von Mattis, denen man ihr Zupackenkönnen ansah. Außerdem gab es auf Mattis rechtem Handrücken dieses kleine Muttermal, das Lina immer besonders ins Auge gesprungen war.

Die zwei Männer hätten nicht verschiedener sein können, und nicht nur wegen der Hände.

»Sie duftet wundervoll.« Über die Blüte hinweg schaute der neue Standesbeamte Lina eindringlich in die Augen.

»Ja, also, dann … möchten Sie noch etwas Grün dazu?«, erkundigte sich Lina. Sein Blick löste ein Kribbeln in ihr aus, auf das sie gerne verzichtet hätte.

»Machen Sie das so, wie Sie es für am besten halten«, wies er sie an, und da war wieder dieses selbstsichere Lächeln, das Lina entgegen aller Vernunft anziehend fand. Er war heute so anders als bei ihrer letzten Begegnung, wo er ihr arrogant und abweisend erschienen war. Heute war er die Freundlichkeit in

Person. Hatte sie am Ende sein Verhalten falsch eingeschätzt? Er wirkte so zuvorkommend, indem er sich ganz auf Linas Urteil verließ. Vielleicht hatte sie ihm mit ihrem ersten Eindruck unrecht getan? Generell war es nicht sehr nett, schalt sie sich selbst, von seinem guten Aussehen auf vermeintliche charakterliche Mängel zu schließen. Lina entschied sich, ihr Vorurteil über Bord zu werfen und wertfrei auf den neuen Standesbeamten zuzugehen.

»Sehr gerne.« Als sie die Rose erneut in der Hand hielt, fühlte Lina sich wieder ganz in ihrer Verkaufsrolle wohl. Sie ordnete ein wenig Schleierkraut und etwas Grün sowie die Blume an. Dann verpackte sie die Rose in Cellophan, aber nicht ohne eine kleine Schleife aus Ringelband am oberen Eck zu fixieren. Wenn sie wirklich nach ihren Wünschen hätte arbeiten dürfen … Wie so oft dachte sie an farbiges Papier, vielleicht sogar mit Motivdruck des Firmenlogos. Sie musste damit aufhören, sich jedes Mal erneut über das Plastik zu ärgern, nahm sie sich vor. Davon änderte sich schließlich auch nichts.

»Bitte sehr.«

»Vielen Dank!« Der Standesbeamte lächelte. »Ich heiße übrigens Bent. Bent Schlüter.«

»Sie sind der Neue in der Stadtverwaltung, nicht wahr?«, erkundigte sich Lina, obwohl sie die Antwort schon kannte.

»Und Sie die Schwester von Oliver, richtig?«

Verblüfft nickte Lina. Er hatte sich doch nicht etwa nach ihr erkundigt? »Ganz genau. Mein Bruder hat mir schon erzählt, dass ein neuer Kollege angefangen hat.«

»Ja, und gesehen haben wir uns auch schon, oder? Am Strand? Sie sind mir gleich aufgefallen.«

»Ganz genau!« Lina hätte gar nicht damit gerechnet, dass Bent sich auch nur an sie erinnerte – und falls schon, dann sicher nicht im positiven Sinne. Sie fühlte sich geschmeichelt und war zugleich überrascht. Dieser heutige Bent hatte wirklich gar nichts mit dem Mann am Strand gemein.

Schnell holte Bent seine Geldbörse aus der Innentasche seines Sakkos und zahlte die Blume. Danach warf er noch ein paar Münzen in das kleine Schweinchen auf dem Tresen, das als Trinkgeldkasse diente.

»Danke, und ich wünsche Ihnen noch einen schönen Tag«, sagte Lina freundlich.

Bent deutete eine fast unsichtbare Verbeugung an. »Ihnen auch. Wir sehen uns jetzt sicher häufiger, so groß ist Norderney ja nicht.«

»Das ist allerdings wahr.« Lina fiel nichts mehr ein, was sie hätte sagen können. Sie kam sich ziemlich bescheuert vor, weil dieser Bent einfach mitten im Geschäft stehen blieb, als ob es noch was zu sagen gäbe. Endlich drehte er sich um.

»Na dann, schönen Tag noch.« Mit diesen Worten schloss er die Tür hinter sich. Lina schaute ihm hinterher, wie er davonging. Er war ein durchaus attraktiver Mann, das musste Lina sich eingestehen. Wenn auch auf den zweiten Blick. Nur, wer war er wirklich? Der sympathische, fast schon auf altmodische Weise charmante Typ von heute oder der kühle, leicht überheblich wirkende Mann vom Strand? Leicht einzuschätzen war Bent auf jeden Fall nicht.

Sie schüttelte den Kopf, um diese Gedanken zu vertreiben, und konzentrierte sich wieder auf die herrlichen Protea sowie die Frage, wie sie die südafrikanische Blume am schönsten zur Geltung bringen konnte.

»Alles in Ordnung?« Claudia war wieder zurück in das Geschäft gekommen, im Arm der leere Kranz, der gleich für die Trauerfeier gebunden werden sollte. Sie schien bemerkt zu haben, dass Lina nicht ganz bei der Sache war.

»Ja, natürlich. Fangen wir jetzt an?«, sagte Lina schnell, damit Claudia nicht weiter nachfragen konnte.

»Was hast du denn gedacht?«, erwiderte Claudia lachend und lief zum Arbeitstisch hinüber. In dem Moment, in dem Lina ihr folgen wollte, wurde die Ladentür erneut schwungvoll aufgerissen. Da stand schon wieder Bent Schlüter in der Tür! Er blieb für einen Moment im Türrahmen stehen, den Blick fest auf Lina geheftet, bevor er in das Geschäft trat.

»Habe ich nicht richtig rausgegeben?«, erkundigte sich Lina irritiert.

»Oh doch, das haben Sie, keine Sorge. Ich bin diesmal gekommen, um Ihnen eine Rose zu schenken. Alles Gute zum Geburtstag!« Bent grinste triumphierend. Er hatte ganz leichte, fast unsichtbare Sommersprossen auf der Nase, die ihn noch nahbarer wirken ließen. Galant reichte er ihr die Blume und deutete ein weiteres Mal eine Verbeugung an, wie schon zuvor. Lina nahm die Rose etwas perplex entgegen.

Woher wusste er, dass heute ihr Geburtstag war? Hatte Bent jemanden nach ihr gefragt?

»Zugegebenermaßen habe ich mich bei Oliver nach Ihnen erkundigt«, fügte Bent hinzu, als hätte er ihre Gedanken gelesen. »Ich hoffe, Sie verzeihen mir das. Er hat mir auch verraten, dass rote Rosen ihre Lieblingsblumen sind.« Er schaute Lina tief in die Augen. Flirtete er wirklich mit ihr? Lina wurde tatsächlich ein wenig verlegen. Es war lange her, dass jemand mit ihr geflirtet hatte.

»Ähh, das ist wirklich nett von Ihnen.« Sie versuchte, ihre Haare zu bändigen, indem sie eine Strähne hinters Ohr schob, und lächelte schüchtern. Hatte sie sich nicht erst noch vor Kurzem gewünscht, ein Mann würde ihr auch mal Blumen schenken? Und plötzlich stand da dieser Bent und war ganz anders als gestern. Vielleicht musste er sich am Vortag nur voll und ganz auf seine Aufgabe konzentrieren? Bestimmt war es eine seiner ersten Trauungen auf der Insel. War er möglicherweise einfach aufgeregt gewesen?

Bent sprach indessen einfach weiter. »Es tut mir leid, wenn ich gleich so mit der Tür ins Haus falle, aber Sie sind mir seit gestern einfach nicht mehr aus dem Kopf gegangen. Vielleicht könnten wir uns ja bei Gelegenheit näher kennenlernen?« Dieser Bent war wirklich einer dieser Männer, die ganz genau wussten, was sie wollten und wer sie waren. Seine Direktheit überrumpelte Lina ein wenig.

Ihr Herz machte einen aufgeregten Hüpfer. Lud er sie gerade tatsächlich zu einem Date ein? Sein Lächeln vertiefte die Grübchen in seinen Wagen, und Lina merkte, wie ihr ganz warm wurde. Wann hatte sie zuletzt ein Date gehabt? Es musste nicht gleich etwas bedeuten, wenn sie sich auf ein Treffen einließ, nicht wahr? Dazu kam, dass Lina neugierig geworden war. Sie wollte liebend gern herausfinden, welcher Eindruck von Bent denn nun der richtige war.

»Ist gut. Machen wir«, entschloss Lina sich.

»Dann sollten wir uns duzen und heute Abend raus zur *Weißen Düne* gehen und einen Happen miteinander essen?« Er zwinkerte ihr zu. »Oder hast du schon andere Pläne? Schließlich ist ja dein Geburtstag.«

Dieser Mann machte etwas mit ihr, das sie noch nicht genau

definieren konnte. Auf jeden Fall schlug ihr Herz noch ein bisschen schneller, als sie sein Lächeln erwiderte. Vielleicht war es gerade dieses Geheimnisvolle, Widersprüchliche, das sie ansprach und ihre Neugier weckte?

Sollte sie wirklich auf ein Date mit Bent gehen – ein richtiges Date –, statt mit Mattis einen Ausflug zu machen? Wobei er sich nicht hatte entlocken lassen, was seine genauen Pläne waren. Claudia räusperte sich im Hintergrund, aber Lina ignorierte das. Sie wusste, dass sie den Trauerkranz fertig machen musste und sie deshalb heute unter ein wenig Zeitdruck standen.

Bents Blick ruhte noch immer auf Lina, der vor Nervosität keine Antwort einfallen mochte. Sie fuhr sich noch mal durchs Haar und grinste einfach.

»Wunderbar. Dann treffen wir uns bei diesem Café hinten am Nordstrand, wie hieß das noch gleich?«, fragte Bent, der ihr Lächeln als Zustimmung deutete.

»Das *Cornelius*?«, sagte sie automatisch.

»Ja, genau. Sehr schön, ich freu mich sehr, Lina. Besonders, weil du heute Geburtstag hast. Sagen wir sieben Uhr? Und dann machen wir eine Wanderung raus zur *Weißen Düne*.«

Lina nickte, immer noch überrumpelt von der Situation, aber zugleich voller Vorfreude.

»Wie schön, dass du deinen Geburtstagsabend mit mir verbringen möchtest!«

Er streckte eine Hand aus und strich ihr wie beiläufig über die Finger, die die Rose hielten. Seine Berührung war wie elektrisierend, Lina sog fast erschrocken die Luft ein und starrte in seine strahlenden Augen.

Wieder räusperte sich Claudia laut.

»Kannst du mir hier hinten kurz helfen?« Claudias Stimme durchschnitt die prickelnde Stimmung, in der sich Lina soeben noch befunden hatte.

»Ich komme!« Lina zuckte entschuldigend mit den Schultern, woraufhin Bent leise lachte.

»Ich freu mich, bis später!« Er machte zwei Schritte rückwärts, bevor er sich umdrehte und die verblüfft grinsende Lina mit der Rose in der Hand im Blumenladen zurückblieb. So etwas war ihr noch nie passiert! Wie charmant Bent gewesen war! Was für eine süße Idee, ihr diese Rose auf diese Weise zu schenken! Ein verträumtes Lächeln schlich sich auf ihre Lippen und blieb dort.

Erst als der Kranz schon fertig gebunden war und sie Hilde, die drüben im Schuhladen arbeitete, einen Strauß Chrysanthemen für ihre Tante verkauft hatte, dachte sie an Mattis und dass sie ihn heute versetzen würde. Aber – na, so schlimm würde das für ihn nicht sein. Mit Sicherheit würde gerade er Verständnis für ein romantisches Date mit einem attraktiven Mann haben.

Von der Nordhelmsiedlung, wo sich Linas Elternhaus befand, bis zum oberen Ende des Nordstrands, an dem sie mit Bent verabredet war, war es nicht weit. Trotzdem war sie viel zu spät dran, als sie endlich auf dem Fahrrad saß. Obwohl sie sofort, nachdem sie von der Arbeit nach Hause gekommen war, aus ihrer Latzhose geschlüpft war. Doch sie hatte eine gefühlte Ewigkeit vor ihrem Kleiderschrank gestanden und überlegt, was wohl dem perfekt gekleideten Bent gefallen könnte. Ihre wilden Locken würde sie zu einem Pferdeschwanz binden, um nicht ganz so chaotisch auszusehen, aber was sollte sie mit dem Rest von sich anfangen? Sie hatte in ihrem Wahn sogar ein Kleid aus dem Schrank gerissen. Dann war allerdings ihr Bruder – ohne anzuklopfen – ins Zimmer geplatzt. Eine hochgezogene Augenbraue hatte gereicht, um ihr seine Meinung zu dem Outfit zu verdeutlichen.

»Triffst du dich mit diesem Bent? Er hat so was erzählt. Hast dich ja ganz schön aufgebrezelt für meinen neuen Kollegen«, hatte er sie geneckt.

»Hässlicher Mistkerl!«, hatte Herr Schröders Kommentar dazu gelautet, der auf der Schulter ihres Bruders gesessen hatte.

»Bring deinem Papageien mal was Nettes bei! Und ja, ich treffe mich mit ihm«, hatte Lina erwidert.

»Schröder, du hast es gehört. Lina ist kein hässlicher Mistkerl, sondern im Gegenteil. Sie sieht wirklich toll aus.« Oliver hatte sich von seinem Papagei abgewandt und begutachtete erneut seine Schwester. »Ich muss zugeben, dass die Hose dir super steht!«

Sie war aus dem Kleid und in eine rote Jeans geschlüpft, die ihre Beine hervorragend betonte. Dazu hatte sie ein schwarzes, langärmliges Oberteil mit etwas Spitze am Ausschnitt gewählt. Sie würde ohnehin ihre rote Windjacke drüberziehen, das schien dann zufällig so, als würde es absichtlich zusammenpassen.

»Danke, Bruderherz!« Lina winkte Herrn Schröder und Olli noch einmal zu, dann war sie auch schon aus der Tür.

Sie hatte sich nie viel für Mode interessiert. Aber sie wollte Bent heute einfach gefallen, da konnte sie nicht aussehen wie eine Vogelscheuche auf Freigang. Und außerdem hatte sie doch Geburtstag. Und an diesem besonderen Tag konnte sie sich auch mal schick machen.

Jetzt strampelte sie in Richtung Nordstrand, als wäre der Teufel persönlich hinter ihr her. Am Nachmittag hatte sie Mattis mit einer Textnachricht abgesagt. Er hatte nicht geantwortet, was sie als schweigende Zustimmung interpretiert hatte. Sicher hätte er nicht gewollt, dass sie sich die Chance auf ein Date entgehen lässt, wo sie schon so lange Single war.

Heute war ein sehr sonniger, doch auch sehr windiger Tag. Ihr Dutt, zu dem Lina sich letztlich entschieden hatte, begann schon, sich aufzulösen, trotz des Tuchs, das sie über die Frisur geschlungen hatte. Ihr würden also entgegen all ihrer Bemühungen die Haare zu Berge stehen, wenn sie bei Bent ankam. Lina radelte die letzten Meter zum Fahrradparkplatz in der Nähe des Restaurants und schaute sich um. Ein kleiner Junge weinte, weil ihm sein Eis runtergefallen war, ein offensichtlich frisch verliebtes Pärchen ging eng umschlungen in Richtung *Café Cornelius*, aber Bent war noch nicht da. Weiter hinten begannen die Dünen im Abendlicht besonders schön zu leuchten. Der Sand wirkte orangerot, während das saftige Grün der Gräser einen herrlichen Kontrast bildete. Die Wanderung hinaus zur *Weißen Düne* versprach ganz besonders stimmungsvoll zu werden.

Lina sah auf die Uhr. Es war fünf nach sieben. Jetzt, wo sie den Deich entlangblickte und auf Bent wartete, stieg langsam wieder ihre Aufregung. Das hier war das erste offizielle Romantik-Date ihres Lebens! Nicht, dass sie nicht mal geflirtet hätte mit Kunden im Laden oder in der Berufsschule während ihrer Ausbildungszeit, doch sie war zum einen keine

Partygängerin und leider klappte es mit einem Treffen ihrer Mädelsclique nicht so oft, sodass sie einfach viel Freizeit mit Mattis oder Oliver verbrachte. Und in deren Gesellschaft sprach sie natürlich kein Mann an. Beide waren attraktiv und in ihrem Alter – da wurde natürlich angenommen, dass sie vergeben war, und sie selbst war zu zurückhaltend, um den ersten Schritt zu machen. Vor Lina breitete sich das Meer aus. Sofort hatte sie das Gefühl, noch freier atmen zu können. Sie liebte das Wasser einfach! Egal, ob die Sonne schien oder sich das Meer von seiner wilden, ungestümen Seite zeigte und der Wind den Strand so aufwühlte, dass die kleinen Sandkörnchen sich wie Nadelstiche auf der Haut anfühlten, sobald sie von ihm herumgewirbelt wurden. Lina dachte an Justus, mit dem sie ihre einzige richtige Beziehung gehabt hatte.

Mit Justus war sie damals recht schnell zusammengekommen, und sie hatten die Phase der romantischen Dates irgendwie übersprungen – was sie im Nachhinein schade fand, denn gab es etwas Schöneres als dieses Prickeln? Doch Justus, der Pragmatiker, hatte ihr sofort klar sein Interesse signalisiert, als er sie im Restaurant *Seeigel*, in dem er gearbeitet hatte, gesehen hatte, wie sie Tische mit Blumenranken für den fünfzigsten Geburtstag ihrer Mutter dekorierte. Sie waren Eis essen gegangen, hatten sich schon bald geküsst, und der Rest war Geschichte.

Lina war gespannt, wie das heutige Treffen mit Bent verlaufen würde. Besonders auf die Strandwanderung freute sie sich schon. Von Sand und Meer konnte sie einfach nie genug kriegen.

Der Wind war zum Glück warm. Lina schloss ihr Fahrrad ab und schlenderte ein Stück in Richtung *Surfcafé*. Die tiefblauen Wellen bauschten sich auf, und es waren tatsächlich ein paar Surfer auf den weißen Wellenkämmen unterwegs, die die starke Brandung genossen. In ihren Neoprenanzügen warteten sie auf die perfekte Welle. Nun paddelte ein Surfer vor einer Welle her, sprang auf sein Brett und ritt bis fast zum Ufer, wo er vom Board ins Meer sprang, um sich sofort wieder bäuchlings daraufzulegen und zurück ins tiefe Wasser zu rudern. Sie bewunderte die Körperbeherrschung, die es brauchte, um sich sicher auf einem Brett zu halten. Auch sie selbst hatte es schon ein paarmal versucht, aber die Disziplin, Ausdauer und körperliche Fitness, die dieser Sport erforderte, machten ihn zu Beginn eher anstrengend als erfreulich. Da war ihr der Duft ihrer Blumen im kleinen Blumenladen als Glücksmoment deutlich lieber.

Wie immer um diese Zeit hatten sich erste Urlauber und Insulaner zum Sonnenuntergang auf ein Getränk am Strand eingefunden. Es war schon beinahe eine Inseltradition, dass sich am Abend in den Lokalen versammelt wurde und man das Verschmelzen der Sonne mit dem Meer miteinander genoss. Kinder und Erwachsene ließen Drachen steigen, und vor dem Café saß ein junger Mann mit einem Cowboyhut, der Gitarre spielte. Eine ruhige Abendstimmung senkte sich gemeinsam mit dem besonderen rotgoldenen Licht der schwindenden Sonne über das betriebsame Eiland. Der Ausdruck »magische Stunde« traf da absolut zu. Das Licht wurde schon viel weicher, als es tagsüber war und färbte das Meer dunkelblau. Das Wetter heute spielte perfekt mit, es war ein richtiges Geburtstagswetter. Ein paar Wolken tanzten über den Abendhimmel, was dem Sonnenuntergang noch eine verspielte Note verleihen würde.

»Lina!«

Sie schaute sich um. Offenbar hatte sie so vertieft aufs Wasser geblickt, dass sie Bent gar nicht bemerkt hatte, der jetzt mit schnellen Schritten auf sie zulief.

»Oh, hallo«, sagte sie und lächelte etwas schüchtern.

Bent kam ganz nah an sie heran, schmiegte kurz seine Wange an ihre und verteilte Luftküsse. »Du siehst zauberhaft aus. Rot steht dir.« Dieser Mann war einfach unverschämt charmant. Lina wünschte, er hätte nicht nur die Luft mit seinen Lippen berührt.

Sie spürte, wie ihre Wangen sich röteten. »Danke dir.« Nun passte ihre Gesichtsfarbe auch noch zum Outfit, na wunderbar. Bent sah seinerseits sehr gut aus. Ein brauner Parker, der ein Vermögen gekostet haben musste, eine Chinohose und dazu Sneakers, die dem Parker preislich mit Sicherheit in nichts nachgestanden hatten. Lina fühlte sich ein bisschen wie eine Lumpensammlerin neben ihm, obwohl sie sich so lange den Kopf zerbrochen hatte, was sie anziehen sollte.

»Wollen wir los?«, fragte sie, um ihre Verlegenheit zu überspielen.

»Mit Vergnügen!« Er zwinkerte ihr wieder zu. »Ich hab natürlich einen Tisch reserviert, wir können also ganz gemütlich zur *Weißen Düne* rausschlendern.« Bent hatte sich offenbar gut über die Inselgepflogenheiten informiert.

Ohne Reservierung hätten sie nie einen Platz im Restaurant bekommen. In der *Weißen Düne* war um diese Jahreszeit abends immer jeder Tisch ohne Ausnahmen belegt. Das Lokal, das sich herrlich in die Dünenlandschaft am gleichnamigen Strand schmiegte, war nicht nur ein beliebter Treffpunkt, das Essen dort war auch einfach vorzüglich. Allein der

Gedanke an die Kartoffelsuppe mit Krabben ließ bei Lina das Wasser im Mund zusammenlaufen.

Sie gingen nebeneinander her, hinunter zum Strand, vorbei am *Cornelius* und zwischen den Strandkörben hindurch. Es war noch warm genug, um Windjacke und Schuhe auszuziehen. Auch Bent schlüpfte aus seinen Sneakers und warf sich seine Jacke locker über die Schulter.

Der Sand war weiß und so feinkörnig, dass er an Puderzucker erinnerte. Leise knirschte er unter Linas Füßen. Sie schaute auf das Muschelband, das die Wasserlinie säumte und immer klackerte, wenn die Wellen auf die kleinen Muscheln trafen.

Lina nutzte den Moment und warf einen unbeobachteten Blick auf Bent, musterte sein perfektes Profil, die Grübchen, die gerade Nase, während er die Linie des Horizonts betrachtete. »Und, fühlst du dich wohl auf der Insel? Du bist ja noch nicht lange da«, begann sie das Gespräch.

»Ja, langsam wird es.« Bent schaute Lina an. »Ich meine, ich lerne gerade tolle Leute kennen, und die Arbeit macht mir Spaß. Weißt du, ich bin ein Romantiker.«

»Das muss man, glaub ich, als Standesbeamter auch sein, oder?« Es war sicher nicht einfach, ständig das Glück anderer Menschen vor Augen zu haben – noch dazu, wenn man selbst Single oder unglücklich verliebt war, stellte Lina sich vor.

Er lachte auf. »Vermutlich, ja. Es fällt mir jedenfalls nicht schwer, die richtigen Worte zu finden, so viel ist klar. Und wenn der Braut dann Tränen in den Augen stehen – na, dann freue ich mich immer mit.«

Lina verstand gut, was er meinte. »Ja, das ist mit meinen Blumen nicht anders«, sagte sie lächelnd und dachte an die

Freude der jetzigen Baronin von Stein, als sie ihre beiden Sträuße bekommen hatte. Die Blumen waren für Lina Symbole: Sinnbilder der Liebe, der Traurigkeit, ein guter Gedanke an einen geliebten Menschen. Wenn sie ihren Job gut erledigte, konnte sie anderen helfen, sich mitzuteilen und deren Gefühlen den richtigen Ausdruck, die richtige Geste zu verleihen.

Vor ihnen lief ein Hund immer wieder den Wellen hinterher, die am Strand ausliefen, und bellte sie an. Der Vierbeiner war das reinste Wollknäuel. Es war zu süß, wie das Tier aufgebracht das Meer anbellte.

»Arbeitest du schon lange in der Gärtnerei?«, fragte Bent.

»Die *Blühende Phantasie* ist mehr ein Blumengeschäft, wir züchten keine Pflanzen«, erklärte Lina, »und ich bin dort seitdem ich meine Ausbildung vor zwei Jahren bei Claudia abgeschlossen habe. Sie hatte den Laden damals übernommen. Leider«, fügte Lina unwillkürlich an.

»Leider?«, hakte Bent interessiert nach.

»Na ja, weißt du, mein Traum war immer ein eigenes Floristikgeschäft. Dann könnte ich zum Beispiel mehr darauf achten, dass die Blumen auch aus ökologischem Anbau stammen, dass wir weniger Cellophan und mehr umweltfreundliches Papier zum Einschlagen verwenden würden. Außerdem habe ich eine ganz genaue Vorstellung davon, wie ich den Laden einrichten würde, vielleicht ließe sich sogar noch ein kleines Blumencafé darin unterbringen. Aber als die alte Frau Mielke in Rente gegangen ist und einen Nachfolger gesucht hat, hatte ich eben noch nicht ausgelernt. Auch wenn Claudia wirklich eine tolle Chefin ist, ist es anders, wenn man seine eigene Herrin ist.«

»Hm. Ja, das kann ich gut nachvollziehen. Das genieße ich auch als Standesbeamter – dass ich die Reden selbst schreiben kann, meine ich. Natürlich unter Berücksichtigung der Wünsche der Brautpaare.« Sie gingen ein paar Schritte schweigend nebeneinander her. Sie passierten den Hund und seine Besitzerin, die amüsiert beobachtete, wie das Tier durch die Wellen tollte. Mit Sicherheit genossen beide die Situation gleichermaßen. Bent streckte dem Fellknäuel einladend eine Hand hin, wurde allerdings von dem Vierbeiner völlig ignoriert. Lina hatte die freundliche Geste aber durchaus gesehen, Bent war wohl ein Tierfreund, das gefiel ihr.

»Vielleicht könntest du auf dem Festland ein Geschäft aufmachen?«, schlug Bent vor.

»Oh, nein.« Lina schüttelte vehement den Kopf. »Ich bin ein Inselkind, das war schon immer so. Ich bin total froh, dass ich hier eine Arbeit habe, wo auch meine Familie lebt.«

Sie konnte sich ein Leben ohne Oliver, seine witzigen Papageien, die sie insgeheim sehr mochte, und ihre Eltern, die sich neben der Familie von morgens bis abends um das Hotel kümmerten, einfach nicht vorstellen. Außerdem war Norderney nun mal ihre Heimat. Sie hatte das Gefühl, hier jedes Sandkorn persönlich zu kennen, und das genoss Lina von Herzen.

Auch die Insulanerinnen und Insulaner waren irgendwie eine Gemeinschaft für Lina. Viele von ihnen kannte sie seit der Kindheit, wie Irene, die in der Buchhandlung auf dem Marktplatz arbeitete, und Bent und Lina nun entgegenkam. Sie war eine hagere, große Frau, die mit ihren Büchern über die Jahre zu einem Original der Insel geworden war.

»Hey, Lina!« Irene nickte in ihre Richtung und sagte im

Vorbeigehen ein paar Worte zum Wetter, die Lina lächelnd bestätigte. Dann erwähnte sie das Erscheinen des dritten Bandes einer Romanreihe, von dem Lina schon die ersten beiden Bände gelesen und die ihr sehr gefallen hatten. Es war schön, dass Irene sich daran erinnerte. Auch das zeichnete Irene gleichermaßen als Buchhändlerin wie auch als Insulanerin aus: Man kannte sich eben. Das war es, was Lina so mochte, das Gefühl der Vertrautheit mit Land und Leuten und das Wissen dazuzugehören.

Schließlich verabschiedete man sich voneinander, und Lina ging mit Bent gemütlich weiter.

Bis Arne im Stechschritt mit seiner Labradorhündin an ihnen vorbeilief. Natürlich war der Hund an der Leine, typisch Arne. Er nickte nur kurz in Linas Richtung, das musste bei ihm genügen. Aber das kannte Lina schon von ihm. Seit seine Freundin die Insel verlassen hatte, war er auch nicht mehr im Blumenladen gewesen, fiel Lina auf. Jetzt sah sie ihn nur noch von Zeit zu Zeit mit seiner Hündin am Strand spazieren gehen. Sie ließ sich von ihm die Laune nicht verderben. »Hey, Arne! Hab einen schönen Abend«, rief sie ihm hinterher und winkte, obwohl er ihnen schon den Rücken zuwandte.

»Du wirst also hier alt?«, wollte Bent wissen.

Lina dachte an ihre Freundinnen, Mattis, ihre Familie.

»Ich vermute, ja. Ich kenne hier jeden Stein mit Vornamen, und ich liebe es einfach hier.« Lina schaute aufs dunkelblaue Meer mit seiner wilden Brandung, zu den Strandkörben über den weißen Sand, und warf schließlich einen Blick zurück zum Spielplatz, wo zwei kleine Jungs im Klettergerüst hingen und ein Mann seine Tochter auf der Schaukel anschubste, sodass sie vor Vergnügen laut kreischte. Das Licht war noch rötlicher geworden und hüllte damit auch die Dünen, auf denen Gräser im Wind tanzten, in ihr abendlich-warmes Licht. Anderen mochte die raue Umgebung auf Dauer langweilig vorkommen, doch Lina fand es einfach nur wunderschön hier: die Klarheit der Landschaft, ihre grasbewachsenen weißen Dünen, die in die wunderschönen Sandstrände übergingen und dahinter in die Weite des Meeres mündeten. Außerdem sah sie, weil sie hier aufgewachsen war, die Details, die die Touristen verpassten. Der Strand hier draußen in Richtung *Weiße Düne* beispielsweise wandelte sich von Jahr zu Jahr in seiner Form und seiner Breite.

Eine unerwartet hohe Welle schwappte über Linas Füße und durchnässte ihre Hosenbeine. Sie machte einen erschrockenen Hüpfer zur Seite, hielt sich dabei an Bents Arm fest, und das Paar taumelte miteinander ein paar Meter. Beide mussten lachen. Bent hatte wie selbstverständlich die Arme um sie geschlungen und Lina gestützt, damit sie nicht fiel. Er war noch kräftiger, als er aussah. Wieder nahm Lina seine schönen, feingliedrigen Finger wahr, die ihr schon im Laden aufgefallen waren. Und zum ersten Mal roch sie seinen ganz eigenen Duft, nach frischer Wäsche und Aftershave, ein wenig nach Sandelholz und Marzipan.

»Alles in Ordnung?«, fragte er und schaute sie an.

Lina beugte sich nach unten und krempelte ihre Hose hoch, damit er nicht in ihrem Gesicht lesen konnte, dass der Moment sie etwas durcheinandergebracht hatte.

»Na klar«, antwortete sie schnell. Es war schließlich nur Wasser und sie nicht die Prinzessin auf der Erbse.

Lina versuchte noch ein weiteres Mal einen Eindruck seines Duftes zu erhaschen, zu gern hätte sie gewusst, was unter den Düften der von Bent ganz allein war. Aber er hatte sich schon abgewandt, um einer weiteren Welle auszuweichen, die an den Strand spülte.

Linas Handy vibrierte dicht neben ihrem Kopf. Sie schreckte aus tiefem Schlaf hoch und tastete nach ihrem Telefon.

»Hallo?«

»Planst du, heute zur Arbeit zu kommen?« Claudias Stimme klang schneidend in Linas Ohr.

»Wie bitte?« Schlagartig war Lina hellwach. *Mist!* Es war nach neun. Claudia hatte jedes Recht, wütend zu sein.

»Oh, nein! Ich bin schon auf dem Weg, Claudi. Sorry, ich hab total verpennt«, versuchte Lina, sich zu entschuldigen.

»Wäre mir gar nicht aufgefallen«, antwortete Claudia trocken.

»Es tut mir leid.« Lina war schon aus dem Bett gesprungen und schaute sich hektisch in ihrem Schlafzimmer um.

»Ausgerechnet heute, wo wir die neue Lieferung bekommen! Gleich kommt der Blumenlaster, und ich kann eimerweise Gerbera und Anthurien alleine in den Laden schleppen. Beeil dich!« Claudia hatte aufgelegt, bevor Lina noch etwas sagen konnte. Verdammt. So wütend kannte Claudia ihre Chefin gar nicht.

Lina lief hinüber ins Bad. Eine Katzenwäsche würde reichen müssen.

»So ein Blödmann!« Frau Merkel saß in der riesigen Voliere, die fast den ganzen Flur einnahm. Die Papageien brauchten viel Platz und durften normalerweise im ganzen Haus herumfliegen, da sie stubenrein waren. Wenn Olli nicht zu Hause war, setzte er sie jedoch in den Großraumkäfig, in den er seine ersten Ausbildungsgehälter gesteckt hatte, damit sie keinen Unsinn anstellen konnten, während er weg war. Frau Merkel und Herr Schröder waren sein Herzenswunsch gewesen, seit Lina denken konnte. Wo andere Jungs sich nach einem Hund sehnten, wollte er ein Graupapageienpärchen. Als er sie sich mit achtzehn endlich hatte leisten können, war er ein paar Tage herumgelaufen wie auf Wolken, so glücklich war er gewesen. Oliver hatte sofort angefangen, den Vögeln das Sprechen beizubringen. Eine Unmenge von Phrasen und Schimpfwörtern wurden seitdem durch das Haus gerufen, manchmal in gewaltiger Lautstärke. Doch irgendwie hatte sich die ganze Familie an die Tiere gewöhnt, deren Flügelschlag nun den Alltag begleitete.

Herr Schröder pfiff anerkennend, wie man eben einer schönen Frau hinterherpfiff, und wie immer zauberte er ein Lächeln auf Linas Gesicht.

»Nein, so geht das nicht«, plapperte der Papagei entrüstet und pfiff dann ein weiteres Mal, bevor Lina im Bad und damit aus seinem Sichtfeld verschwand.

Sie schlüpfte einfach in ihre Arbeitslatzhose und stopfte das T-Shirt, das sie aus dem Schrank geholt hatte, hinein. Claudia hatte stinksauer geklungen – da war nachher noch eine ordentliche Entschuldigung fällig.

Es war einfach viel zu spät geworden am Vorabend. Bent hatte viel über die Lüneburger Heide erzählt, von wo er kam, und außerdem über sein Hobby Golfen gesprochen, dem er auch hier auf der Insel frönte. Lina verstand von der Sportart nicht mehr, als dass der Ball ins Loch musste, aber sie hatte

Bent gern zugehört, der mit Begeisterung von Handicaps, Windeinflüssen und Schlägern erzählt hatte. Das Essen war wie erwartet großartig gewesen, und Lina waren der ein oder andere Blick anderer weiblicher Gäste auf Bent nicht entgangen, was sie irgendwie mit Stolz erfüllt hatte, weil sie sein Date war.

Als er beim Dessert seine Hand über den Tisch gestreckt und nach ihrer gegriffen hatte, hatte sie ihre Finger nicht zurückgezogen. Es war schön gewesen, diese erste, kleine intime Geste in der Öffentlichkeit mit Bent zu genießen. Ihr Herz hatte einen freudigen Hüpfer gemacht, da seine schönen Finger locker mit den ihren verschränkt blieben, auch noch, als der Digestif serviert worden war.

Sie war in dem Moment froh, dass sie saß – denn ihr linkes Bein begann ein bisschen vor Aufregung zu zittern, so glücklich, so bewegt war sie von diesem Moment. Zuletzt hatte sie so weiche Knie bei ihrem zweiten Treffen mit Justus gehabt, und das war eine halbe Ewigkeit her. Im hinteren Teil des Lokals war ein Feuer angezündet worden, das Kerzenlicht im Raum verlieh zusätzliche Gemütlichkeit, und Lina spürte, wie sie Bent mit jedem Augenblick, der verstrich, ein kleines Stückchen näherkam.

Später waren sie zu Fuß zurück zur Stadt gegangen, wieder am Wasser entlang, diesmal durch die Dunkelheit, das samtige Rauschen der Wellen in den Ohren und den kühlen Sand unter ihren nackten Füßen. Der Mond ließ das Wasser auf ganz eigene Weise glitzern und drückte der Szenerie seinen ganz eigenen Stempel auf.

Lina hatte zusätzlich zu ihrer Windjacke noch Bents Parker um die Schultern. Bent hatte ihr seine Jacke ohne Frage überlassen, ganz Gentleman. Es war eine sternklare Nacht gewesen, und sie hatten weite Strecken des Rückwegs in angenehm einvernehmlichem Schweigen zurückgelegt, einfach den Moment genießend. Keiner von beiden hatte ein Taxi nehmen wollen. Sie kosteten jede Sekunde miteinander aus.

Als sie zurück bei den Fahrrädern gewesen waren und er sie vorsichtig auf die Wange küsste, war es weit nach Mitternacht gewesen. Insgeheim hätte Lina sich so sehr einen richtigen Kuss gewünscht, aber sie wagte es nicht, den Kopf zu drehen, sondern hielt nur ganz still, um sich das Gefühl seiner Lippen auf ihrer Haut genau einzuprägen.

Jetzt, am Morgen danach, standen Lina, wie ein flüchtiger Blick in den Spiegel ihr verriet, die Haare nach allen Seiten ab, aber ein seliges Lächeln lag auf ihren Zügen, während sie an gestern dachte.

Sie musste sich beeilen, und so raffte sie rasch ihre Haare zu einem unordentlichen Pferdeschwanz zusammen, bevor sie schnell die Zähne putzte. Dann stürzte sie aus dem Badezimmer.

»Blödmann, wichtigtuerischer Blödmann«, rief Frau Merkel und begann, hysterisch zu kichern. Es war, hatte Oliver gesagt, das Gelächter von einem der Hauptdarsteller aus *The Big Bang Theory*, den der Papagei im Fernsehen beobachtet haben musste. Lina hatte keine Ahnung, warum ihr Bruder seinen Vögeln so viel Unsinn beibrachte, doch das schien ihm am meisten Spaß zu machen.

»Tschüss, ihr zwei«, sagte Lina in Richtung der Papageien, und schon war sie zur Haustür hinaus, während Herr Schröder ihr noch laut hinterherpfiff.

Während sie auf dem Fahrrad saß, warf sie einen Blick auf

ihr Handy, wobei sie die tadelnden Blicke der Passanten ignorierte. Sie wusste ja selbst, dass es verboten war, auf dem Rad das Mobiltelefon zu benutzen, aber sie konnte einfach nicht widerstehen – sie musste wissen, ob Bent sich gemeldet hatte. Und tatsächlich! Da war ein Morgengruß von Bent. Ihr Vorderreifen kam ins Schlenkern, sie schaute fix wieder auf die Straße, fluchte, weil sie beinahe in ein paar Glasscherben gefahren wäre, und steckte mit der linken Hand das Smartphone in ihre Latzhose zurück. Sie würde die Nachricht lesen, wenn Claudia nicht hinsah.

Lina fuhr so schnell, wie sie nur konnte.

Als sie in den Blumenladen stürzte, bot sich ihr ein ungewohnter Anblick: Claudia, die Handyfeindin, starrte grinsend auf ihr Display. In dem Moment, wo sie Lina hereinkommen sah, schob sie rasch ihr Telefon in die hintere Hosentasche ihrer Arbeitshose. Sonst sagte Claudia doch immer, dass das Handy verhindere, dass man am wahren Leben teilnahm? Lina wollte das gerade kommentieren, doch sie kam nicht dazu.

»Auch schon da?«, fragte Claudia scharf.

Lina machte ein betretenes Gesicht. Es war ihr wirklich unangenehm, zu spät bei der Arbeit aufzutauchen. Das passierte ihr sonst nie!

»Sorry, ich hab total verschlafen, es tut mir so leid, aber das Date mit Bent, es wurde einfach später als gedacht und dann – na ja. Das Resultat kennst du.« Entschuldigend hob sie die Hände.

Claudia zog eine Augenbraue hoch. »Passt schon«, erwiderte sie brummend.

Das erstaunte Lina. »Sicher? Ich bleib heute einfach länger, ja?«

Claudia winkte ab. »Ist schon in Ordnung. Heute steht eh nichts Besonderes an, die nächste Blumenbestellung für eine Hochzeit ist in drei Tagen, bis dahin haben wir hier nur Alltagskram zu erledigen.«

Erleichtert atmete Lina auf. »Gut, alles klar. Dann gehen wir nachher einfach einen Kaffee trinken. Ich gebe dir einen aus, um es wiedergutzumachen. Okay?« Lina fuhr sich durch die Haare, die sich natürlich nicht von ihrem Haargummi zähmen ließen und nach der rasanten Fahrradfahrt in Unordnung geraten waren.

Claudia nickte nur, während Lina den Schlüssel ihres Fahrradschlosses mit Geldbeutel und Handy in die Schublade unter dem Tresen legte. Danach wandte Lina sich den Kübeln mit den Frischblumen zu. Es war ihre Aufgabe, täglich die Pflanzen auszusortieren, die nicht mehr verkauft werden konnten, weil sie zu welken begannen. Außerdem hatte Claudia ihr die neue Ware, die zwischenzeitlich schon eingetroffen war, einfach hingestellt. Offenbar wollte sie Lina überlassen, sie hübsch zu arrangieren. Um keinen weiteren Ärger zu provozieren, machte sie sich sofort ans Werk. Claudia hatte wieder die regenbogenfarbenen Rosen bestellt, sah Lina.

Sie griff nach einer pinkfarbenen Gerbera, deren eines Blütenblatt am Rand nicht mehr frisch war. Nicht schlimm, aber auch nicht mehr verkäuflich. Sie würde die Blume mit den anderen aussortierten zu einem großen, bunten Blumenstrauß für ihre Mutter binden. Die freute sich immer so, wenn Lina an sie dachte.

»Ach ja, dieser Mattis war da. Er wollte natürlich zu dir und in deiner Arbeitszeit mit dir klönen.« Wie immer, wenn es um Mattis ging, veränderte sich Claudias Ton. Bis heute wusste Lina nicht, was ihre Chefin gegen Mattis hatte, doch sie ließ kein gutes Haar an ihm. Bei allen anderen Insulanern, die auf ein Wort hereinschauten, war Claudia die Letzte, die die potenzielle Kundschaft nicht willkommen hieß. Und auch Mattis holte die Blumen für das Grab seiner Mutter, die leider viel zu früh verstorben war, hier bei Claudia. Trotzdem hatte sie immer etwas an ihm auszusetzen.

»Falls er noch mal hier auftaucht, soll er dir deine Zeit in der Mittagspause stehlen, nur dass das klar ist.« Der eben noch verständnisvolle Ton war einem seltsamen anderen gewichen, den Claudia sonst nicht an sich hatte. Sie arrangierte währenddessen ein paar Orchideen auf einem der Verkaufstische neu, und eine der Pflanzen fiel um. Leise fluchte Claudia und begutachtete den Schaden, der sich glücklicherweise auf ein abgeknicktes grünes Blatt beschränkte, das sie geschickt mit den Fingern entfernte.

»Ist gut.« Lina konnte sich ein kleines Lächeln aber nicht verkneifen. »Ich halte ihn fern.«

Claudias Gesichtsausdruck war noch immer ernst. »Dann ist es ja gut.«

Lina nahm eine weitere pinkfarbene Gerbera, die schon ein wenig den Kopf hängen ließ, aus einem Eimer und legte sie auf die Theke. Schließlich wandte sie sich zu Claudia um. Wenn Claudia in dieser Stimmung war, dann sollte sie die Sache lieber direkt klären, bevor sie sich weiter aufstaute.

»Hör mal, es tut mir ehrlich leid, dass ich zu spät bin«, entschuldigte sich Lina erneut. »Aber das hat doch wirklich gar nichts mit Mattis zu tun!«

Claudia rückte eine zartgelbe Orchidee zurecht, bevor sie sich Lina zuwandte. »Du weißt es wirklich nicht, oder? Du hast immer noch keinen Schimmer, warum ich ein Problem mit Mattis habe?«

Sie schaute ihre Mitarbeiterin ernst an.

»Nein.« Lina erwiderte den Blickkontakt. Irgendetwas stimmte hier doch nicht, was wollte Claudia hier andeuten? Ein ungutes Gefühl machte sich in Linas Magen breit. »Was ist denn los?«, fragte sie.

Sie sah, dass Claudia hart schluckte. Eine Haarsträhne hatte sich aus ihrem Zopf gelöst, und sie pustete sie genervt aus dem Weg.

In dem Moment klingelte Claudias Handy, und sie holte es sofort mit einer schnellen Bewegung aus ihrer Hosentasche.

Der angespannte Moment war vorbei, als sie auf das Display sah und lächelte.

»Ein andermal«, erklärte sie abwesend, denn sie schien gedanklich schon ganz woanders zu sein. Danach nahm sie den Anruf entgegen und verließ den Verkaufsraum mit dem Smartphone am Ohr.

Lina starrte ihrer Chefin hinterher, als hätte sie soeben eine Begegnung der dritten Art erlebt. Sie konnte sich beim besten Willen keinen Reim auf Claudias Verhalten machen.

Kapitel 6

Hast du heute Abend einen Termin für mich frei? Die Nachricht von Mattis klang nicht besonders freundlich. Dabei hatte Lina ihm doch geschrieben und ihm einen guten Grund genannt, warum sie ihm absagen musste. Er ließ schließlich nie etwas bei den Damen anbrennen – und wenn schon mal ein attraktiver Mann sich für Lina interessierte, war es doch ihr gutes Recht, sich auch mit ihm zu treffen, wenn er ihr gefiel. Zugegeben, ganz ohne schlechtes Gewissen hatte Lina Mattis nicht abgesagt – aber auf der anderen Seite: Das war ihr erstes Date seit Jahren gewesen, gerade Mattis musste das doch verstehen!

Sie hatte Mattis kurz geantwortet und ein Treffen in der *Haifischbar* vorgeschlagen. Nun saß sie in einer der gemütlichen, schwach beleuchteten Nischen und wartete auf ihn. Sie war ein paar Minuten zu früh dran, vor ihr stand schon ein alkoholfreier Cocktail. Morgen würde sie arbeiten müssen – und sie konnte auf keinen Fall noch mal zu spät kommen oder einen Kater riskieren.

Man fühlte sich hier in der Bar wie in einem Schiffsbauch, so schummrig war das Licht. Das dunkle Holz, das den Raum dominierte, und das große Modell eines Segelboots, das immer wieder alle Blicke der Gäste auf sich zog, und dazu noch die Fischernetze an der Decke taten ihr Übriges. Für Lina war das Modell einer Meerjungfrau, die unter der Decke schwebte, schon immer der letzte Schliff für den Raum gewesen, für schöne Träumereien.

Lina holte ihr Handy aus der Umhängetasche und schaute auf das Display. Bent hatte über den Tag verteilt gleich drei Nachrichten geschickt. Eine davon verkündete: Ich denk an dich. Mehr nicht. Wenn das nicht romantisch war, wusste Lina nicht, was Romantik bedeutete. Sie las sich alle drei Nachrichten noch mal durch und wurde von diesem warmen Gefühl durchströmt, das sie schon am Vorabend am Strand verspürt hatte. Ach, Bent! Er war ohne Frage ein besonderer Mann.

»Du siehst ja sehr beschäftigt aus. Hast du denn heut Abend Zeit für mich oder ist es gerade schlecht?« Mattis' tiefe Stimme ließ Lina aufschauen. Er hatte sarkastisch und zugleich bitter geklungen. So kannte sie ihn gar nicht!

In dem schummrigen Licht war er eine Erscheinung: die Hände in den Hosentaschen vergraben, eine Falte zeichnete sich auf der Stirn ab, und er bemühte sich gar nicht erst um einen freundlichen Gesichtsausdruck zur Begrüßung. Der schien richtig tolle Laune zu haben. Welche Laus war dem denn über die Leber gelaufen? Er wirkte tatsächlich so, als könnte er die Gesellschaft seiner besten Freundin gebrauchen.

»Oh, ich hab Zeit.« Lina steckte ihr Smartphone zurück in die Tasche und schenkte ihm ein Lächeln. »Komm, setz dich einfach. Heute gehen die Getränke auf mich, ja?«

Nach kurzem Zögern setzte sich Mattis, aber seine ganze Körperhaltung schien angespannt, und er schaute Lina nicht an. Stattdessen winkte er dem Barkeeper zu, der herüberlief und ungefragt ein Bier vor ihn stellte. Mattis war kein häufiger Bargänger, doch wenn er in die *Haifischbar* kam, trank er ein oder zwei Bier, immer die Hausmarke – und man kannte die Gepflogenheiten untereinander hier.

»Du hattest also gestern ein Date, für das du mich versetzt hast.« Mattis trank einen großen Schluck.

Schweigen senkte sich über den Tisch, Lina biss sich auf die Unterlippe. Aber sie wusste nichts dazu zu sagen, schließlich brauchte sie sich ihm gegenüber nicht dafür zu rechtfertigen. Dennoch war das Schweigen jetzt so ungewöhnlich für sie beide, dass Lina nach den Bierdeckeln langte und ein kleines Häuschen damit zu bauen begann, damit ihre Hände beschäftigt waren. Erneut flammte ihr schlechtes Gewissen auf, weil sie das Treffen mit einem alten Freund zugunsten eines Dates abgesagt hatte.

In mancherlei Hinsicht war Mattis eben ein Gewohnheitstier und mochte keine plötzlichen Änderungen. Sie gab sich einen Ruck. »Es tut mir wirklich leid, aber ich hab mich echt darüber gefreut, dass sich mal ein attraktiver Mann für mich interessiert.«

Mattis setzte die Bierflasche wieder an seine Lippen, danach winkte er dem Barkeeper erneut zu, der sich anschickte, für Nachschub zu sorgen.

»Ist ja gut«, grummelte Mattis.

Immerhin klingt er jetzt ein wenig versöhnlicher, dachte Lina erleichtert.

»Wir unternehmen doch ständig etwas zusammen, warum muss es denn ausgerechnet zu meinem Geburtstag sein? Wir können ein andermal wieder etwas zusammen machen.« Die sichtliche Enttäuschung ihres besten Freundes ließ Lina ganz kleinlaut werden. »Wir machen sogar jetzt etwas zusammen.« Ihr Versuch, witzig zu sein, scheiterte. »Aber Bent ist wirklich toll – ich wollte einfach nur meine Gelegenheit beim Schopf packen«, fuhr sie fort. »Und meinen Geburtstag so richtig feiern – das machen wir wieder bei der Winterparty.« Die Winterparty von Linas Familie war legendär. Sowohl Olli als auch sie selbst hatten mitten in der Hauptsaison Geburtstag. Weil die Eltern da wenig Zeit hatten, hatte es sich schon zu Grundschulzeiten so entwickelt, dass Lina und Olli ihre Geburtstage bei einem rauschenden Fest im Januar feierten. Seit sie erwachsen geworden waren, gab es zu diesem Anlass immer ein Büfett im Hotel, wo mehr Platz als in ihrer Wohnung war, beide luden ihre Freunde ein, und im letzten Jahr hatte ein DJ vom Festland für so eine Stimmung gesorgt, dass die Party wochenlang Thema unter den Insulanern gewesen war. Zugegeben, möglicherweise auch deshalb, weil die alte Dame, Frau Peters, die neben dem Hotel wohnte und die mittlerweile die achtzig überschritten hatte, bis drei Uhr morgens getanzt und mit dem verwitweten Carsten Roder, einem Schreiner im Ruhestand, so wild geflirtet hatte, dass selbst Mattis davon noch etwas lernen konnte. Seither sah man die beiden öfter mal bei einem Tässchen Friesentee in der *Milchbar*, und jedes Mal musste Lina daran denken, wie die alte Dame ihre Arme zu Technoklängen in die Luft geworfen hatte. So viel Lebensfreude musste einem einfach ein Lächeln ins Gesicht zaubern.

Mattis saß noch immer stocksteif da und reagierte nicht auf Linas Versöhnungsversuch. Stattdessen trank er noch einen großen Schluck Bier. Lina wurde es langsam zu bunt, sie boxte ihn leicht gegen den Oberarm.

»Hey, jetzt hör aber auf, dich wie eine beleidigte Leberwurst aufzuführen! Wir trinken einen, und am Wochenende segeln wir mal wieder rüber nach Juist, das hatten wir doch schon länger vor. Dann zahle ich auch den Besuch im *Hafenrestaurant*, ja?«, versuchte Lina erneut, Mattis zu besänftigen.

Ihr Kumpel hielt sich gespielt verletzt den Arm, und es kam Lina so vor, als würde er nun aufwachen. Sein Gesichtsausdruck veränderte sich, und ein winziges Lächeln schlich sich in seine Züge. »Ich esse vier Gänge, mindestens. Ich faste drei Tage zuvor, nur dass du es weißt.«

Lina war froh, dass er endlich wieder der Alte war.

»Von mir aus. Wenn du dann auf dem Rückweg nicht zu schwer für das Boot bist!«, scherzte sie, und diesmal war es an ihm, sie anstupsen. Sie war erleichtert, dass sie wieder zu ihrem alten Geplänkel und der lockeren Art zurückgefunden hatten, und hob ihren Cocktail, um mit ihm anzustoßen. Mattis griff nach seiner zweiten Flasche Bier, die zwischenzeitlich vom Barkeeper gebracht worden war, und sie stießen an.

Als er die Flasche wieder absetzte, hatte sich die Stimmung endlich ein wenig gelockert.

»Und dein Geschenk, das holen wir nach, ja?«

»Du willst ein Geschenk nachholen?« Lina verstand nicht, was Mattis meinte.

»Den Ausflug. Ich hab mir was Besonderes überlegt als Geschenk. Es ist eine Überraschung. Wir lösen sie ein, wenn du mal einen ganzen Tag für mich erübrigen kannst. Okay?« Er klang noch immer ein wenig wie ein altes, gekränktes Waschweib.

»Natürlich. Und ich freu mich schon drauf.« Lina schlug einen versöhnlichen Ton an, der Mattis endlich ein breites

Grinsen ins Gesicht zauberte. Er trank noch einen Schluck Bier.

»Also, wie war es denn jetzt bei deinem Treffen mit diesem mysteriösen neuen Mann?«, wechselte er das Thema.

»Er heißt Bent«, erinnerte Lina ihn, »und ist der neue Standesbeamte in der Gemeinde«, platzte es aus ihr heraus. Sie beschrieb alles ganz genau: das Essen, die Stimmung, wie er die Jacke um ihre Schulter gelegt hatte, mit welcher Fürsorglichkeit und Aufmerksamkeit er sie bedacht hatte …

»Na, das ist ja wohl das Mindeste, wenn man bei einer Frau punkten will«, wandte Mattis ein, ganz der Frauenheld, der er nun mal war.

»Ich fand es sehr zuvorkommend«, verteidigte Lina Bent.

»Natürlich, das ist wirklich nett. Sag ich doch.« Mattis trank noch einen kleinen Schluck. »Aber das hast du auch verdient.«

Mattis griff nach ihrer Hand und drückte sie kurz. »Wenn er sich nicht ordentlich benimmt, kriegt er es mit mir zu tun«, sagte er, wobei er sie jedoch nicht ansah.

Lina rührte die Geste ihres besten Freundes, auch wenn sie sich etwas wunderte, wie besitzergreifend er plötzlich klang. »Danke. Ich komme im Bedarfsfall darauf zurück«, erwiderte sie lachend. »Allerdings glaube ich nicht, dass es nötig sein wird.«

»Na, dann ist es ja gut. Ich wünsch dir das Allerbeste«, sagte er.

Sie lächelten einander an. Schließlich wechselte Mattis das Thema. »Komm, schauen wir mal, was das Wetter am Wochenende macht, ja? Ich will dir schließlich die Haare vom Kopf fressen.«

Er holte sein Handy aus der hinteren Hosentasche und öffnete die Wetter-App. »Also wenn es so bleibt, haben wir super Bedingungen.«

»Zeig mal.« Lina beugte sich über den Tisch zu Mattis hinüber. Gemeinsam schauten sie auf die Wetter- und Windvorhersagen und begannen mit der Planung der Segeltour. Lina spürte, wie sie sich innerlich entspannte. Endlich hatte sich die Stimmung beruhigt, und alles war wieder so, wie sie es kannte.

*

»Kannst du heute den Laden allein schmeißen?« Das war Claudias Begrüßungssatz gewesen, als Lina an diesem Morgen zur Arbeit gekommen war. Claudia trug eine Leinenhose statt der üblichen mit vielen Taschen besetzten Männerarbeitshose, die Lina auch selbst sehr gern anzog – und die langen Haare offen, was ein sehr ungewöhnlicher Anblick war. Sie hatte sich richtig schick gemacht.

Nachdem Lina ihr versichert hatte, dass sie selbstverständlich klarkommen würde – schließlich kannte sie das Blumengeschäft in- und auswendig –, war Claudia im Eiltempo davongerauscht. Dass Claudia einfach so einen Tag freinahm, hatte es in der jahrelangen gemeinsamen Ladengeschichte noch nie gegeben, und Lina starrte ihrer Chefin verblüfft hinterher, die heute zum ersten Mal – seit Lina sie kannte – aussah, als ginge sie auf ein Date.

Lina hatte alles problemlos allein gemeistert. Sie hatte die Orchideen gedüngt und den Brautstrauß für die kleine Hochzeitszeremonie gebunden, den die Braut selbst am späten Nachmittag abholen wollte.

Es war eine weitere Lieferung Lilien direkt vom niederländischen Großhändler eingetroffen, und der ganze Verkaufsraum war von dem Duft der Blumen erfüllt. Lina genoss jeden Atemzug, so sehr liebte sie diesen Geruch. Das ist meine Droge, dachte sie belustigt.

Schon wieder was Neues, dass die Braut die Blumen holte. Normalerweise war es der zukünftige Gatte oder ein anderes Familienmitglied, das vorbeikam, oder die Blumen wurden direkt geliefert. Lina überreichte der strahlenden Braut die Blumen, ohne sich ihre Verwunderung anmerken zu lassen; schließlich konnte jeder so heiraten, wie er oder sie wollte.

»Das sieht sehr schön aus, danke«, hatte die Frau freudig ausgerufen und an dem klassischen Arrangement aus weißen und roten Rosen gerochen. »Das wird Sarah freuen.«

Da wurde Lina klar, dass es bei dieser Hochzeit wohl zwei Bräute gab. Wie schön, fand Lina, wenn wirklich jeder zu seiner Liebe stehen konnte.

»Freut mich, wenn der Strauß Ihnen gefällt.« Lina lächelte die Kundin an und ging mit ihr zur Kasse hinüber, wo die Dame begann, hektisch in der Jacke ihres Hosenanzugs herumzuwühlen.

»Ich hab meine Geldbörse vergessen. Oh nein, verdammter Mist, ich wusste, da war noch was.« Die Kundin war sofort ganz panisch, doch es gelang Lina, sie schließlich zu beruhigen. »Bitte, nehmen Sie die Blumen einfach erst mal mit und genießen Sie Ihren besonderen Tag. Ich vermute mal, Sie schwimmen nicht rüber zum Festland, um wegen der Kosten für den Brautstrauß zu flüchten. Sie können in den nächsten Tagen einfach vorbeischauen und dann bezahlen.«

Die Erleichterung stand der Braut deutlich ins Gesicht geschrieben, als sie mit den Blumen bewaffnet den Laden verließ. Lina freute sich mit ihr.

Später kam noch Herr Rainer vorbei, der sich angesichts der Protea, die Lina extra in einer hübschen Glasvase auf dem Tresen dekoriert hatte, an eine Südafrika-Reise mit seiner Frau vor Jahren erinnerte und der daraufhin nur schwer ein paar Tränchen zurückhalten konnte. Die Pflanze, die zu den Silberbaumgewächsen gehörte, war zartrosa, und die Blüte verfügte über haarige, harte Blätter, die sich ledrig anfühlten. Es waren große, auffällige Blütenstände, die in ihrer Art einzig in Südafrika wuchsen.

»Ach, da wird meine Frau leuchtende Augen bekommen«, murmelte er noch, während er die Blume kaufte.

Danach wurde es ruhig im Laden, und Lina nutzte die Zeit, um gründlich durchzufegen und die Arbeitstische sauber zu wischen. Nachdem sie diese Aufgaben erledigt hatte, hatte sie den Einfall, eine der Blechwannen zu bepflanzen. Sie entschied sich für eine ganze Wanne voll Kapuzinerkresse in Gelb und Orange. Was für ein schöner Farbtupfer das war!

Anschließend gestaltete sie noch das Schaufenster mit ein paar Pflanzen und Dekoartikeln neu. In die hübschen Vasen, die aussahen wie Muscheln, füllte Lina Sand und echte Muscheln vom Norderneyer Strand. Dazwischen platzierte sie einen Rettungsring als Hingucker. Dazu stellte sie noch ein paar Tassen mit Leuchtturmmotiv, die gerne als Souvenirs gekauft wurden, und legte einen Strauß aus Trockenblumen in die rechte Ecke. Ein paar frische Rosen in hohen, schlanken Vasen, und fertig war das perfekte Stillleben. So würde es Claudia gefallen. Lina seufzte. Wie sehr sie sich gewünscht hätte, das Schaufenster noch romantischer mit Blumenampeln und Rankpflanzen zu verschönern, mehr Rosenstöcke und ab und an eine extravagante Pflanze zu präsentieren und alles exakt so zu machen, wie es ihren eigenen Vorstellungen entsprach. Sie hatte so viele Ideen, dass sie manchmal das Gefühl hatte, schier überzusprudeln. Aber auf Norderney war einfach kein Platz für ein weiteres Blumengeschäft. Es gab die Gärtnerei und Claudias Laden – das reichte für eine Insel völlig aus, und wenn man schwarze Zahlen schreiben wollte, durften sich die Kunden eigentlich nicht auf mehr Geschäfte verteilen. Alles andere wäre Harakiri. Es war auch gut, dass die *Blühende Phantasie* mit der Gärtnerei zusammenarbeitete und beispielsweise die selbst gezogenen Tagetes direkt vor Ort einkaufte, um sie dann in hübschen Blumentöpfen weiterzuverkaufen. So gab es kein böses Blut zwischen den beiden Betrieben – man hielt zusammen auf Norderney.

Lina trat vor den Laden und begutachtete das Schaufenster von außen. Ihr gefiel es wirklich sehr gut, eine Mischung aus klassisch und verspielt. Sie hatte ihre eigene Note so viel wie möglich einfließen lassen. Normalerweise mischte Claudia immer mit, was auch ihr gutes Recht war. Doch Lina genoss es, ihre Kreativität auszuleben.

Jemand legte ihr plötzlich von hinten die Hände ums Gesicht und hielt ihr die Augen zu. Sie erschrak nur für einen winzigen Moment.

»Hallo, schöne Frau!«, erklang es dann hinter ihr.

Die Stimme kannte sie doch! Sofort roch sie auch den Sandelholzduft, der Bent unweigerlich begleitete.

»Hallo, Bent!« Ihre Stimme verriet, wie sehr sie sich freute, ihn wiederzutreffen. Sie ermahnte sich selbst, nicht zu viel Begeisterung zu zeigen.

Er nahm die Hände von ihren Augen und Lina drehte sich zu ihm herum. Zum ersten Mal sah sie Bent in einem Poloshirt. Eine Tätowierung lugte unter dem Ärmel hervor, ein kleiner Schriftzug. Am liebsten hätte Lina den Ärmel ein wenig nach oben geschoben, um zu lesen, was dort geschrieben stand.

Bent schien ihren Blick in Richtung Tattoo nicht zu bemerken. Stattdessen küsste er sie auf die Wange, als ob es das Selbstverständlichste der Welt wäre, sie mitten auf der Straße am helllichten Tag auf die Wange zu küssen. Lina errötete.

»Wie geht es dir?«, fragte Bent, und trat ein Stück zurück, um ihr in die Augen zu schauen.

»Sehr gut.« Sie lächelte ihn an, und er strahlte zurück.

»Ich wollte nachher noch raus, eine Partie golfen. Ich dachte, du hast vielleicht auch Lust?« Erwartungsvoll sah Bent sie an.

Jetzt stach ihr seine karierte Golfhose ins Auge. Lina stockte. »Ähhh … ich weiß nicht.« Nervös fuhr sie sich durchs Haar. Das war ja mal wieder klar, dass er ausgerechnet etwas aussuchte, bei dem eine gigantische Wahrscheinlichkeit bestand, dass sie eine Katastrophe anrichtete. Einerseits wollte Lina natürlich sehr gerne Zeit mit Bent verbringen – andererseits war der Golfplatz eines der wenigen Fleckchen auf der Insel, das sie noch nie betreten hatte. Schon beim Minigolf scheiterte sie kläglich und hatte das letzte Mal aus Versehen sogar eine Scheibe mit dem Ball zertrümmert – seitdem hatte sie die Finger von jeder Art Schläger gelassen. Aber das konnte sie Bent schlecht als Erstes auf die Nase binden, sonst hielt er sie noch für tollpatschig.

Auf Bents Stirn bildete sich eine Falte. »Schade. Und ich dachte, du hättest unser Date auch genossen.«

Lina spürte einen Stich im Herzen, jetzt glaubte er, sie wolle ihn loswerden! »Oh, nein, das ist es nicht«, beeilte Lina sich zu erwidern. »Es war total schön vorgestern. Es ist nur – äh, also – ich war noch nie richtig golfen, weißt du«, gab sie zu.

»Ach so! Na, wenn das alles ist.« Schlagartig war Bents Fröhlichkeit zurück. »Ich bring es dir einfach bei. So schwierig ist das nun auch nicht.«

Da hatte sie sich ganz schön in die Bredouille gebracht, sie konnte nun schlecht hinzufügen, dass sie mit einem Schläger in der Hand gemeingefährlich war – was würde er sonst von ihr denken.

»Also … Na gut«, sagte sie zögerlich. Lieber wäre Lina mit dem Fahrrad in Richtung des Nationalparks gefahren, um zu sehen, ob der Strandflieder schon zu blühen begann. Oder sie wären einfach zusammen zur Aussichtsdüne geradelt und hätten hinunter aufs Meer geschaut. Aber, ermahnte sie sich, sie konnte ruhig auch mal was Neues ausprobieren. Wer weiß? Vielleicht lag richtiges Golf ihr besser als winzige Minigolf-Parcours mit zu nahen Fenstern.

»Sehr schön! Ach, klasse!« Bent umarmte sie, als hätten sie sich soeben zu einer gemeinsamen Weltreise entschlossen, so sehr schien er sich zu freuen – und das wiederum machte Lina glücklich, und sie kam nicht umhin, ihn unverwandt anzustrahlen.

»Dann hol ich dich nachher einfach bei dir daheim ab, okay? Halb acht? Dann hätten wir zweieinhalb Stunden Zeit für die Partie. Das dürfte für den Anfang passen.« Bent schien alles gut geplant zu haben, das brachte die Schmetterlinge in ihrem Bauch ordentlich zum Tanzen. Wie schön, wenn ein

Mann sich für sie interessierte! »Danach können wir dann ja weiterschauen«, fügte er noch lächelnd hinzu.

Wärme breitete sich in Lina aus – es gab sogar ein Danach. »Klingt prima«, stimmte sie zu, ohne den Blick von seinen strahlenden Augen lösen zu können. »Warte, ich schreib dir meine Adresse auf. Komm doch schnell mit rein, da habe ich Stift und Papier«, forderte sie Bent auf.

»Nein, das passt schon. Dein Bruder hat mir mit deiner Adresse weitergeholfen.« Bent zwinkerte Lina zu. Das war typisch Olli! Wie oft hatte er ihr schon gesagt, dass sie nicht für ein Single-Dasein gemacht war? Und jetzt schien er aktiv etwas für ihr Liebesleben zu tun.

»Also. Bis nachher, ja?«, durchbrach Bent ihre Gedanken.

Er beugte sich zu ihr herunter. »Du siehst so süß aus in der Latzhose.« Sanft küsste er sie erneut auf die Wange, ganz nah an ihrem Ohr, drehte sich um und schlenderte die Fußgängerzone hinunter, die Hände in den Hosentaschen seiner Golfhose, die seinen knackigen Hintern einfach ausgezeichnet betonte.

Linas Herz beruhigte sich nur langsam. Sie zupfte an den Trägern ihrer Latzhose. Das Kompliment hatte dafür gesorgt, dass sie in Gedanken mindestens fünf Zentimeter gewachsen war. Ihre Haut roch leicht nach Marzipan, während sie zurück in den Laden ging, um die letzten Handgriffe des Tages zu erledigen und die Kasse zu machen.

In zwei Stunden würde sie Bent wiedersehen! Vermutlich würde ihr Herz sich nie wieder wirklich beruhigen, wenn sie an ihn dachte.

Kapitel 7

Lina entschied sich für eine Leinenhose und für ein enges Langarmshirt mit großem Rückenausschnitt.

»Schneller, schneller!« Herr Schröder saß wie immer auf dem Türrahmen, während Lina sich anzog, und beobachtete sie aufmerksam. Der Vogel imitierte ein Lachen und klang dabei genau wie Linas Mutter. Offenbar hatte nur Frau Merkel das Fernsehserienlachen drauf. Herr Graupapagei dagegen orientierte sich mehr am Alltagsgeschehen.

»Danke, Herr Schröder, das weiß ich auch selbst. Sei ein lieber Vogel und halt ein bisschen den Schnabel, mhh?«

»Nein! Jetzt lass doch«, erwiderte er und klang ein wenig so, als hätte er ihre Worte tatsächlich verstanden. Wieder ließ er das Lachen von Linas Mutter ertönen.

»So ein Blödmann«, fügte er noch hinzu.

Kopfschüttelnd nahm Lina ein dünnes Strickjäckchen aus ihrem Kleiderschrank. Zusammen mit der Windjacke war das sicher warm genug, falls sie am späten Abend noch etwas nach dem Golfen unternehmen sollten.

Sollte sie sich noch schminken? Sie begutachtete sich im Spiegel. »Schicke Braut«, mischte sich Herr Schröder erneut in ihre Überlegungen ein. In diesem Moment klingelte es an der Tür. Das musste schon Bent sein.

»Okay, Schröder, ich vertrau dir.« Lina hielt dem Papagei im Vorbeigehen ihren Zeigefinger hin. Vorsichtig stupste das Tier ihn mit dem Schnabel an.

»Blödmann. Blöd«, gurrte er dazu. Dann war Lina auch schon aus der Tür.

Bent stand an der Beifahrerseite seines Autos bereit und riss die Tür auf, sobald er Lina erblickte. »Darf ich bitten?«

Sie schenkte ihm ein schüchternes Lächeln zur Begrüßung und stieg vorsichtig in den schwarzen Golf mit Lederausstattung. Der Wagen war so sauber, dass man direkt Angst hatte, ein Krümelchen darin zu hinterlassen.

»Irgendwie dachte ich, wir fahren mit dem Rad«, sagte Lina und versuchte, sich auf dem Beifahrersitz ein wenig zu entspannen.

»Das wäre aber schon mühsam mit dem ganzen Equipment.« Bent zeigte auf die Rückbank, wo eine Art Koffertrolley mit einer Unzahl Schlägern darin lag.

»Ah.« Lina hatte wirklich überhaupt keine Ahnung von Golf.

»Das ist der Komplettsatz von *Fightthiswars*, einer der führenden Marken in der Branche: fehlerverzeihend, Top-Material, und auch die Verarbeitung stimmt.«

Lina kam der Markenname ein wenig übertrieben für ein so ruhiges Hobby vor. Wann immer sie am Golfplatz vorbeigeradelt war, hatte sie nur ältere Menschen gesehen, die diese Taschen über das Grün zogen oder das leise Plopp gehört, wenn gerade jemand einen Ball abschlug. Niemand schien sich schnell zu bewegen, und wie ein Kampf wirkte es auch nicht. Lina dachte daran, dass sie unbedingt Mattis erzählen musste, was das für ein komischer Markenname für Golfequipment war, wenn sie am Wochenende beim Segeln wären. Sie konnte sich schon vorstellen, wie Mattis witzelte, dass die Golfspieler sich wohl für moderne Ritter mit glitzernden Schwertern hielten, und dann die typische Golfbewegung nachmachen würde, um schließlich einen Schwertkampf zu imitieren. Beim Gedanken daran musste sie schon lächeln.

Als Bent geparkt hatte, zerrte er das Ungetüm mit der Golfausrüstung aus dem Auto und stellte es ab.

»Na, dann lass uns mal diesen fantastischen Links-Course genießen. Wusstest du, dass dieser hier zu den ältesten Golfclubs in Deutschland gehört und es der älteste Links-Course ist?«

Lina schüttelte den Kopf. Sie wusste ja nicht einmal, was ein Links-Course ist. Hatte das was mit Linkshändern zu tun? Oder war er auf der linken Seite der Insel? Sie schämte sich ihrer Unwissenheit und beschloss, einfach nichts dazu zu sagen und es später in Ruhe im Internet nachzuschauen.

Bent sprach weiter. »Ach, ich mag das ja, wenn das Rough naturbelassen ist und man spielen kann wie in Schottland.«

»Äh, ja.« Leichte Panik machte sich in ihr breit. Das konnte heiter werden. Lina kam sich vor wie in der Schule, als lineare Gleichungen durchgenommen worden waren. Sie verstand genau gar nichts.

»Wir gehen gleich hier rüber, ich bezahl nur eben die Greenfee für dich. Ich bin ja schon Mitglied.« In seiner Stimme schwang Stolz mit. Die Greenfee war wohl der Eintritt, schlussfolgerte Lina. Sie stand auf dem Rasen neben dem Clubhaus und wartete gemeinsam mit dem Golftrolley – oder wie auch immer das Ding richtig hieß – auf Bent. Als er wiederkam, lief er entschlossen mit dem Wägelchen vorneweg.

»Hier zeig ich dir mal, wie man abschlägt.«

»Gut. Okay«, murmelte sie.

Sie beobachtete, wie er einen Ball auf dem Rasen platzierte, sich einen Schläger aus der Golftasche aussuchte und dann eindrucksvoll demonstrierte, wie man den Ball weit über das Grün fliegen ließ. Lächelnd drehte er sich zu ihr um.

»Jetzt du!«

Lina war etwas mulmig dabei, aber sie nahm den Schläger entgegen. Er positionierte einen weißen Ball vor ihr auf dem Boden und erklärte ihr noch mal die schwingende Bewegung, dann holte sie aus und – ein Grasbüschel flog fröhlich durch die Luft. Verdammt! So machte sie nun wirklich nicht den geschickten Eindruck, den sie bei Bent hinterlassen wollte.

»Oh«, sagte der auch wie zur Bestätigung, und Lina fühlte sich gleich noch eine Spur dümmer. Sie biss sich auf die Unterlippe und zuckte entschuldigend mit den Schultern.

»Wenn du magst, zeig ich es dir noch mal.«

Sie nickte, und er trat hinter sie. Er drückte sich eng an ihren Rücken, und sie war sich seiner Nähe in diesem Augenblick nur zu sehr bewusst. Seine Arme berührten die ihren, und seine schönen Hände legten sich auf ihre Finger, die den Schläger festhielten. Sie konnte sich kaum auf den Bewegungsablauf konzentrieren, so sehr war sie sich Bents Wärme an ihrem Rücken bewusst, als er den Schläger nach hinten führte und sie miteinander den Ball abschlugen, der in hohem Bogen durch die Luft segelte.

»Siehst du, so geht das.« Bent trat einen Schritt zurück und lächelte sie an. Und statt sich über den Abschlagerfolg zu freuen, bedauerte Lina, dass die Wärme von Bents Körper auf ihrer Haut sich schon verflüchtigte.

»Das war schon mal ein Anfang. Wollen wir es noch mal probieren, damit ich die Bewegung auch wirklich drin habe?« Lina versuchte, sich nicht zu sehr anmerken zu lassen, wie sehr sie den kurzen Körperkontakt genossen hatte.

»Natürlich. Komm, wir gehen zu unseren Bällen rüber, und dann werde ich dir zeigen, wie man so richtig einlocht.« Bent grinste sie an. Lina lächelte sofort zurück, dabei war sie sich nicht sicher, ob er gerade einen Scherz gemacht hatte oder nicht. Der Kommentar hätte anzüglich sein können, doch irgendwie kam ihr Bent zu akkurat und gentlemanlike für solche Zweideutigkeiten vor. Und schon lief er auch zielsicher mit seinem Wägelchen über den Golfplatz, jede Faser seines Körpers strahlte Motivation aus. Lina unterdrückte ein kleines Seufzen, sie hätte es auch schön gefunden, einfach auf einer Düne zu sitzen und ihm und seinen eleganten Bewegungen zuzusehen. Einen neuen Sport zu erlernen war gar nicht so einfach, und sie wollte sich ungern die ganze Zeit vor ihm blamieren. Der Golfplatz war wunderbar in den Dünen gelegen, man genoss einen freien Blick auf den Leuchtturm und das rauschende Meer in der Ferne, wenn man auf einen der Sandhügel kletterte. Das Gras war leuchtend grün und bot einen wunderschönen Kontrast zum Weiß des Sandes. Sicher könnte sie ein Kaninchen entdecken, wenn sie sich ruhig verhielt. Die Tiere mochten zwar eine Plage sein – aber Lina liebte sie trotzdem, mit ihren schlackernden Ohren und den leicht zuckenden Nasen waren sie einfach zu süß. Weiter hinten befand sich ganz in der Nähe auch der Flugplatz der Insel, wo heute zahllose Kleinflugzeuge starteten und landeten.

Auch bei den Bänken, die extra aufgebaut waren, damit man die startenden und landenden Flugzeuge beobachten konnte, mit Blick auf die Nordsee und die Windräder auf dem Festland, fühlte Lina sich sehr, sehr wohl. Das Golfen dagegen – nun ja.

»Kommst du, Lina?« Bent schaute sich nach ihr um.

»Selbstverständlich.« Sie gab sich innerlich einen Ruck. Ein einziger missglückter Abschlag war schließlich noch kein Indikator für ein Komplettversagen, nicht wahr? Lina entschloss sich, der Sache eine ehrliche Chance zu geben. Dann lief sie hinter Bent her.

Fightthiswars – Womöglich war es jetzt an Lina, ihren ganz eigenen Kampf mit dem Golfsport auszutragen und ihn womöglich sogar zu gewinnen.

*

»Schade, dass wir nicht mehr Zeit hatten.« Bent hievte die Schlägertasche zurück in den Fond seines Autos. Lina, die in der letzten halben Stunde ganz schweigsam geworden war, weil es ihr so peinlich war, wie ungeschickt sie sich anstellte, fand das gar nicht so schade, nickte aber. Mehr als zwei Stunden waren sie über den Platz getappt. Sie hatte das Gefühl, sich die meiste Zeit davon bis aufs Blut blamiert zu haben. Sie war sich zunehmend wie ein Trampeltier vorgekommen, während Bent Ball um Ball mit Eleganz abgeschlagen und in die richtige Richtung befördert hatte. Der Golfsport war ihr auch nach den Stunden auf dem Platz noch so fremd wie zu Anfang. Sie empfand keinen großen Reiz dabei, einen kleinen Ball in einem Loch zu versenken und stellte sich auch extrem tollpatschig dabei an. Am Ende war sie weit davon entfernt gewesen, ihren Ball überhaupt in die Nähe eines Loches zu bringen, hatte dafür allerdings das Gefühl, mindestens tausend Mal nicht getroffen und den Rest der Bälle irgendwo in Sandflächen oder hohem Dünengras verloren zu haben. Da genoss sie einen Nachmittag auf dem Boot oder einen gemütlichen Strandspaziergang einfach deutlich mehr. Jedoch war es ein reines Vergnügen, Bent beim Golfen zuzuschauen. Seine sexy Bewegungen beim Abschlag und wie er einen Ball nach dem anderen versenkte, war eine Freude für die Augen. Vielleicht konnte sie ihm beim nächsten Mal ihren Lieblingssport näherbringen, er würde sich sicher auch gut auf einem Segelboot machen.

»Worauf hast du jetzt noch Lust?«, fragte sie Bent, statt sich zu seinem Kommentar zu äußern. Mittlerweile war es dunkel geworden, und sie war zugegebenermaßen müde und hungrig gleichermaßen. Sie wünschte sich nichts mehr, als den schönen Abend romantisch bei einem kleinen Essen ausklingen zu lassen.

»Ich dachte, wir könnten noch zu mir? Ich habe Antipasti und Ciabatta besorgt.«

»Das klingt super!« Sie freute sich, dass er daran gedacht hatte, zu Hause etwas vorzubereiten – extra ihretwegen. Draußen war es inzwischen ganz schön kühl geworden, und von der wohligen Erwartung mal abgesehen, fröstelte Lina trotz ihrer Windjacke etwas, während sie sich auf den Beifahrersitz fallen ließ.

»Ach, was für ein schöner Abend«, meinte Bent und ließ den Wagen an. »Glaub mir, wenn du noch ein paarmal mitkommst, bist du im Nu ein Golfgenie.«

Erleichtert nickte Lina. Immerhin konnte sie aufgrund ihrer mäßigen Golfleistung hoffen, sich noch gehörig zu verbessern.

»Ich hatte auch Spaß, danke, dass du mir das Golfen gezeigt hast«, antwortete Lina.

Vielleicht eröffnete gerade die Tatsache, dass sie kein Naturtalent war die Möglichkeit, dass Bent ihr den Sport noch näherbringen wollte. Um ihr den richtigen Schwung zu zeigen, war er Mal um Mal enger an sie herangerückt, und einmal glaubte sie sogar, seine Lippen an ihrem Hals zu spüren – aber vielleicht war das auch Wunschdenken gewesen. Nun allerdings legte Bent seine Hand tatsächlich auf ihr Bein und lächelte sie an.

Schon viel zu lange war sie mit keinem Mann mehr im Bett gelandet, und ein wohliges Ziehen breitete sich in ihrem Körper aus, das nur Erregung sein konnte. Ihr Herzschlag beschleunigte sich und ihr Atem ging schneller. Zu gern hätte sie auch die Hände nach ihm ausgestreckt und über seinen Körper streichen lassen, aber sie wollte ihn nicht vom Fahren ablenken. Bent schaute konzentriert in die Nacht und auf die Fahrbahn der einzigen Straße, die über die ganze Insel führte. Vorsichtig lenkte er das Auto durch die Dunkelheit. Schon bald kamen sie zu den ersten Häusern, auf Norderney war nichts weit voneinander entfernt. Links, das wusste Lina, befand sich der Reiterhof, rechts in der Siedlung, kurz nach dem Minigolfplatz, wohnte sie mit ihrer Familie. Sie fuhren noch ein Stück weiter, bis sie nach dem Supermarkt schließlich rechts abbogen.

Lina nahm alles überdeutlich wahr, seine Hand, die Wärme, die sie durch ihre Hose auf dem Oberschenkel spürte, die leise

Klaviermusik aus dem Radio, das gleichmäßige Brummen des Motors. Sie glitten durch die Nacht, und Lina wünschte sich, dass sie ewig so weiterfahren würden. Aber sie hielten im Kiefernweg vor einem der Ferienhäuser, und Bent nahm seine Hand von ihrem Bein. Schlagartig vermisste Lina seine Berührung.

»Ich hoffe, ich finde im Herbst eine richtige Wohnung hier. Aber so lange bin ich erst mal in diesem Ferienhaus.« Er zeigte auf ein Gebäude zu ihrer Linken. »Da drüben wohn ich.«

Lina wusste, wie schwer es war, bezahlbaren Wohnraum auf der Insel zu finden – noch ein Grund, warum sie und auch Oliver bisher nur zu gern bei ihren Eltern wohnen geblieben waren.

Bents Apartment befand sich in einem typischen Klinkerhaus aus rotem Stein, wie es sie so zahlreich auf der Insel gab. *Haus Krabbenfischer* stand in schnörkeligen Buchstaben auf einem Schild über dem Eingang, das um diese Tageszeit indirekt beleuchtet wurde und dem Haus so noch mehr Gemütlichkeit verlieh, als es allein der gepflegte Garten und die ordentlich gepflasterte Hofeinfahrt schon taten. Offenbar hatte Bent wie so viele Zugezogene zuerst nur ein Ferienapartment auf der Insel gefunden, um erst mal überhaupt etwas zu bekommen. Die Wohnungsknappheit war legendär und Wohnraum nicht nur schwer zu finden, sondern dann auch entsprechend teuer.

»Kommst du?«, fragte Bent sanft in ihre Richtung und stieg aus. Seine Golfschläger ließ er einfach im Auto liegen.

Lina tat es ihm nach und erhob sich vom Beifahrersitz. Als er seine Hand ausstreckte, um nach ihrer zu greifen, verschränkten sich ihre Finger wie von selbst mit den seinen, und ein wohliger Schauer durchfuhr sie. Es fühlte sich ganz vertraut und zugleich ganz fremd an, so neben jemandem zu gehen, als gehörten sie schon lange zusammen. Zu lange war es her, dass Lina die Hand von jemandem in der ihren gehalten hatte, von jemand besonderem, der ihr Herz höherschlagen ließ. Was würde da noch kommen an diesem Abend? Sie war so voller freudiger Erwartung, das Ziehen in ihrem Bauch breitete sich in ihrem ganzen Körper aus und erfüllte sie mit wohliger Wärme.

Neugierig schaute Lina sich um, kaum dass sie durch den kleinen Flur ins Wohnzimmer traten. Das Apartment war mit Bildern der Insel dekoriert, einfache weiße Möbel, eine kleine, ebenfalls weiße Einbauküche. Es gab wenig auszusetzen, besonders, wenn sie berücksichtigte, dass die Wohnung auf Feriengäste zugeschnitten war.

»Du setzt dich, und ich bereite alles vor.« Bent deutete auf das kleine ockergelbe Sofa unter einem Foto von einem Schiff auf hoher See. »Natürlich ist das nicht mein Einrichtungsstil. Aber das kannst du dir sicher denken«, erklärte Bent mit Blick auf die eidotterfarbene Couch.

»Ich finde es nicht so schlecht. Es kommt mehr auf den Menschen an, mit dem man seine Zeit verbringt als auf die Umgebung.« Sie nahm auf dem ockergelben Ding Platz, das ein bisschen unter ihr quietschte.

»Das hast du aber sehr schön gesagt, Lina.« Bent lächelte sie an, während er den Kühlschrank öffnete und diverse kleine Schälchen herausholte, die er auf dem Tisch drapierte. Dazu stellte er einen Kerzenleuchter und einen Metalleimer, in dem er eine Flasche Weißwein kühl stellte. Augenblicke später war der Raum nur noch in Kerzenlicht gehüllt, das Ciabattabrot im Ofen aufgebacken sowie aufgeschnitten und der Tisch gedeckt. Leise Klaviermusik sorgte im Hintergrund für die perfekte akustische Untermalung. Als Lina den feinen Knoblauchduft roch, die Oliven, die Garnelen und die getrockneten Tomaten sah, umrahmt von einer Auswahl verschiedener Grillgemüse und Dips, knurrte ihr Magen so laut, dass Bent lachen musste.

»Na, ich glaube, wir sollten etwas essen.« Irgendwoher hatte er einen Korkenzieher gezaubert und die Weinflasche gekonnt geöffnet. Aufmerksam goss er die weißgoldene Flüssigkeit in zwei Weißweingläser.

Lina setzte sich auf einen hell gestrichenen Holzstuhl an den weißen Landhaustisch.

»Auf uns, oder?« Bent hielt ihr ein Glas hin, und sie nahm es gerne entgegen.

»Ja, auf uns!«, stimmte sie ihm zu. Sein Lächeln verzauberte sie und ließ eine Sehnsucht in ihr aufflammen, die sie schon lange unterdrückte. Dann ertönte ein leises Klirren, sowie die beiden miteinander anstießen. Der Geschmack des Weins explodierte in Linas Mund, eine herbe Fruchtnote, trocken im Abgang. Sie schnappte sich eine Olive und steckte sie sich in den Mund. Was für ein Gaumenerlebnis! Sie nahm eine kleine Mozzarellakugel dazu und griff nach einer Scheibe des krossen Ciabattas. Bent hatte eine wunderbar abgestimmte, leichte Mahlzeit für sie kredenzt.

»Es schmeckt wundervoll. Danke für die Einladung.« Lina nahm erneut ihr Glas, um mit Bent anzustoßen, der ebenfalls eine Scheibe des Weißbrots auf seinen Teller gelegt hatte.

»Sehr gerne«, erwiderte er, und ihre Blicke trafen sich für einen langen Moment, bevor sie weiteraßen.

Sie sprachen über die Insel und wie es war, sich als Fremder auf Ney zurechtzufinden, über das Segeln und die Brautpaare, die auf die Insel kamen, um hier zu heiraten, und zuvor die Blumen dafür in Linas Laden zu bestellten. Bent gab ein paar Anekdoten über seine Arbeit als Standesbeamter auf dem Festland zum Besten.

»Einmal hat ein Brautpaar ein gemeinsames Kind dabeigehabt, einen kleinen Jungen von vielleicht vier Jahren. Als ich die Mutter gefragt habe, ob sie den Vater heiraten will, hat der Kleine angefangen, bitterlich zu weinen. Wir mussten die Trauung unterbrechen. Ahnst du, was los war?«

Lina schüttelte den Kopf, gespannt, wie die Geschichte ausgehen würde.

»Der Kleine hatte im Kindergarten gehört, dass man nach der Hochzeit in die Flitterwochen fährt und hatte Angst, dass die Eltern ihn nicht mitnehmen würden und sie nicht wiederkommen würden. Es war gar nicht so einfach, ihm vom Gegenteil zu überzeugen«, sagte Bent und grinste.

Was für eine süße Geschichte! Lina sah den Kleinen geradezu vor Augen, so lebhaft hatte Bent die Anekdote erzählt.

»Als kleines Mädchen wollte ich immer in einem weißen Kleid auf einem weißen Pferd am Strand heiraten – und zwar einen Prinzen aus dem Meer«, gestand Lina und lächelte. »Aber mein Bruder Olli meinte, dass mich der Meerprinz dann unter Wasser in sein dunkles Algenreich entführen würde, und von da an wollte ich gar nicht mehr heiraten.«

Bent lachte. »Na, Olli ist ja ein Netter«, entgegnete er. Er war wohl schon satt und hatte sich nun gemütlich mit dem Weinglas in der Hand zurückgelehnt. Sein Blick folgte jeder ihrer Bewegungen, als wollte er Lina mit seinen Augen verschlingen.

Sie nickte und nahm sich noch ein wenig Essen nach. Das Grillgemüse war ein Gedicht. Nachdem sie die Köstlichkeit heruntergeschluckt hatte, sprach sie weiter. »Ja, damals war er ein Ungeheuer, aber heute ist er wirklich ein Lieber. Ich glaube, das Konzept Ehe war mir als Kind einfach nicht klar«, erklärte sie. »Mir tut der kleine Junge aus deiner Geschichte ein wenig leid, der da dachte, er verliert seine Eltern, wenn sie heiraten.«

»Ja, das verstehe ich. Es ist nie leicht, wenn man glaubt, jemanden zu verlieren, den man liebt.« Sein Ton hatte sich verändert. Wo vorhin noch Humor in seiner Stimme gewesen war, schwang jetzt ein ernster Ton mit. Sie musterte Bent aufmerksam und nickte schließlich. Er war wirklich ein feinfühliger Mann.

»Bist du auch satt geworden?«, fragte er sie schließlich, streckte die Hand über den Tisch und legte sie leicht auf ihre. Seine Wärme schoss wie ein Blitz ihren Arm hinauf.

»Ja. Es war sehr lecker. Gut gekocht«, sagte sie augenzwinkernd.

Leise lachte Bent. »Na, mit dem Kochen hab ich es nicht so, aber immerhin kann ich gut einkaufen.«

»Wohl wahr.« Lina trank noch einen Schluck Wein. Sie spürte schon, wie er ihr zu Kopf stieg, und sie begann, sich ganz leicht und frei zu fühlen.

»Wollen wir aufs Sofa und es uns gemütlicher machen?«, schlug Bent vor und war schon aufgestanden, bevor Lina antworten konnte.

Er nahm die Kerzen mit und stellte sie auf den Couchtisch, dazu die Weinflasche und sein Glas. Lina folgte ihm mit ihrem eigenen Weinglas in der Hand und setzte sich neben ihn.

»Ich wollte, ich hätte eine Feuerstelle. Dann wäre alles perfekt«, sagte Bent in einem träumerisch-verspielten Ton.

»Oh, es ist auch so schon ziemlich perfekt«, entgegnete Lina heiser. Sie saßen, dem kleinen Sofa geschuldet, so nah beisammen, dass ihre Oberschenkel sich berührten, und Bents Nähe verursachte ein wildes Kribbeln in Linas Bauch.

»Ja, findest du?« Bent schaute ihr tief in die Augen.

Der Ausdruck in seinem Blick zog Lina magisch an. Sie hätte schlicht darin versinken mögen. Sie konnte jetzt nicht mehr reden, sosehr nahm der Moment sie gefangen. Wahrscheinlich würde sie nie wieder sprechen können. Dann beugte Bent sich vor, er kam näher und näher. Sie roch seinen feinen Sandelholzduft, gepaart mit einer Prise Marzipan. Dann, nach einer gefühlten Ewigkeit, die nicht länger als Sekunden gewesen sein konnte, spürte sie endlich seine Lippen auf ihren, und sie küssten sich. Es war kein zögerlicher Kuss, im Gegenteil. Ihre Münder fanden einander zielsicher, ihre Zungen spielten miteinander, fordernd. Linas Hand glitt nach oben, und sie vergrub sie in seinem Haar. Bents Lippen waren sehr weich, umspielten die ihren und gaben die Richtung vor. Lina fühlte während des Kusses intensiv, dass er mehr wollte, dass er sie ganz wollte. Sein Atem ging schwer. Bent presste sich enger an sie, seine Arme umschlossen Lina, und die beiden küssten und küssten sich, ohne sich auch nur ein einziges Mal voneinander zu lösen. Lina war schon so lange nicht mehr mit einem Mann zusammen gewesen, dass sie sich einfach fallen ließ. Bents Leidenschaft und seine Zielsicherheit schenkten ihr ein erregendes Prickeln, das sie mit allen Sinnen spürte. Dieser Mann wusste, was er wollte. Das war unmissverständlich. Die Art und Weise, wie er sie wollte, mit einer gewissen fordernden Stärke, gefiel Lina. Sie war viel zu lange nicht mehr so sehr begehrt worden.

Bent zog sie an sich, fester und fester, und keuchte auf, als sie ihre Hände unter sein Poloshirt schob. Sanft strich sie über die weiche Haut seines Rückens. Er rückte kurz ein Stück von Lina ab, um ihr das Oberteil abzustreifen. Ihr Kopf steckte kurz fest, und sie half nach, dann trug sie nur noch ihren BH. Sie beglückwünschte sich in Gedanken zu ihrer hübschen Unterwäsche, die sie vorsorglich angezogen hatte. Dann spürte Lina Bents Wange an ihrem Hals. Zärtlich ließ er seine Lippen über ihr Dekolleté wandern. Lina genoss seine Berührungen, die Schauer des Wohlgefallens durch ihren gesamten Körper jagten. Längst hatten sich Bents Hände auf den Weg zu Linas Hosenbund gemacht, er fackelte nicht lange.

»Komm!« Er umfasste im Aufstehen ihre Hand mit seiner. »Wir gehen in mein Schlafzimmer.«

Lina zögerte, kurz überrumpelt von der plötzlichen Unterbrechung. Sie kannte Bent schließlich kaum. Ging das hier nicht ein wenig zu schnell? Ja, sie war erregt von seiner Gegenwart, seinem Verlangen, seinen Küssen, aber – was wollte sie selbst?

In diesem Moment zog Bent Lina auf die Beine, umschloss sie mit seinen Armen und küsste sie erneut.

»Du bist wunderschön«, raunte er in ihr Ohr. »Ich möchte dich noch viel näher spüren.«

Seine Worte waren das Zünglein an der Waage. Lina ließ sich von Bent ins Schlafzimmer führen. Er ließ ihre Hand keinen Augenblick los, hatte sie eng an sich gepresst, bis er sie rücklings sanft aufs Bett dirigierte. Er stand vor ihr, schlüpfte aus dem Poloshirt, öffnete seinen Gürtel und zog die Hose aus. Beide Kleidungsstücke warf er über einen stummen Diener, der in einer Ecke des schlicht eingerichteten Schlafzimmers stand.

Schließlich hatte er nur noch seine enge Unterwäsche an und legte sich zu ihr auf die Matratze, sein Körper ganz nah an ihrem.

Plötzlich wurde ihr ganz eng in der Brust, und sie richtete sich wieder auf. Sie entzog sich seiner Berührung.

»Du, Bent«, sagte sie, etwas atemlos, »es tut mir leid, aber das geht mir einfach zu schnell.«

Bent ließ die Hände sinken, die er nach ihr ausgestreckt hatte.

»Das ist wirklich schade, ich bin nämlich total verrückt nach dir«, meinte er, und die Enttäuschung in seiner Stimme war kurz ganz klar zu hören. Er flüsterte fast. Dann küsste er Lina erneut, nun jedoch ganz sanft.

»Aber ich kann auf dich warten, keine Sorge«, erklärte er leise, und Erleichterung durchflutete sie wie ein starkes Glücksgefühl.

Sanft strich er mit der Hand über ihren Bauch und umkreiste ihre Nabel, nicht fordernd, sondern zärtlich, immer langsamer und langsamer. Lina merkte erst jetzt, dass sie ihren BH immer noch anhatte, was ihr irgendwie seltsam vorkam: Ein BH als einziges Kleidungsstück am Körper wirkte so lächerlich. Sie zog die Bettdecke unter ihrem Po hervor und deckte sich zu. Bent nahm sie in die Arme, und Lina fühlte sich wieder sehr wohl in seiner Nähe. Endlich konnte sie in der Dunkelheit sein Tattoo erkennen, die schnörkelige, hübsche Schrift lautete: »This is only temporary.«

Vorsichtig glitt sie mit den Fingern über die Buchstaben.

»Was bedeutet das für dich?« Sie schaute in Bents ebenmäßiges Gesicht. Er hatte die Lider gesenkt, total entspannt, und gab keine Antwort.

»Bent?«, hakte Lina nach.

Doch er antwortete immer noch nicht. Seine tiefen Atemzüge waren der eindeutige Beweis: Bent war inzwischen eingeschlafen.

Lina kuschelte sich in seine Armbeuge und machte die Augen zu. Sie wollte diesen Moment genießen und für immer festhalten: Das erste Mal, wo sie neben Bent einschlief – das erste Mal von vielen weiteren, wie sie hoffte. Lina spürte das unglaubliche Glücksgefühl mit jeder Faser ihres Körpers.

Kapitel 8

Lina fühlte sich, als würde sie auf Wolken schweben, als Bent sie am nächsten Tag nach Hause fuhr. Er küsste sie sogar noch mal im Auto, bevor sie hektisch ausstieg, um sich blitzschnell zu duschen, umzuziehen und zur Arbeit zu radeln. Sie konnte nicht schon wieder zu spät kommen, Claudia würde sie bei lebendigem Leib auffressen.

Sie winkte Bent hinterher, der zum Abschied sogar noch aus dem offenen Fenster zurückwinkte. Am Morgen war Lina mit frischem Kaffee geweckt worden, den sie gemeinsam im Bett getrunken hatten. Blöderweise war ihr dabei die Zeit total entglitten, und nun musste sie regelrecht zur Arbeit fliegen.

Lina schloss die Haustür auf und stürmte in die Wohnung. Dabei stieß sie fast mit Oliver zusammen, der gerade aus dem Bad kam, nur mit einer Boxershorts bekleidet und mit Herrn Schröder auf der Schulter, der ihm an den roten wirren Haaren knabberte. Lina und Oliver hatten die Haarfarbe von ihrem Vater Klaas geerbt.

»So eine schöne Frau«, gurrte Herr Schröder in Ollis Frisur, und Lina musste unweigerlich lachen.

»Hallo, Schwesterchen, wo kommst du denn her?« Olivers Ton verriet, dass er die Antwort natürlich schon ahnte.

Lina spürte, dass sie rot wurde.

Ihre Mutter steckte den Kopf aus der Küche. »Warst du die ganze Nacht weg?«

»Wer war weg?« Ihr Vater trat aus dem Wohnzimmer.

»Was ist denn hier los? Seid ihr heute alle zu Hause?«

»Entschuldige mal, ich wohne hier.« Ihr Vater grinste. Er war eingefleischter Loriot-Fan und der Ausspruch »Ich wohne hier«, immer begleitet von der Antwort »Aber doch jetzt nicht um diese Zeit!« waren quasi geflügelte Worte in der Familie, wo die Eltern so viel arbeiteten, dass man sich manchmal tatsächlich fragte, ob sie einen festen Wohnsitz überhaupt benötigten.

Plötzlich schauten sowohl ihr Bruder als auch ihre Mutter und ihr Vater Lina auffordernd an. Sie sahen von einem zum anderen. Frau Merkel flatterte in den Flur und setzte sich auf die Lampe.

»Na, jetzt sind wenigstens alle da!«, meinte Lina und warf einen schnellen Blick auf die Uhr.

»So ein Blödmann!«, schrie Frau Merkel und hackte mit ihrem Schnabel gegen die Lampe, was ein leises Klirren verursachte.

»Warst du mit Mattis auf dem Boot?«, fragte die Mutter.

»Sie sieht doch nicht nach Boot aus, Hannah, also wirklich!«, mischte sich der Vater ein.

»Ja, Lina, wo warst du denn nun?«, stichelte Olli.

»Leute, es ist ja wirklich schön, dass ihr euch heute Morgen alle so für mich interessiert. Doch ich hab wirklich keine Zeit. Wenn ich zu spät komme, wird Claudia ernsthaft sauer sein und das mit jedem Recht. Also – wenn ihr mich entschuldigen würdet …« Sie lächelte in die Runde und lief dann hektisch in ihr Zimmer, sich im Gehen schon des rückenfreien Oberteils entledigend, das ihr während des Dates mit Bent so gute Dienste erwiesen hatte.

Sie sprang unter die Dusche, schlüpfte danach in ein einfaches, weißes T-Shirt und knüpfte ihre Latzhose zu, dann fasste sie ihre Haare zu einem einfachen Zopf zusammen. Fertig.

Als es leise an ihrer Tür klopfte, wollte sie gerade gehen. Sie verdrehte die Augen. »Ja?«

Oliver schlüpfte ins Zimmer. »Und? War es schön?« Er flüsterte jetzt, alles Sticheln war aus seiner Stimme verschwunden, stattdessen hörte sie sein ehrliches Interesse.

»Ja, sehr. Aber nicht so, wie du denkst – du weißt schon.«

»Dann ist es ja gut.« Olli zog Lina zu sich heran und drückte sie fest. Dann hielt er sie auf Armesweite von sich weg. »Man sieht ja eigentlich eh, dass du glücklich bist.«

Lina freute sich über die brüderliche Fürsorge. Das war ganz ungewohnt, aber natürlich hatte sie auch seit Jahren keinen Freund mehr gehabt. »Danke, kleiner Bruder. Es ist echt lieb, dass du dich so um mich sorgst. Aber ich muss jetzt los, Claudia wird sonst ausflippen.«

Lina beugte sich vor und küsste ihren Bruder auf die Wange.

»Igitt! Bist du verrückt geworden!«, echauffierte er sich in gespieltem Entsetzen und wischte sich mit dem Handrücken über die Stelle, wo sie ihm einen dicken Schmatzer aufgedrückt hatte.

Lina lachte laut auf und lief an ihm vorbei hinaus in den

Gang. Herr Schröder saß harmonisch neben Frau Merkel auf der Lampe.

»Tschüüüss!«, rief Lina in die Wohnung hinein, bevor sie die Tür hinter sich zuzog und leise summend hinausging. Sie schloss ihr Fahrrad auf und trat dann kräftig in die Pedale. Und weil an Tagen wie diesen einfach alles klappte, hatte sie natürlich auch Rückenwind, der sie in Windeseile in Richtung Stadtzentrum schob.

»Hallo, Claudia, einen wunderschönen guten Morgen«, sagte Lina fröhlich. Sie war tatsächlich pünktlich. Ja, sie hatte sogar noch fünf Minuten.

»Dir aber auch!« Ihre Chefin strahlte ihr entgegen. Sie war gerade dabei, den morgendlichen Kaffee zu kochen, den die beiden Frauen meistens miteinander tranken, wenn sie nicht in Arbeit fast untergingen. Es gab eine kleine Kammer mit einem Waschbecken und einem kleinen Tischchen, auf dem die Kaffeemaschine stand und wo sich auch ein kleines Geschirrregal sowie ein Kühlschrank befanden.

Irgendwie sah Claudia heute Morgen anders aus. Lina konnte es erst nicht ausmachen, was, bis ihr auffiel, dass ihre Chefin die Haare wie sie selbst zu einem Pferdeschwanz gebunden hatte. Offenbar war die Zeit des geflochtenen Zopfs vorbei, dachte Lina bei sich.

Sie holte zwei Tassen aus dem Regal und stellte sie neben die Kaffeemaschine. »Ich sperr schon mal auf«, informierte sie Claudia noch und ging nach vorne in den Verkaufsraum, wo es intensiv nach Lilien duftete. Zwei Eimer voll frischer gelber Blüten standen noch auf dem Verkaufstresen. Anscheinend waren die mit der Morgenlieferung gekommen.

Lina lief an den Kübeln vorbei und steckte den Schlüssel ins Schloss der Ladentür.

Sie war noch nicht zurück an der Theke, um die Lilien zu holen und an ihren Platz zu bringen, als die Tür sich schon öffnete.

»Moin, Lina!«

»Mattis! Einen wunderschönen guten Morgen.«

»Du hast ja heute eine Superlaune«, stellte er fest, und ihm war deutlich anzuhören, dass er neugierig war, den Grund dafür zu erfahren. Aber sie würde ihm hier und jetzt keine Details verraten – das würde sie beim Segeln am Wochenende tun.

»Och, es geht«, erwiderte sie deshalb nur, griff nach dem ersten Eimer voll Lilien und stellte ihn vor die dunkelroten langstieligen Rosen. Der Kontrast zwischen gelb und rot war wunderschön.

»Es geht, hm? Lügnerin! Hat das was mit deinem Geburtstagsdate-Typen zu tun?«

Mattis kannte sie einfach zu gut. Vor ihm konnte sie nichts geheim halten. »Ich erzähl es dir, wenn wir nach Ladenschluss beim Segeln sind.«

»Wunderbar. Also. Ich kann am Samstag nicht so lang, weil ich am Sonntag ein Date habe. Das wollte ich dir nur schnell sagen. Sonnenaufgang auf der Aussichtsdüne mit Frühstück«, fügte er noch als Erklärung hinzu. »Ich will einigermaßen wach sein.«

Mattis verstand sich auf perfekte Dates. Diese Fähigkeit hatte er schließlich seit Jahren trainiert und ausgefeilt. »Das Date lebt schließlich davon, dass ich der Frau entsprechend aufmerksam begegne.« Mattis warf einen vielsagenden Blick in Linas Richtung.

»Versteht sich, dass du bei deiner Flirterei nicht einschlafen willst«, sagte Lina und zwinkerte ihm zu – dabei spürte sie jedoch einen kleinen Stich und fühlte sich zurückgesetzt, weil jemand anders ihm wichtiger als sie war. Doch weil sie vielleicht auch jemand Besonderes hatte, konnte sie sich wohl kaum beschweren. Schließlich hatte sie ihn auch versetzt, weil sie einem anderen Menschen in dem Moment den Vorzug gegeben hatte.

Außerdem war es ja nichts Neues: Mattis hatte schließlich ständig irgendwelche Frauengeschichten am Laufen.

»Das passt mir ganz gut«, erwiderte Lina deshalb auch. »Ich geh vielleicht zum Golfen am Sonntag.«

Mattis brach ganz unverhofft in sein tiefes, schallendes Gelächter aus, das Lina normalerweise immer mitlachen ließ, sie heute aber total überraschte.

»Der war gut, der war echt gut!« Er glaubte wirklich, dass sie einen Scherz gemacht hatte.

»Aber ich und Bent …« Sie wollte gerade ansetzen, ihm das mit dem Golfspiel zu erklären, da kam Claudia mit zwei vollen Kaffeebechern aus dem kleinen Personalraum.

»Was machst du denn schon wieder hier?«, fragte sie Mattis ohne eine Begrüßung. »Ich sehe, du hast schon wieder viel zu lachen heute Morgen.«

Claudia reichte Lina ihren Kaffee, die sich mit einem Nicken bedankte.

»Ich bin eben ein fröhlicher Mensch. Das ist aber etwas, was du vermutlich nicht so wirklich verstehen willst«, entgegnete Mattis unbeeindruckt.

»Brauchst du ein Blümchen für eine deiner Flammen, oder hältst du nur Lina auf?«, gab Claudia schnippisch zurück.

Lina nippte an ihrem Kaffee. Sie würde sich nicht einmischen, dafür war ihre Laune viel zu gut. Alle paar Minuten wanderten ihre Gedanken zu Bent, wie sie in seinen Armen gelegen hatte, wie er ihr am Morgen den Kaffee ans Bett gebracht und ihr mit dem Handrücken über die Wange gestreichelt hatte, genau die Art zärtliche Geste, die Lina in den letzten Jahren oft vermisst hatte.

»Ich bin schon weg, dann hast du die Mitarbeiterin des Jahres wieder für dich. Ich muss noch eine Baustelle anschauen, und der Wäschetrockner drüben bei den Roiters ist kaputt. Bis Samstag dann, oder?« Mattis war halt der »Strommann« auf der Insel und hatte ein magisches Händchen für alle Elektrogeräte.

»Ja, genau. Treffen wir uns nach Ladenschluss am Hafen?«, fragte Lina.

»Passt!« Mattis winkte ihr zu, dann wandte er sich an Claudia. »Gute Geschäfte!«

Doch natürlich sagte Linas Chefin nichts auf Mattis' sicher nett gemeinte Worte.

Sekunden später war Mattis auch schon aus der Tür.

*

Das Wasser glitzerte herrlich. Der Wind hatte aufgefrischt, genau so, dass Mattis' Boot schön Fahrt aufnahm. Sie fuhren an der Stadt vorbei, schauten hinüber zum Strand, wo die vielen Strandkörbe das typische Inselflair vermittelten. Dahinter sah man die Silhouette der Insel mit den beiden Bausünden, wie die zwei Hochhäuser des Eilands allgemein genannt wurden.

Bald würden sie rüber in Richtung Juist segeln, kurz die Wasserpassage zwischen den Inseln queren, um dann schon sehr bald den *Kalfamer*, ein Rückzugsgebiet für Vögel an der östlichen Eilandseite von Juist und den weiten Sandstrand, der ihm vorgelagert war, zu passieren. Manchmal sah man vom Segelschiff aus sogar Robben.

Mattis saß an der Pinne und beobachtete Wind und Wetter, während Lina es sich ihm gegenüber bequem gemacht hatte und die Beine ausstreckte. Sie genoss die Ruhe auf dem Boot, die vertrauten und dennoch immer wieder neuen Ausblicke. Immer wenn sie aufschaute, erblickte sie die Bugwelle, die die Wasseroberfläche durchschnitt. Das leise Stampfen des Schiffes und das gurgelnde Geräusch, das das Boot erzeugte, sorgten dafür, dass sie sich noch besser auf das Buch, das sie mitgebracht hatte, konzentrieren konnte. Sie war ganz bei sich in diesen Augenblicken. Mattis und sie brauchten nicht viele Worte. Und obwohl sie nie darüber gesprochen hatten, herrschte so etwas wie eine schweigende Übereinkunft, dass die Momente, in denen sie miteinander auf dem Wasser unterwegs waren, Zeiten der Ruhe waren. Es war ein wenig so, als würden sie miteinander meditieren.

Wenn die See stürmischer war, segelten sie das Schiff natürlich gemeinsam. Aber heute war es ein Leichtes für Mattis, allein zurechtzukommen. Deshalb konnte sie ihren mitgebrachten Liebesroman in vollen Zügen genießen.

Am nächsten Morgen würde sie Bent endlich wiedersehen, endlich! Schließlich waren schon ein paar Tage vergangen seit ihrem wunderschönen Date. Er hatte vorgeschlagen, sich einen Strandkorb am Nordstrand zu mieten und dort genüsslich zu brunchen. Auch wenn Lina die Golfstunden mit Bent gefallen hatten – insbesondere der Körperkontakt –, war sie insgeheim etwas erleichtert, ihren Kampf mit dem Golfsport noch verschieben zu können. Jeden Tag hatte Bent ihr mehrere Nachrichten geschrieben, und am Vorabend hatten sie auch noch lange miteinander telefoniert. Vor dem Hintergrund, dass sie nicht mehr allein war, genoss sie die Liebesszene in ihrem Roman gleich noch viel mehr.

»Schau mal, da vorn ist tatsächlich die Plätte von letztens. Ich hab mich erkundigt, das sind tatsächlich Touristen aus Bayern. Wär ja schon toll, da mal hinzufahren zum Segeln. Also an den Chiemsee, weißt du. Das ist sicher ganz anders als hier am Meer.«

Lina schaute von ihrem Buch auf, sie mochte die Idee sofort. »Könnten wir da das Boot mitnehmen?«

»Na ja«, Mattis wägte ab, »ich glaube, das ist etwas teuer. Besser, wir mieten uns ein Schiff vor Ort. Aber für eine Woche wäre das doch mal schön.«

»Na klar, ich bin sofort dabei.« Die Vorstellung, eine Woche mit Mattis zu verbringen, gefiel Lina. Doch dann wurde ihr Überschwang gedämpft. Wie würde Bent es finden, wenn sie mit einem anderen Mann in den Urlaub fuhr?

Es war, als könnte Mattis Gedanken lesen. »Geht das denn bei dir noch so einfach? Jetzt, wo du im siebten Himmel schwebst?«

»Sei nicht komisch und freu dich gefälligst für mich!«, erwiderte Lina lachend. »Du triffst doch auch morgen schon wieder eine neue Flamme, oder nicht?«

»Also heißt das, dass du mit dem Typ jetzt so richtig zusammen bist?«, hakte Mattis nach und wich gleichzeitig Linas Frage aus.

Kurz schwieg Lina und überlegte. »Ja, ich denke schon. Wir sind für morgen zum Brunchen verabredet.« Sie hatte keine Ahnung, wenn sie ehrlich war. Aber das hätte sie Mattis gegenüber um keinen Preis der Welt zugegeben.

»Das ist ja ganz wunderbar.« Mattis' Ton verriet nicht, ob er meinte, was er da sagte. Lina irritierte, dass sie ihn, den sie sonst wie ihre Westentasche kannte, nicht recht einschätzen konnte in diesem Augenblick.

»Dann könnten wir ja mal zu viert aufs Boot«, sprach er weiter.

»Zu viert? Das wär ja super. Bent ist wirklich sehr nett, wirst sehen! Bestimmt magst du ihn gleich genauso sehr wie ich.«

»Na klar. Davon bin ich überzeugt.« Er sprach wieder in diesem Tonfall, den Lina nicht einzuordnen vermochte. »Wir fahren dann alle raus miteinander. Du, ich, meine Freundin und dein Freund.« Mattis schaute am Mast entlang hinauf zum Himmel und dann wieder nach vorn. Sie waren jetzt auf Höhe von Juist, genau gegenüber vom kleinen Flugplatz der Insel.

»Deine Freundin?«, rief Lina überrascht aus. Das war ja was ganz Neues.

»Ja, die Frau, die ich morgen treffe. Susanne.«

Lina war wie vor den Kopf gestoßen. »Eine Frau, die du mir vorstellst?«, wollte sie deshalb wissen, ihre Verblüffung nicht verhehlend.

»Ja, warum denn nicht? Sie wohnt drüben in Norden und arbeitet da als Wattführerin. Sie ist sehr nett, du wirst sie bestimmt mögen.« Mattis schaute in ihre Richtung. Lina vermutete, dass er sie herausfordernd anblickte, aber sie wusste es nicht, denn seine Augen waren hinter einer schwarzen Sonnenbrille verborgen.

Fieberhaft überlegte Lina. Sie war ganz verwirrt von dem inneren Aufruhr, der ganz plötzlich wie eine Stichflamme in ihr emporgeschossen war. Wieso sollte Mattis keine Freundin haben? Sie hatte schließlich auch Bent.

Es war eine Mischung aus Angst und Wut, die sie spürte. Sie konnte das Gefühl nicht einordnen. Es fühlte sich ein wenig an wie ein Monster, das drohte, sie von innen her aufzufressen.

»Eben. Warum nicht. Bestimmt haben wir vier es total nett hier auf dem Schiff«, antwortete Lina entgegen ihres Empfindens. Sie versuchte, ihre Emotionen einfach runterzuschlucken, und es kam ihr gleichzeitig so vor, als ob sie an ihnen ersticken müsste.

»Eben«, entgegnete Mattis. Mehr nicht. Dann schwiegen beide. »Oh, ich muss der Fähre ausweichen. Mist.« Hektisch begann er sein Manöver, voll konzentriert auf das Segeln.

»Brauchst du mich?«

»Nein, lies ruhig weiter.« Mattis lächelte sie an, dann war er sofort wieder bei der Sache.

Lina schaute wieder in ihr Buch, doch die Buchstaben verschwammen vor ihren Augen. Sie schaute hinüber nach Juist, wo schönste Dünenlandschaft an ihnen vorbeizog, aber auch die herrliche Landschaft vermochte sie nicht in ihren Bann zu ziehen.

Mattis hatte eine Frau kennengelernt und sich verliebt. Diesmal musste es ihm wohl ernst sein, wenn er wollte, dass sie beide sich trafen. Er hatte ihr noch nie eine seiner Affären vorgestellt oder das Wort Beziehung in den Mund genommen und sich zu einer der Frauen offiziell bekannt – schon gar nicht zu Lina. Sie spürte, dass ihr Tränen in die Augen stiegen. Sie war damals für ihn nichts mehr gewesen als ein Flirt, eine unter vielen. Insgeheim hatte sie immer gehofft, dass es auch für ihn mehr bedeutet hatte, er damit aber einfach nicht umgehen konnte. Er hatte nicht ein einziges Mal mit ihr über das gesprochen, was zwischen ihnen passiert war, geschweige denn mit irgendjemandem. Und plötzlich gab es Susanne. Susanne, die er ihr vorstellen wollte und mit der er ganz offen umging. Susanne – was war das überhaupt für ein Name? Lina wusste, dass ihre Gedanken irrational waren, dass es ihr Kummer, ihre Verletztheit und Enttäuschung war, die da sprachen, doch sie konnte nichts gegen ihre Emotionen tun. Sie war eben nur Lina, die gute alte Lina mit den roten Wuschelhaaren, den unzähligen Sommersprossen, ungeschminkt und so vertraut wie ein alter, ausgelatschter Hausschuh.

Der Kloß in Linas Hals war so dick geworden, dass sie ihn kaum noch runterschlucken konnte. In diesem Moment vibrierte ihr Handy in der Hosentasche.

Letzte Trauung für heute. Voller Samstag! Wie schön, dass wir morgen den Sonntag miteinander verbringen können. Ich küss dich. Bent

Ein romantischer Brunch am Nordstrand. Ein Lächeln huschte über Linas Gesicht, und der Kloß schmolz auf die Größe einer Murmel zusammen. Er war zwar noch da, aber deutlich kleiner geworden. Ach, Bent. Schnell tippte sie eine Antwort. Wäre jetzt auch gern bei dir.

Sie hatten das Juister Wattfahrwasser erreicht, wo es eine scharfe S-Kurve zu passieren galt, bevor sie in den Hafen einfahren konnten. Lina horchte tief in sich hinein. Der laute Donner ihres Unwohlgefühls war vorerst zu einem fernen Grollen verklungen. Sie inhalierte die salzige Seeluft und stieß sie dann wieder aus. Als Mattis sich daranmachte, das Segel einzuholen, stand sie auf und ging ihm zur Hand. Danach liefen sie in den Hafen ein, vorbei am Seezeichen von Juist. Der weiße Aussichtsturm, der der Form eines Segels nachempfunden war, war eines der Wahrzeichen der Insel. Wenn man die obere Aussichtsplattform erklomm, bot sich einem ein fantastischer Ausblick aufs Wattenmeer und über den Hafen sowie die Stadt.

Mattis und sie stiegen oft hinauf, um die Manöver anderer Segler zu beobachten und über deren Sinn und Unsinn fachzusimpeln oder um einfach nur die herrliche Aussicht über die Nordsee bis hinüber zum Festland zu genießen.

»Ich hab vielleicht einen Hunger!« Mattis hatte den Motor angemacht und schrie gegen das Motorengeräusch an. Schnell war das Segelboot sicher durch die Hafeneinfahrt geschleust.

Linas Magen knurrte fast so laut wie der Motor. Es war wirklich Zeit, das Restaurant zu stürmen.

Eine halbe Stunde später saßen Mattis und Lina einander bei Seewolf und Kabeljau gegenüber.

»Dann triffst du dich morgen also mit diesem Bent zum Brunch?«, fragte Mattis und steckte sich eine Gabel Bratkartoffeln in den Mund.

»Ja. Wir wollten an den Nordstrand und später dann vielleicht noch …«

»Geht ihr ins *Surfcafé*?«, unterbrach Mattis ihre Ausführung. Er wirkte interessiert. Er hatte seine Sonnenbrille abgenommen und musterte sie.

»Nein, wir machen unseren eigenen Brunch und picknicken am Nordstrand. Er wollte sich um alles kümmern«, erklärte Lina. Wie immer, wenn es um Bent ging, musste sie einfach lächeln, ob sie wollte oder nicht.

»Ah, okay. Na, er weiß, wie man Frauen beeindruckt«, stellte Mattis fest.

Lina war empört, fühlte sich aus einem unerklärlichen Grund ertappt, denn natürlich hatte sie Mattis keine Details verraten wollen. »Was soll das denn heißen?«

Mattis zuckte mit den Schultern. »Gar nichts. Ich meine, es muss gar nichts heißen. Aber es könnte was heißen.«

Lina spürte, wie sie sich schon wieder über Mattis ärgerte. Schließlich kannte er Bent gar nicht. Er konnte sich überhaupt kein Urteil erlauben.

»Würdest du das bitte lassen?« Die Stimmung zwischen Mattis und Lina war so kühl, dass sich eine Gänsehaut auf Linas Unterarmen bildete.

»Ist ja gut!« Mattis hob abwehrend die Arme. Seine Gereiztheit war nicht zu überhören.

Schweigen senkte sich über die beiden und keiner sprach mehr. Lina beobachtete das Anlegemanöver einer Fähre durch das Fenster des Lokals. Danach wandte sie sich wieder ihrem Essen zu. Nichts war zu hören als ab und zu das leise Klirren ihres Bestecks.

»Wie wäre es, wenn wir das Thema wechseln?«, schlug Lina schließlich vor, da sie die Stille nicht mehr aushielt, die zwischen ihnen herrschte.

Mattis hatte gerade eine kleine Kartoffel auf eine Art und Weise aufgespießt, dass es so aussah, als wäre sie sein persönlicher Feind, den es zu bekämpfen galt. Jetzt stopfte er sie sich in den Mund, bevor er antworten konnte. Seine Wange beulte sich aus, und er erinnerte Lina an jemanden, der frisch von einer Weisheitszahn-OP kam.

Linas Spannung löste sich bei diesem Anblick unweigerlich. Sie begann zu prusten, ohne dass sie es wollte.

»Was ist denn jetzt so lustig?«, nuschelte Mattis verwirrt.

»Du. Einfach nur du. Hast du mal in den Spiegel geschaut, während du eine Babykartoffel in deiner Backentasche verstaut hast?«

Endlich fiel der Groschen. Mattis grinste. Er kaute und schluckte. Anschließend griff er zu seiner Serviette und tupfte sich die Lippen ab.

»Okay. Friede. Reden wir von was anderem. Und wir könnten nachher auch noch kurz zum Leuchtturm rüber, oder?« Der Turm stand gleich über die Wiese, hinter dem Lokal. Ein kleiner brauner Leuchtturm, den Lina besonders mochte von denen, die sie kannte.

»Super, das machen wir.« Meistens, wenn sie hier waren, dachte Mattis daran, wie viel Freude sie an Leuchttürmen hatte, und gemeinsam jagten sie dann die Treppen hoch. Die beiden Freunde hoben ihre Gläser und stießen an. Aber etwas war anders als sonst, ohne dass Lina ihren Finger auf die Wunde hätte legen können.

Kapitel 9

»Sorry, ich hab echt verschlafen. Entschuldige den Aufzug.« Bent lächelte sie an, er hatte fünf Minuten später als verabredet vor Linas Tür gestanden. Er sah wie immer perfekt aus. Helle Hose, ein passendes Kurzarmhemd, das sein Tattoo gerade so verdeckte, und ein Basecap, das dem Outfit eine gewisse Lässigkeit verlieh. Dieser Mann wusste einfach, wie man sich kleidete. Lina hatte sich für einen weiten Rock und ein enges Oberteil entschieden, darunter hatte sie gleich ihren Bikini an. Es war fast gespenstisch warm für Norderney heute, und auch in den kommenden Tagen sollte es laut Wetterbericht nicht abkühlen.

»Das macht doch nichts, wir haben Zeit.« Lina beugte sich vor, um Bent zu küssen. Ihre Lippen berührten sich kurz. Er trug, wie sie feststellte, heute ein anderes Aftershave, ein wenig herber. Sie wusste noch immer nicht, nach was er selbst roch. Dabei hätte sie so gern gewusst, ob ein Mann nach Marzipan riechen konnte.

»Erst mal müssen wir noch ein paar Zutaten für den Brunch kaufen«, gestand Bent und kratzte sich verlegen am Kinn. »Ich bin noch nicht dazu gekommen – eben weil ich verpennt habe.« Er wirkte ganz geknickt.

»Ehrlich. Kein Thema.« Lina zog die Haustür hinter sich zu und nahm Bents Hand. »Komm, wir gehen zum Auto, hm?«

»Ja, danke. Dann kannst du wenigstens selbst etwas aussuchen, das du magst«, meinte er.

»Genau.« Lina drehte sich nicht um, aber sie spürte förmlich die Blicke ihrer Mutter und ihres Bruders im Nacken, die am Morgen vor Neugier fast geplatzt waren, als Lina gesagt hatte, dass sie sich mit Bent treffen wollte. Zum Glück war wenigstens der Vater nicht da. Er war besonders neugierig, wenn es um Nachfragen bezüglich potenzieller Partner von Lina ging. Allerdings wäre es ihr noch lieber gewesen, hätte auch die Mutter heute einen ihrer Morgentermine zum Sonnenaufgangswandern gehabt. Aber anscheinend war genau heute der einzige Tag des Sommers, an dem sie viel zu viel Zeit hatte. Aber Lina hatte weder ihrer Mutter noch Olli etwas erzählt.

Sie wünschte sich einen schönen Tag mit Bent – kein Familienverhör hinsichtlich seiner Person.

Im Wagen legte Bent seine Hand wieder auf Linas Oberschenkel, und die Wärme auf ihrer Haut zog sie wie magisch in seine Richtung. Am liebsten hätte sie sich gleich in seine Arme geschmiegt, hätte ihn gebeten, in seine Wohnung zu fahren statt zum Strand. Allerdings kam sie sich fast schon lächerlich vor, weil ihr Nähebedürfnis so groß war. Stattdessen hielt sie also den Mund und ließ sich von Bent zum Supermarkt chauffieren, wo der Andrang der Brötchenholer um diese Tageszeit gerade abflaute und dem normalen Tagesgeschäft wich.

»Was magst du?« Sie standen an der Obsttheke. »Nehmen wir ein paar Erdbeeren mit? Die passen so gut zu Sekt. Und vielleicht von den Kirschen?«, schlug Bent vor.

»Ja, gern.« Lina war das gar nicht so wichtig. Hauptsache, sie waren zusammen.

Weiter vorn stand Frau Ablinger aus der Nachbarschaft. Sie wohnte drei Häuser weiter und lud gerade einen Sack Äpfel in ihren Einkaufswagen. »Moin, Frau Ablinger!«, grüßte Lina in ihre Richtung, und die ältere Dame schaute auf.

»Moin Lina! Hast du frei heute?« Frau Ablinger war erst vor ein paar Jahren auf die Insel gezogen, und obwohl sie sich bemühte, hörte man ihr noch deutlich an, dass sie aus Bayern kam. Sie holte ab und an einen kleinen Blumenstock für ihre Terrasse im Laden. Während sie mit Lina sprach, hatte sie den Blick eigentlich die ganze Zeit auf ihre Begleitung gerichtet und konnte ihn kaum von Bent losreißen.

»Ja, wir haben doch sonntags geschlossen«, erklärte Lina der Nachbarin.

»Natürlich! Ich hatte den Tag gar nicht auf dem Schirm. Warte mal, bis du in Rente bist, da wird dir das genauso gehen.« Jetzt erst schaute Frau Ablinger wieder zu Lina. »Dann mach dir mal einen schönen Tag, ne?«

»Danke, Ihnen auch.«

»Jo, ich brauch noch Radieschen und …« Frau Ablinger hatte Lina und Bent schon den Rücken zugewandt, hörte allerdings nicht auf vor sich hin zu murmeln. Ja, man wurde schon ein wenig eigen, wenn man so lang allein lebte wie Frau Ablinger, deren Mann vor einigen Jahren gestorben war. Es gab wohl eine Tochter, munkelten die Insulaner. Aber die hatte sich noch nie auf der Insel blicken lassen, soweit Lina wusste. Zwar nahm die ältere Dame aktiv am Inselleben teil, dennoch war sie sicher manchmal einsam, überlegte Lina.

»Hi, mien Deern!« Lina hörte ein Lachen. Als sie sich umdrehte, war da Mia, mit der sie die Grundschule besucht hatte. Sie hatte die Freundin zuletzt beim traditionellen Osterfeuer am Weststrand getroffen, gemeinsam mit dem Rest der Mädelsclique, die sie schon seit ihrer Jugend kannte. Im Winter sahen sie sich häufiger, aber im Sommer blieb kaum Zeit für Treffen.

»Hey, Mia, dich hab ich ja lang nicht gesehen!«

»Na, gleichfalls.« Mia lachte laut. »Ich bin im Moment drüben in Norden und den ganzen Tag auf dem Festland beim Arbeiten. Als frisch gebackene Agraringenieurin war es hier einfach schwierig.«

»Kann ich mir vorstellen. Bei mir ist es so, dass ich jetzt in der Hauptsaison zu gar nichts komme – außer Blumensträuße zu binden natürlich. Kein Wunder, dass wir uns schon eine halbe Ewigkeit nicht mehr gesehen haben! Wie ist denn dein neuer Job?«

Die beiden Frauen unterhielten sich angeregt, während Bent im Hintergrund ein Schälchen Erdbeeren in den Einkaufswagen stellte.

»Ich fahr mal zur Kühltheke«, sagte er ganz leise, als er den Wagen dann an Lina vorbeischob.

»Ich komm gleich nach.« Sie legte ihm im Vorbeigehen kurz die Hand auf die Schulter.

»Ist das dein Freund?« Mia war nun wirklich niemand, der ein Blatt vor den Mund nahm. Bent war schon außer Hörweite.

»So genau weiß ich das noch gar nicht, wenn ich ehrlich bin. Aber ich schätze mal schon.« Lina kam der Gedanke, ob sie Bent fragen sollte, wie er das sah. Schnell verwarf sie allerdings diese Idee wieder. Sie würde einfach ganz natürlich mit ihm umgehen und die Zeit für sich arbeiten lassen.

»Hast dir da ja ein schickes Exemplar geangelt«, meinte Mia noch und schaute Bent ungeniert hinterher. Lina musste sich schon schwer irren, wenn die Blicke ihrer Bekannten nicht kurz an seinem Hintern hängen blieben.

»Danke. Ich muss dann mal.«

»Ja, klar. Lass uns doch mal wieder auf einen Klönschnack treffen. Vielleicht kriegen wir ein paar von uns Mädels zusammen, wär doch schön«, meinte Mia.

»Auf jeden Fall.« Lina war sich nicht ganz sicher, ob ein Treffen jetzt im Sommer klappen würde, wo Norderney aus allen Nähten platzte. In der kalten Jahreszeit kamen Mia, Ines, Anne, Corinna und Lina einmal im Monat zusammen, um über Gott und die Welt zu plaudern.

»Also, ich würde mich freuen«, fügte Lina deshalb noch hinzu. »Jetzt muss ich aber!« Sie zeigte mit dem Kinn auf Bent, winkte Mia noch mal zu und lief dann in seine Richtung, damit er nicht unnötig noch länger auf sie warten musste.

»Hier kennt wirklich jeder jeden, oder?«, fragte Bent.

Wirkte er etwa verärgert? Hatte sie zu lange geplaudert? »Ja, wirklich. Es tut mir echt leid, Einkaufen hier auf der Insel dauert, wenn man erst mal richtig angekommen ist.« Lina grüßte schon wieder, diesmal einen Mann mit Vollglatze, den sie zwar nicht persönlich kannte – er musste vom Festland kommen –, der aber regelmäßig im Blumengeschäft einkaufte.

»Scheint so. Wollen wir sehen, dass wir hier wegkommen?« Bent schaute sie fragend an. Lina versuchte, seinen Gesichtsausdruck zu deuten, aber sie kannte ihn einfach nicht gut genug, um seine Mimik lesen zu können.

»Garnelen oder Brie?«, wollte er wissen und bevor Lina antworten konnte, packte er schon beides in den Wagen zum Obst. »Wir lassen es uns heute einfach mal rundum gut gehen.«

»Hallo, Lina!«

»Hallo, Manuel.« Ein kleiner Junge war kurz zu ihnen geflitzt, um dann zurück zu seiner Mutter zu laufen, die fröhlich herüberlachte. Manuel kam zu gern mit seiner Mutter in die *Blühende Phantasie*, weil er sich immer aus der kleinen Bonbonniere bedienen durfte, die Claudia für die Kinder der Kundschaft gut gefüllt bereithielt.

»Sehen wir zu, dass wir uns beeilen.« Lina lächelte. »Sonst können wir gleich hier picknicken.«

»Danke.« Bent klang ehrlich erleichtert. »Ich dachte wirklich schon, wir müssten hier zwischen dem Regal mit den Nudeln und der Orangenmarmelade unsere Decke ausbreiten.«

Lina grinste bei der Vorstellung und drückte kurz Bents Hand, ehe sie sie wieder losließ. Alles sprach für einen traumhaften Tag am Meer. Erdbeeren, Kirschen und ein paar Knabbereien lagen ausgebreitet auf der Picknickdecke vor dem Strandkorb, den Bent und Lina weit oben am Strand, wo die Dünen ihnen Schutz vor dem Wind boten, gemietet hatten. Es gab auch Sandwiches mit Räucherlachs, wie Lina überrascht feststellte. Bent hatte sie schon bei sich zu Hause vorbereitet und präsentierte sie freudestrahlend, indem er mit großer Geste den Deckel einer Bento Box abnahm und sie Lina hinhielt. Unweigerlich musste sie bei seiner Präsentationsshoweinlage lachen. Ihr lief schon das Wasser im Munde zusammen, besonders, weil es zum Nachtisch noch kleine Schokoladentörtchen geben würde, die sie noch schnell beim

Bäcker mitgenommen hatten. Sie liebte die kleinen Schokokuchen. Sogar an Teller hatte Bent gedacht. Jetzt arrangierte er für Lina eine Reihe von Köstlichkeiten darauf und reichte ihr ein schönes Sortiment, bestehend aus Obst, Garnelen, Käse und einem Sandwich, in das Lina sofort hungrig und wenig damenhaft hineinbiss.

»Mmmh!«, machte sie und verdrehte die Augen. Majo, der Lachs, Rauke und ein Stück Gurke, dazu die zarte Schärfe von Meerrettich. »Du bist ja ein richtiger Koch!«

Bent grinste breit. »Na ja. Ich kann Brote belegen, sagen wir so.« Er war mit seinem eigenen Teller fertig und setzte sich zu Lina in den Strandkorb.

»Wollen wir anstoßen?« Die beiden Sektgläser standen bereits befüllt auf dem kleinen Tischchen des Korbs.

»Sehr gern!« Lina hob ihr Glas, das leise gegen Bents klirrte.

»Auf einen gelungenen Tag!« Bent schaute tief in Linas Augen, dann beugte er sich vor und küsste sie zart und fordernd zugleich. In diesem Augenblick wusste Lina, dass ihr Ausflug eindeutig hielt, was er in ihren Gedanken versprochen hatte.

*

Lina war hellwach, so wach, dass sie vor sich hin summte, während sie den großen bunten Blumenstrauß für den fünfzigsten Geburtstag von Frau Pohl gestaltete. Ihr Mann, ein eher mürrischer Mitfünfziger, war gestern mit seinem üblichen grummelnden Ton im Laden herumgestampft, hatte sich mit den Händen verlegen über den beachtlichen Bauch gestrichen und war dann zu dem Schluss gekommen, dass »die

Pinken« und »die Gelben« mit »Grünzeug« schön wären für seine Frau. Er sagte, der Strauß solle fünfzig Euro kosten, und er würde ihn heute am Dienstag abholen. Nun steckte Lina Fresien, Floribundarosen und Paradiesvogelblumen, die dem Strauß ein wenig Extravaganz verleihen würden, zusammen. Frau Pohl würde sich mit Sicherheit über dieses Blumenarrangement freuen. Fröhlich schnitt sie noch die Stängel an und legte einen Zettel mit Pflegehinweisen für Schnittblumen und ein Päckchen Granulat bereit. Dann packte sie den Strauß in Cellophan und dekorierte ihn mit einer Schleife.

Heute war sie vor Claudia eingetroffen und hatte auch schon die frische Blumenlieferung verstaut.

Das Wochenende war so erholsam gewesen, dass sie das Gefühl hatte, eine ganze Woche im Urlaub gewesen zu sein. Es hallte nach bis heute.

Lina hatte das Gefühl, Energie für drei zu haben. Das Segeln mit Mattis und der verspätete Brunch im Strandkorb mit Bent waren gleichermaßen schön gewesen. Bent und sie hatten ihr Picknick genossen und den Mittag danach kuschelnd unter einer Decke im Korb zugebracht. Sie hatten es nicht einmal bis vor ans Wasser geschafft, so sehr waren sie miteinander beschäftigt gewesen. Der Wind war später aufgefrischt und pfiff um sie herum, aber in der Geborgenheit ihres Strandkorbs war es wunderschön gewesen, auf die Wellen zu blicken, die Spaziergänger zu beobachten und die Füße in den weißen weichen Sand zu graben, während Bent sie unter der Decke sanft gestreichelt hatte. Er hatte seine Hand unter ihr T-Shirt gleiten lassen, und es gab den ein oder anderen Augenblick, wo sie sich gewünscht hätte, ganz und gar unbeobachtet zu sein.

Aber dieses Mal, am Strand, hatte sie das Kribbeln und das Knistern umso mehr genossen, die Vorfreude darauf, wieder mit Bent ganz allein zu sein.

Leider hatte er am Abend noch eine Verabredung mit einem Bekannten zum Golf gehabt, sonst wäre sie, ohne zu überlegen, mit ihm nach Hause gefahren. Lina hing in Gedanken noch bei dem Kuss, den er ihr vor der Haustür im Wagen gegeben hatte, innig und voller Verheißung aufs nächste Treffen.

»Du bist so schön«, hatte er ihr noch ins Ohr geflüstert, bevor sie ausgestiegen war. Und gleich heute Morgen hatte Bent ihr ein Foto von einem Sonnenaufgang am Strand geschickt. Zwar nicht von der Stelle, wo sie gewesen waren, aber das spielte keine Rolle. Sie verstand seine Botschaft auch so. »Miss you!«, stand unter dem Bild, sonst nichts.

Lina war ganz in ihren Erinnerungen versunken, als sich die Ladentür öffnete. Es war aber nicht Herr Pohl, den Lina eigentlich erwartet hatte, sondern Claudia, die hereinkam.

»Hallo, Mitarbeiterin des Jahres!«, rief sie Lina entgegen.

Mitarbeiterin des Jahres. Das war ja ganz was Neues! Und dass Claudia das Geschäft nicht durch den Hintereingang betrat, auch. Lina schaute auf die Uhr.

»Heute bist du aber zu spät«, stellte sie neckend fest, ohne auf die Mitarbeiterin des Jahres einzugehen.

Claudias Wangen färbten sich leicht rot. Sie griff nach dem Blumenstrauß und begutachtete ihn.

»Herr Pohl, oder?«

»Jab«, betätigte Lina.

»Hat er die Blumen ausgesucht?«

»Natürlich! Er war extra da und hat gelbe und pinke Blüten ausgesucht«, sagt Lina lächelnd.

»Ja, das ist jedes Jahr das Gleiche. Er hat keine Ahnung, welche Blumen er kauft. Doch ich finde, Geschmack hat er komischerweise schon. Er kombiniert oft so abenteuerlich, dass es am Ende ungewöhnlich, aber toll aussieht.« Claudia hatte in Worte gefasst, was Lina sich auch dachte.

»Mir ist es ja bei diesem Baron auch so gegangen. Ich hab total vorschnell über ihn geurteilt, dabei hatte seine Bestellung wirklich Hand und Fuß am Ende – wenn man mal von den Efeuranken absieht.« Lina lachte, und Claudia fiel sofort mit ein.

So viel Wohlwollen kannte Lina gar nicht von ihrer Chefin, wenn sie daran erinnerte, wie sehr die sich über die Efeugirlande und den unpassenden Brautstrauß dieses Barons von Stein aufgeregt hatte, grenzte es an ein Wunder, dass sie jetzt gemeinsam darüber lachten.

»Du hast wirklich gute Laune, hm?«, hakte Lina nach.

Claudia wollte etwas antworten, doch da ging schon wieder die Tür des Geschäfts auf. »Moin moin, Herr Pohl«, grüßten die beiden Frauen unisono.

»Na, mien Deerns, hier herrscht ja eine ausgelassene Stimmung!« Auch er grinste, was die Spitzen seines Schnauzbarts tanzen ließ. Er hatte einen dieser eindrucksvollen Bärte, bei deren Anblick Lina sich immer fragte, wie die Bartträger sie so kunstvoll in die Höhe zwirbelten, dass die Bartbehaarung in ihrer unnatürlichen Position verharrte.

»Na, wenn so hohe Kundschaft kommt!« Claudia war alles, aber nicht auf den Mund gefallen. »Lina hat ihren Strauß gerade fertig gemacht.«

»Sehr schön.« Pohl holte seine Geldbörse aus der hinteren Hosentasche und nahm einen Fünfziger heraus, den er auf den Tresen warf.

Die Blumen in seiner riesigen Hand wirkten fast zart.

»Na denn, bis nächstes Jahr, Mädels, ne?« Er war kein Mann großer Worte.

Kaum dass er draußen war, wendete sich Lina wieder ihrer Chefin zu. »Also, Claudia? Erzähl mal, warum bist du so unbeschwert? Du strahlst ganz anders als sonst.«

»Gar nicht. Ich meine, ich darf doch mal gute Laune haben? Noch dazu, nachdem du selbst auch einen Rosenkavalier hast?«

»Dann hast du also auch jemanden gefunden?«, fragte Lina neugierig. Seit sie Claudia kannte, war die eigentlich immer Single gewesen. Es hatte nie einen Mann in ihrem Leben gegeben und keinesfalls hatte es danach ausgesehen, dass sich das je ändern würde. Gegen Claudias Liebesleben kam Lina ihr eigenes wie eine wilde Achterbahnfahrt vor – und das mochte schon was heißen! Lina hatte sogar schon überlegt, ob Claudia einfach gern allein war, doch sie hatte nie gewagt, danach zu fragen.

Jetzt wog Claudia ab, indem sie ihren Kopf nach links und rechts neigte. »Wer weiß?«, sagte sie dann.

»Himmel, Claudi! Du machst es aber spannend«, rief Lina, deren Neugier nun ehrlich geweckt war.

»Ja, also, ich glaube, es könnte sein, dass …«, setzte Claudia an, deren Wangen sich noch tiefer rot verfärbt hatten. In diesem Moment öffnete sich die Ladentür erneut, und Mia kam herein.

»Hey!«, rief sie wie üblich gut gelaunt.

»Hey«, erwiderte Lina den Gruß, ehrlich erfreut, ihre ehemalige Klassenkameradin schon wieder zu sehen, bloß dass es jetzt der ganz falsche Moment war, weil es ihre Unterhaltung mit Claudia unterbrach.

»Du, ich hab Anne schon erreicht, ich muss nur noch Ines erwischen. Siehst du die in den nächsten Tagen vielleicht mal?«, plapperte Mia drauflos.

»Ne, sorry. Ich arbeite diese Woche auch komplett durch, wir haben vier Hochzeiten. Hast du ihre Handynummer nicht?«

»Sie hat wohl eine neue. Na, gut, dass ich heute Urlaub hab. Ich schau mal bei ihrer Mutter drüben an der Fischbude vorbei, bevor ich mir ein schickes Plätzchen am FKK-Strand sichere.« Mia lachte. »Wir wissen, warum das mein Lieblingsstrand ist.«

Lina verdrehte die Augen. »Jaja, schon klar. Ab mit dir!« Sie wedelte die immer noch kichernde Mia mit den Armen aus dem Geschäft. »Sag mir Bescheid, wann es bei dir passt, ja?«

»Natürlich! Und ich geb Ines deine Nummer weiter, damit wir alle wieder vernetzt sind. Bis denn!«

»So, wollen wir dann mal den ersten Blumenkranz in Angriff nehmen?«, fragte Claudia. Sie hatte schon Buchs und Trockenblumen aus dem Lager geholt, während Mia da gewesen war. Der Kranz sollte bei der *Hochtiedsstuv* eine Art Durchgang bilden, durch den Brautpaar und Gäste in den Garten der *Stuv* eintreten sollten. Natürlich gab es dort ein schönes Tor, aber wie so oft war es den Brautleuten wichtig, ihre individuelle Note obendrauf zu setzen.

Der Moment der Nähe, in dem Lina Claudia alles hätte fragen können, war vorbei. Hätte Lina entscheiden dürfen, wären zu den getrockneten Hortensien, die für den Kranz schon bereitlagen, sicher noch Pfefferbären mit eingeflochten worden – aber sie war hier nicht die Chefin, und ihren vorsichtigen Vorschlag hinsichtlich der Beeren hatte Claudia zwar diplomatisch, aber dennoch entschieden abgelehnt. Die beiden Frauen begannen, den Kranz zu binden, die Bewegungen mit den Jahren aufeinander abgestimmt, entstand das Blumenkunstwerk.

Lina nahm sich vor, bei nächster Gelegenheit auf Claudias Liebesleben zurückzukommen. Bis dahin würde sie sich leise für ihre Chefin freuen – und für sich selbst auch.

Kapitel 10

»Ja, dann sehen wir uns später. Ich freu mich schon.« Bents Stimme ganz nah an ihrem Ohr verursachte bei Lina noch immer einen prickelnden Schauer.

»Ich mich auch«, raunte sie stattdessen ins Handy, bevor Bent auflegte. Ach, Verliebtsein war wirklich wundervoll. Ihr Bauch war ganz warm vor Glück. Jetzt kannte sie Bent schon seit zwei Wochen, und sie genoss es in vollen Zügen. Am liebsten hätte sie jede freie Minute mit Bent verbracht. Aber zugleich war ihr auch klar, dass sie alte Freunde nicht vernachlässigen durfte – das erinnerte sie daran, dass sie morgen mit Mattis verabredet war. Sie wollten raus zum Strandflieder, wie jedes Jahr, wenn die blauen Blumen zu blühen begannen.

Also tippte sie noch eine schnelle Nachricht an Mattis.

Bleibt es bei morgen?

Statt einer Antwort kam ein Smiley mit erhobenem Daumen zurück. Na, das reichte auch aus.

Lina zog sich eine Jeans und ein einfaches Shirt an. Ihre Haare verbarg sie unter einem breiten Bufftuch. Sie hatte sogar noch Zeit für einen Kaffee und ein schnelles Müsli vor der Arbeit.

»Hey, Lina!« Ihr Bruder stand am Herd und kochte Eier. Das war so ungefähr das Einzige neben Nudeln, was er wirklich in der Küche beherrschte, während Herr Schröder an seinem Ohr herumpickte.

»Yippie ya yei«, gurrte der Papagei mit der Synchronstimme von Bruce Willis.

»Das ist neu«, bemerkte Lina trocken. Oliver nickte, unverhohlen stolz auf seinen Papagei. Er kraulte ihn kurz am Köpfchen. »Yippie ya yei, du Blödmann«, gab Schröder daraufhin von sich. Die Schweinebacke, die Bruce Willis im Original angefügt hatte, ließ er unter den Tisch fallen.

Es war zu süß. »Der kennt dich einfach zu gut, der Schröder.«

»Klappe, Schwesterherz.«

»Yeah!«, bestätigte Schröder.

»Na, haltet ihr nur zusammen. Ich wollte ohnehin nur ein schnelles Müsli essen«, erklärte Lina und öffnete den Küchenschrank.

»Triffst du dich noch mit Bent?«, fragte ihr Bruder, während er den Topf mit den Eiern zum Ausguss trug, um sie abzuschrecken.

»Ja klar, warum?«

»Ach, nur so. Jetzt ist mir klar, warum er nicht mehr nach dir fragt. Er kann dich selbst fragen.« Olli wuschelte sich durch die Haare und griff nach seiner Kaffeetasse. Um diese Tageszeit war er noch nicht wirklich ansprechbar.

»Sehr witzig.« Lina schüttete Haferflocken in eine Schüssel. »Wie ist Bent denn eigentlich so in der Arbeit?«

»Aua!« Oliver hatte versucht, sein Ei mit den Fingern aus dem Topf zu holen und sich verbrüht. Schnell hielt er Daumen und Zeigefinger unters kalte Wasser. »Ach, ganz nett.«

»Was heißt das denn: ganz nett?« Lina hasste es, wenn sie ihrem Bruder jedes Wort aus der Nase ziehen musste.

»Na, nett eben.« Oliver zuckte mit den Schultern, was dazu führte, dass Herr Schröder empört aufflatterte und anschließend einen anerkennenden Pfiff ausstieß.

»Nett ist irgendwie gar nichts«, bohrte Lina weiter. Sie goss Milch auf ihr Müsli.

»Ich meine, was willst du hören? Er ist umgänglich und traut Brautpaare.« Es war wirklich nicht die Tageszeit, zu der man tiefsinnige Gespräche von ihrem Bruder erwarten konnte, er war einfach zu sehr Morgenmuffel, als dass man morgens etwas Vernünftiges aus ihm herausbekommen hätte. Oliver machte den Wasserhahn aus, hob den Topf vorsichtig aus der Spüle und stellte ihn auf den ausgeschalteten Herd. Er nahm ein Ei mit einem Suppenlöffel heraus und manövrierte es in einen Eierbecher. Mit zufriedenem Gesichtsausdruck, als hätte er soeben Großartiges vollbracht, setzte Oliver sich zu Lina an den Tisch und hackte mit dem Messer die Spitze herunter.

»Hell, yeah!«, tönte es. Manchmal hatte Lina das Gefühl, dass die beiden Papageien wirklich verstanden, was um sie herum vor sich ging.

»Du kennst ihn also nicht gut?« Sie konnte noch nicht aufgeben, wollte am liebsten jedes Detail wissen.

Oliver griff nach dem kleinen Salzfässchen auf dem Tisch. »Was soll ich dir denn erzählen? Mein Gott, wir sind eben Kollegen!« Die letzten Worte hatte Olli so genervt gesprochen, dass Lina, die eben noch einen weiteren Löffel Müsli zum Mund führen wollte, mitten in der Bewegung innehielt.

»Ich dachte ja nur, ihr kennt euch gut. Du brauchst doch nicht gleich so überzureagieren!«

Ihr Bruder hielt seinen Blick fest auf das Ei gerichtet.

»So ein Blödmann!« Das kam von Frau Merkel, die von Lina bis dahin unbemerkt auf dem Fensterbrett gesessen hatte. Die Papageiendame hatte die Angewohnheit, nach draußen auf die Straße zu blicken wie einer dieser alten Männer, die mit verschränkten Armen und Kissen darunter stundenlang hinaus auf das öffentliche Geschehen starrten.

»Da hast du recht, Frau Merkel. Das ist mir auch schon aufgefallen«, sagte Lina zur Papageiendame und stand auf. »Meine Güte, du und deine Morgenmuffeligkeit!«, wandte sie sich wieder an ihren Bruder. »Als ob ich was dafürkann, wenn du dir die Finger an deinem Ei verbrennst.«

Es war eine klassische Geschwisterzankerei. So, wie sie sie früher ständig gehabt hatten, besonders während der Pubertät, wo einer den anderen aufzog, der andere dann richtig eingeschnappt war und sie sich tagelang immer wieder Schlagabtausche geliefert hatten.

»Ist ja gut«, murmelte Olli. »Dann lass mich doch einfach in Ruhe mein Ei essen und du machst, was du eben so machst.«

»Ich geh zur Arbeit, was denn sonst? Aber es ist wohl gerade überall schöner als mit dir am Küchentisch.« Schnippisch sein konnte sie schließlich auch!

Lina machte sich schleunigst vom Acker, es war ihr wichtig, dass sie wenigstens das letzte Wort hatte, wenn schon das Gespräch im Sande verlaufen war. Es war wirklich exakt wie früher. Sie fragte sich, ob sie und Olli jemals ganz wie Erwachsene miteinander umgehen würden, und fast musste sie schon wieder grinsen. Irgendwie war es auch schön, dass manche Dinge sich nie änderten. Und sie wusste ja, dass er sie liebte – genau wie sie ihn. Schließlich hätte sonst niemand so mit Lina sprechen dürfen, wie Oliver es manchmal tat.

Lina war total hibbelig. Obwohl sie erst später verabredet gewesen waren, hatte Bent sie zwischendurch in der *Blühenden Phantasie* besucht und sie mit Kinotickets überrascht. Stellte sich heraus, dass das Norderneyer Kino tatsächlich eine Liebesfilmwoche veranstaltete und Klassiker zeigte. »Verlieben leicht gemacht« war der Slogan, der die Veranstaltung bewarb.

Heute würde es eine Jojo-Moyes-Verfilmung geben. Lina hatte *Ein ganzes halbes Jahr* schon geliebt, als es erstmals gezeigt worden war. Sie mochte die quirlige Hauptdarstellerin Louisa in ihren bunten Klamotten wegen ihrer kreativen Ader, und sie liebte besonders die Szene, wo sie auf dem Schoß des männlichen Protagonisten im Rollstuhl auf die Tanzfläche fuhren und er ihr gestand, dass sie sein Grund war, um morgens überhaupt aufzustehen. Einen ihrer Lieblingsfilme gleich mit Bent zu sehen, machte es noch besser. Das Kino, ein altes Kurtheater, vermittelte den Charme vergangener Zeiten und war gerade für Liebesfilme das schönste Ambiente, das Lina sich nur wünschen konnte mit seinen roten Samtvorhängen und dem altmodischen Kronleuchter, den Stuckverzierungen und den Balkonen.

Noch dazu hatte Bent gesagt, dass ein Tag schon so lange war, um sich nicht zu sehen und er immerzu an sie denken musste. Die Tatsache, dass er genauso gern mit ihr zusammen war wie sie mit ihm, ließ Schmetterlinge in Linas Bauch fliegen.

»Moin, Lina!« Da war Bent auch schon. Schwungvollen Schrittes kam er die Treppe herauf, die zum Kino führte. Offenbar hatte er sich schon die fröhliche örtliche Begrüßung angewöhnt.

Sobald er vor ihr stand, umarmte er sie kurz und gab ihr einen zarten Kuss auf die Wange. Dann zeigte er mit dem Kinn in Richtung Eingang.

»Wollen wir? Ich möchte noch schnell den größten Eimer Popcorn kaufen, den es hier gibt.« Er lachte. Sein dezent beiges Hemd und die Jeans ließen ihn wie immer fast zu perfekt wirken. An seiner Seite das Gebäude zu betreten, sich ein klein wenig zu ihm gehörig zu fühlen, bescherte Lina unglaubliche Glücksgefühle. Als er hinter ihr in den Vorraum trat, legte er sanft seine Hand an ihren Rücken, ganz gentlemanlike.

Den Blicken nach zu urteilen gefiel er nicht nur Lina, sondern auch der Popcornverkäuferin und der Frau am Kartenschalter, die ebenfalls interessiert herüberschaute.

»Ein paar Minuten haben wir noch«, stellte Bent fest, nachdem er auf seine teuer aussehende Armbanduhr geschaut hatte. Sicher war das so ein modernes Gerät mit Schrittzähler und Smartphone-Verbindung. »Sag, wie war dein Tag?« Bent hielt ihr den Eimer hin, den er soeben erstanden hatte, und Lina griff sich eine Handvoll süße, gepoppte Maiskörner. Sie hatte eine Schwäche für Popcorn und nahm sich vor, sich zu mäßigen. So ein Eimer war für sie die reinste Verlockung.

»Ach, ganz schön eigentlich. Ich habe heute sogar Zeit gehabt, die Orchideen mal zu düngen und ein paar davon umzutopfen. Das war bitter nötig und …«

Sie wollte noch etwas über die Luftwurzeln der Pflanzen erzählen – wie immer, wenn es um ihren Beruf ging, war sie sofort in ihrem Element, als sie stutzte. Eine sehr vertraute Gestalt kam geradewegs auf sie zu. »Mattis!«

»Moin, Lina.« Er grinste sie an, frei heraus und umarmte sie kurz und fest. Es war eine seit Jahren vertraute Umarmung, deren Ablauf Lina perfekt kannte, jedes Detail. Sie wusste, wie sich seine Schulter anfühlte, gegen die sie dann kurz ihr Gesicht presste, und sie wusste, dass er immer irgendwie nach Meer roch.

»Du gehst in die Schnulze, was?«, fragte er ohne Umschweife. Da es nur einen Kinosaal gab, war es mehr eine rhetorische Frage. Mattis war kein großer Kinogänger, drum war es umso überraschender für Lina, ihn hier zu treffen. Außerdem stand er nicht auf Liebesfilme. Sofort schoss ihr der Gedanke an Susanne durch den Kopf. Ob sie auch hier war? Hatte er seine Aversion gegen die Verfilmung der Romantik für sie über Bord geworfen? Sie schaute sich suchend um, doch Mattis folgte keine Frau. Und wie ihr ein schneller Blick verriet, hatte er noch seine Arbeitshose an. Natürlich! Mattis war hier, um irgendetwas zu reparieren, nicht um einen Film zu schauen. In diesem Moment realisierte Lina, dass Bent und Mattis einander prüfend musterten, ohne ein Wort zu wechseln.

»Mattis, das ist Bent«, stellte Lina ihren Begleiter vor.

»Freut mich!« Bent hatte sofort seine Hand ausgestreckt und suchte Blickkontakt mit Mattis, formvollendet höflich wie immer.

Seine Hand hing einen langen, ja, zu langen Moment in der Luft, bevor Mattis sie ergriff. Ganz so, als müsste er sich überlegen, ob er sie ergreifen wollte.

»Moin.« Dann runzelte Mattis die Stirn. »Haben wir uns nicht schon mal gesehen?« Er schien darüber nachzudenken, bekam aber wohl den Gedanken nicht zu fassen, denn schließlich schüttelte er den Kopf und wandte sich an Lina.

»Du gehst also mit Bent in die Schnulze?«, fragte er, als ob es nicht offensichtlich wäre, in Linas Richtung.

Lina nickte. Warum war Mattis nur so komisch? Er ignorierte Bent einfach und tat so, als wäre er gar nicht da. War er etwa schüchtern?

»Es soll ein toller Film sein«, mischte Bent sich ein, offensichtlich nicht so leicht abzuwimmeln.

»Na klar. Ein richtiger Männerfilm.« Mattis schaute zu Linas Freund hinüber, aber nur für den Bruchteil einer Sekunde. Seine Stimme triefte vor Ironie.

Bent legte seinen Arm um Lina. »Na, ich hab sehr guten Zugang zu meiner weiblichen Seite«, ließ er Mattis wissen. Was war das denn für ein Schlagabtausch?

Lina spürte seinen Arm schwer um ihre Schulter liegen. Er streichelte mit seinem Daumen über ihren Oberarm. Obwohl sie ein langärmliges Shirt trug, spürte sie seine Berührung überdeutlich.

Plötzlich lächelte Mattis. Es war ein Gesichtsausdruck, den Lina kannte. Mattis zeigte ihn, wenn er mit nervigen Kunden sprach oder einen Auftrag erhielt, der ihm überhaupt nicht passte. »Na, das freut mich aber für dich und besonders natürlich für Lina.«

Was war hier los? Lina spürte, wie sich Bents Berührung intensivierte, sein Streicheln sich vertiefte. Sie verstand nur Bahnhof.

Mattis wandte sich nun an sie. »Ich muss los. Schließlich

habe ich die Sicherung schon ausgetauscht und ihr könnt den Film in vollen Zügen genießen, vorausgesetzt, es brennt niemandem mehr eine Sicherung durch. Ich mach jetzt auf jeden Fall Feierabend.« So billige Witze waren sonst überhaupt nicht Mattis' Art. Lina wünschte sich, eine schlagfertige Antwort parat zu haben, doch sie war viel zu perplex, als dass ihr noch etwas einfallen wollte.

Und sowie sie ihre Sprache wiedergefunden hatte, war Mattis schon grußlos, nur mit einem Kopfnicken anstelle einer Verabschiedung, durch das Foyer davongestapft. Lina konnte gar nicht anders, als Mattis fassungslos hinterherzustarren. Wer, zur Hölle, war denn dieser Fremde gewesen? Was machte ihn so wütend?

»Möchtest du noch Popcorn?«, fragte Bent und riss Lina aus ihren Grübeleien. Er hielt ihr den Eimer mit seinem duftenden Inhalt unter die Nase. In diesem Moment wurde Lina sich der klebrigen Süßigkeit bewusst, die noch immer in ihrer Hand war.

»Danke, ich hab noch.« Sie zwang sich zu einem Lächeln. Wie ferngesteuert führte sie das Popcorn zum Mund und herrliche Süße gepaart mit dem leichten Knusper der Körner sorgten für eine Geschmacksexplosion in ihrem Mund. Ohne zu zögern griff sie ein weiteres Mal in den Eimer und nahm sich Nachschlag. Der einzigartige Popcornduft füllte den ganzen Vorraum und würde sicher auch dem Kinosaal des Theaters mit seinem Duft den letzten Schliff Atmosphäre verleihen.

Nein, sie würde sich von einem muffeligen Mattis nicht die Laune verderben lassen. Heute würde sie den Kinoabend mit Bent bis zum letzten Moment genießen und seine Hand während der emotionalsten Szenen halten und sich an ihn kuscheln. Sie würde am Ende mit Sicherheit weinen, so traurig wie der Film war.

»Ich glaube, wir sollten auch reingehen«, schlug Bent in diesen Moment vor, und Lina nickte. Es würde wundervoll sein, im dunklen Kinosaal seine Nähe zu spüren, da war sie sich ganz sicher.

Mattis und Lina hatten beide, trotz der seltsamen Begegnung im Kino, ihre Verabredung miteinander nicht abgesagt. Sie radelten einträchtig nebeneinander her, hinaus zu den Dünen des Nationalparks Wattenmeer. Sie waren es gewohnt, ihre Fahrten mit dem Rad zu erledigen, weil sie beide kein Auto hatten. Auf Norderney war es auch nicht zwingend notwendig, über ein eigenes Fahrzeug zu verfügen. Die Fußgängerzone und weite Teile der Stadt waren ohnehin saisonal für Autos gesperrt und oft war man schneller am Ziel, wenn man kleine Schleichwege durch die Dünen oder Gässchen des Ortes benutzte. Heute jedoch, wo sie sich auf den Weg zum östlichsten Parkplatz der Insel am Rand des Naturschutzgebiets gemacht hatten, würden sie ein wenig länger unterwegs sein. Das störte die beiden nicht, schließlich war das Wetter noch immer schön. Seit zwei Wochen schien die Sonne ungewöhnlich beständig auf die Insel herunter. Das Wetter, das sonst ganzjährig eher Aprilzuständen glich, meinte es dieses Jahr ungewöhnlich gut. Nach dem Abzweiger zur *Weißen Düne* wurde der Verkehr weniger. Ab der Fahrstraße in Richtung FKK-Strand würde der Verkehr fast ganz zum Erliegen kommen, und sie hätten die ganze Straße für sich, denn all die badefreudigen Inselgäste wären dann an ihren Destinationen angekommen.

Bald schon hatten sie den Golfplatz erreicht, der in der Nähe des Leuchtturms lag. Ein Mann in weißem Kurzarmhemd und weiß karierter Hose stolzierte gerade auf die Kuppe einer Düne zu, wo sein Ball lag. Eine Dame im roten Minikleid folgte ihm mit eifrigen kleinen Tippelschritten.

»Meine Güte, die High Society, schau sie dir an!« Mattis konnte gar nicht anders, als darüber die Nase zu rümpfen, schien es. Wann immer sie die Golfanlage passierten, gaben Lina und Mattis die passenden, markigen Sprüche zu dem ab, was sich auf dem Grün gerade abspielte.

»Auf dem Parkplatz stehen wieder die ganzen Porsches, wetten?«, fuhr Mattis fort.

»Also Bent hat ja einen Golf.«

»Bent? Was – hä? Das versteh ich jetzt nicht.« Mattis schaute zu Lina, sein Fahrrad machte einen unkontrollierten Schlenker, und er konzentrierte sich wieder auf die Fahrbahn.

»Wir waren vor ein paar Wochen hier, und er wollte mir beibringen, wie man Golf spielt. Und sein Auto ist auch ein Golf«, gab Lina als Erklärung ab.

Mattis prustete los. »Du warst auf dem Golfplatz?«

»Ja, natürlich. Als ich es dir genauer erzählen wollte, hast du mich immer wieder unterbrochen.« Linas Kinn hob sich wie von allein.

»Natürlich? Willst du mich veräppeln? Ich dachte, du machst einen Witz, als du davon angefangen hast!«

»Na, Bent wollte eben gern golfen, und da bin ich mitgekommen. Das ist doch keine große Sache«, erklärte sie.

»Klar. Weil du Golf so liebst«, sagte Mattis trocken, wobei er sich bemühte, nicht breit zu grinsen.

Lina bemerkte es jedoch und überlegte, ob sie deshalb sauer auf ihn und sein loses Mundwerk sein sollte. Aber dann entschied sie sich dagegen, wie sie sich schon dagegen entschieden hatte, mit ihm über seinen Auftritt im Kino zu sprechen. Er würde schon etwas zu ihr sagen, wenn ihm danach war, und er war noch nie ein großer Redner gewesen, wenn es um seine Emotionen gegangen war.

Dafür war Mattis ihr bester Freund, und er kannte sie einfach ziemlich gut. Er konnte mit Sicherheit erahnen, wie Lina sich mit dem Schläger angestellt hatte.

»Zugegebenermaßen habe ich mehr den Platz gepflügt als den Ball getroffen.« Lina lachte, und Mattis stimmte laut mit ein.

»Tut mir leid, Lina, wenn ich das sage, aber gesehen hätte ich dich dabei echt gern. Ich bin mir ziemlich sicher, dass das nicht deine Sportart ist. Sorry.«

»Das muss dir nicht leidtun. Ich weiß das selber. Und glaub mir, es war ein Bild für die Götter, wie ich grazil wie ein Bulldozer den Schläger geschwungen habe.« Sie machte eine ausholende Bewegung mit einem Arm.

»Ich kann es mir vorstellen. So was liegt dir einfach«, neckte er sie liebevoll.

Gemeinsam radelten sie weiter, passierten die gepflegte Landschaft des Golf Courses, die sich zwar zwischen die Dünen einfügen sollte, aber die dennoch offensichtlich einen Fremdkörper in der Insellandschaft darstellte. Rechts sah man den rostroten Leuchtturm, der weit hinauf in den Himmel ragte, ganz so, als wollte er die Wolken küssen. Lina stieg jedes Jahr mindestens einmal die Treppen im Inneren des Turms hinauf, um oben hinaus ins Freie zu treten und über die Dünen nach Juist oder Baltrum zu schauen. Die Dünenlandschaft, der weiße Strand, das dunkle Grün der Dünengräser, deren Tanz im Wind man von dort oben nur erahnen konnte, waren von oben noch mal beeindruckender. Lina nahm sich vor, Bent den Ausblick bei nächster Gelegenheit zu zeigen. Sie stellte es sich sehr romantisch vor, in seinem Arm dort oben zu stehen.

Kurz bevor Mattis und Lina den Leuchtturm erreichten, bogen sie auf den Deich ab, ganz selbstverständlich, ohne sich abzusprechen. Es war der Weg, den sie meistens wählten. Weit hinten würden sie dann nämlich sofort den Strandflieder erspähen, eher als von der Landstraße aus. Außerdem genossen sie es, einen Blick auf die weidenden Galloway-Rinder, die hier hinten die freien Flächen abgrasten, zu werfen. Es waren die einzigen Kühe auf der Insel und damit etwas Besonderes, wenn man mal die Kuhstatue in der Innenstadt nicht mitrechnete, die den Eingang eines der Schuhgeschäfte zierte.

»Na, Hauptsache, du hattest Spaß«, stellte Mattis fest.

Lina dachte daran, wie Bent den Schläger mit ihr geführt hatte und an seine Nähe und Wärme.

»Ja, doch. Es war schon in Ordnung. Wir machen das vielleicht bald mal wieder.«

Erneut prustete Mattis los. »Dann sag mir Bescheid. Wenn ich ein Video von dir mit dem Golfschläger in Aktion mache, wird das sofort viral gehen.«

»Du wirst dich hüten!« Lina lachte und stellte sich vor, wie sie vor laufender Handykamera versuchte, einen Golfball zu treffen und dabei eine tellergroße Rasenfläche in die Luft katapultierte – statt des Balls. »Mein Talent ist ganz klar mehr das Segeln«, lautete ihr Fazit. Mattis gegenüber war das ganz einfach. Bent hätte sie das niemals in dieser schonungslosen Ehrlichkeit gestehen wollen.

Als sie ans Segeln dachte, bekam sie schlagartig Sehnsucht. Wenn sie mit Mattis bei starkem Wind das Boot auf der Nordsee manövrierte, fühlte sie sich immer wieder gleichermaßen frei, energiegeladen und den Elementen ausgesetzt. Es waren ganz besondere Momente, wenn sie dann gemeinsam Wind und Wetter trotzten. Richtige Alltagsabenteuer waren das. Jede Bewegung saß, war jahrelang einstudiert und vertraut. Das ließ sich natürlich nicht mit einem ganz neuen Sport, der vor allem Feingefühl und Geduld brauchte, vergleichen.

»Manchmal tut man eben etwas für den anderen«, erklärte sie deshalb noch und war dankbar über den Fahrtwind, der ihr Gesicht kühlte.

»Ja. Das ist wahr.« Mattis' Lachen war wie weggewischt. Er fuhr plötzlich schneller, und Lina hatte zu tun, hinter ihm herzukommen.

»Bist du in Eile?« Er fuhr viel schneller als normalerweise.

»Nein, ich wollte dich noch was fragen und, ach, Mist. Ich schätze, ich bin ein wenig aufgeregt deswegen.«

»Okay? Seit wann mache ich dich denn nervös?« Das war ja ganz was Neues. Jetzt war Lina umso gespannter, worum es ging.

»Susanne tanzt gern. Und ich hab mir gedacht, ich mach mit ihr einen Tanzkurs. Die haben da so ein Angebot im Kurhaus. Einmal pro Woche. Ich dachte, ich schnupper rein, ob mir das Spaß macht, und dann überrasch ich sie.«

Lina hatte Mattis noch nie tanzen gesehen, in ihrem ganzen Leben nicht. Das war das Pendant zu ihrem Golfen. Aber Mattis war so ernst, dass sie ihm unmöglich sagen konnte, wie überrascht und zugleich amüsiert sie war. Ganz offensichtlich war es ihm sehr wichtig, und sie würde ihm das auf keinen Fall vermiesen, auch wenn die Vorstellung, dass er jetzt tanzen wollte, ihr zu komisch vorkam.

»Okay, klingt doch gut. Wie ich schon erklärt habe, manchmal muss man etwas ausprobieren.« Lina zuckte mit den Schultern. Sie war schon ganz außer Atem vom schnellen Strampeln. Endlich drosselte Mattis sein Tempo.

»Dann gehst du also mit mir hin?« Er strahlte sie an.

»Wie bitte?« Lina glaubte, nicht richtig zu hören.

»Na, zum Probeunterricht, oder wie man das dann nennt. Ich brauche eine Tanzpartnerin zum Üben«, erklärte Mattis.

»Ach herrje!«, entfuhr es Lina, die die Aussicht, mit ihm zusammen das Tanzbein zu schwingen, ehrlich erschreckte. »Damit hab ich jetzt aber nicht gerechnet bei deiner Frage.«

»Na ja, mehr als auf die Füße steigen werden wir uns wohl kaum«, stellte Mattis mit dem ihm eigenen Pragmatismus fest. »Bist du dabei? Bitte sag Ja!« Mattis' dringlicher Ton war einfach zu herzerweichend. »Es ist für einen guten Zweck, und vielleicht haben wir sogar Spaß dabei, könnte doch sein«, fügte er noch hinzu.

Lina verdrehte die Augen. »Na gut. Aber nur, weil du mein bester Freund bist. Und du ziehst die weichen Segelschuhe an! Ich brauch meine Füße noch.«

»Abgemacht. Das ist ja wirklich spitze.« Mattis wirkte sehr erleichtert.

»Oh, schau mal, da hinten!«, rief er plötzlich und deutete mit dem Finger auf ein weites blaues Feld in all dem Grün.

Es war sattblau und sah wunderschön aus. Der Strandflieder! Endlich stand er in voller Blüte.

»Wir müssen unbedingt einen Spaziergang durch diese herrliche Blumenpracht machen.«

Mattis war der Insel genauso verbunden wie sie, er liebte als einziger Mensch, den Lina kannte, die Landschaft hier draußen im Nationalpark so sehr wie sie selbst. Er hatte ein Auge für die Kaninchen, den Strandflieder und sogar die Kaulquappen in den kleinen Tümpeln auf dem Weg in Richtung Wrack. Seine manchmal fast kindliche Begeisterung für die Natur, die Flora und Fauna berührte Linas Herz stets aufs Neue. Jedes Jahr kamen sie zur Blütezeit des Meerlavendels mehrmals hier heraus und genossen es, zwischen den Blumen herumzuwandern und auch den Dünen und dem weit ausladenden Strand auf der gegenüberliegenden Seite der Insel einen Besuch abzustatten. Lina konnte sich noch genau daran erinnern, wie sie einmal, fast noch Kinder, gemeinsam Kaulquappen aus einem versiegenden Tümpel gerettet und in eines der anderen, etwas tieferen kleinen Wasseransammlungen getragen hatten – in der hohlen Hand. Selten war Lina so glücklich gewesen wie an diesem Tag, als sie die Leben der kleinen Kaulquappen gerettet hatten.

Zum Wrack waren sie an diesem Tag nicht mehr gekommen, obwohl sie neugierig gewesen waren, was Sand und Wind in den vergangenen Wochen mit dem alten Strandgut vollbracht hatten. Immer wieder änderte sich der Anblick, je nachdem, wie die Naturgewalten das Wrack mit Sand umwehten.

Heute allerdings war es nicht ihr Ziel, denn sie wollten einfach nur den Anblick des Meerlavendels genießen.

Am Parkplatz stellten sie ihre Fahrräder ein wenig abseits ab und sperrten sie mit einem mitgebrachten Schloss aneinander. Danach gingen sie los, in dem Tempo, das sich schon vor Jahren etabliert hatte und das sie seitdem beibehielten.

Nach einer Weile erzählte Mattis von einem weiteren Streit mit seinem Vater. Es war eine alte Geschichte, die sich seit Jahren wiederholte. Der alte Mann, der gewollt hatte, dass sein Sohn wie er Krabbenfischer würde, und Mattis, der sich für seinen Elektrobetrieb entschieden hatte und jetzt die Bitternis des Vaters zu spüren bekam. Die Mutter, viel zu früh verstorben, fehlte oft als ausgleichendes Element zwischen Vater und Sohn. Sie war schon seit acht Jahren tot, an einem Krebsleiden verstorben, aber die Trauer lag noch immer wie ein Schleier über Mattis und seinem Vater Sven. Dieser Schleier war es auch, der – da war sich Lina sicher – für Mattis verdeckte, dass er sehr viel gemeinsam mit seinem Vater und auch dessen Arbeit hatte. Schließlich liebte Mattis das Meer, die Weite und die bloße Tatsache, auf dem Wasser zu sein, draußen zu sein. Aber Mattis war aus unerfindlichen Gründen blind für die Parallelen zwischen sich selbst und seinem alten Herrn. Er sah nur, dass die Nordsee immer weiter leer gefischt war und auch die Krabbenvorkommen abnahmen. Er betrachtete das Problem rein rational und ließ seine Emotionen außer Acht. Allerdings stimmte die Theorie, an der er die letzten Jahre festgehalten hatte, ohnehin nicht mehr so ganz, weil die Krabbenpopulationen sich deutlich erholten. Doch das ignorierte Mattis geflissentlich.

Das Thema war nicht neu: Der Vater, der Mattis auf sein Lebenswerk verwies, und der Sohn, der von »realistischen Zukunftsperspektiven« sprach und dabei an Finanzen und weniger an berufliche Zufriedenheit oder gar Selbstverwirklichung dachte. Nun lag Mattis der Streit mit seinem Vater mal wieder wie ein Stein im Magen. Denn am Ende des Tages stimmte es Mattis traurig, dass er immer wieder im Klinsch mit Sven lag.

Um ihn etwas aus seiner traurigen Stimmung zu befreien, lenkte Lina das Thema sanft auf den letzten Inselklatsch und -tratsch. Mattis wusste durch seine Arbeit fast immer alle Gerüchte und die neusten Ereignisse, die sie dann ausführlich miteinander bequatschten. Als Elektriker bekam er viel mit, hatte oft in der Stadtverwaltung zu tun, wurde in die Kurkliniken, aber auch in Privathaushalte bestellt, um dort Reparaturen vorzunehmen oder Elektrogeräte zu installieren.

Lina berichtete aus dem Laden, von kuriosen Brautpaaren, Olivers neusten Papageienkunststücken und einfach den kleinen Dingen jedes Tages, die besonders waren. Die Worte flossen einfach ineinander, während sie durch die Felder mit dem Strandflieder streiften.

Als Lina das strahlende Blau, das fast schon ins Lilafarbene ging, betrachtete und merkte, wie Mattis und sie es gemeinsam genossen, einfach nur da zu sein, wo sie gerade waren, spürte sie, dass sie ganz bei sich und ganz zu Hause war.

Lina ging die Stufen zum Norderneyer Kap hinauf. Die Bake am Rand der Nordhelmsiedlung hatte früher dazu gedient, Schiffen Orientierung zu bieten. Bei Nacht war ein Feuer, die sogenannte Blüse, oben auf dem Turm entzündet worden, das den Seeleuten geholfen hatte, die Insel zu erkennen. Heute war es einfach nur eine schöne Erhebung und zusätzlich das

Wahrzeichen der Insel, das allerdings längst vom Wasser aus nicht mehr sichtbar war, weil so viele hohe Gebäude, die rundherum erbaut worden waren, es verdeckten. Lina hatte nach der Arbeit entschieden, noch ein wenig rauszugehen und den Feierabend bei einem Sonnenuntergangsspaziergang zu verbringen.

Am Vorabend war sie bei Bent zu Hause zum Pizzaessen gewesen.

Mit ihm zusammen auf der Couch herumzulümmeln fühlte sich an, als ob sie sich schon ewig kennen würden. Es war ein tolles Gefühl gewesen. Sie waren einander immer nähergekommen, und fast hätte eins zum anderen geführt. Aber Lina war noch nicht so weit. Sie wollte sich wirklich Zeit lassen und den letzten Schritt dann voll auskosten, es würde etwas ganz Besonderes sein, wenn es erst so weit war.

Sie lächelte bei der Erinnerung an den Abend in sich hinein. Als sie oben beim Kap war, schaute sie sich um. Es war nicht viel los. Längst war das *Kap Norderney* kein Highlight der Insel mehr. Touristen verschlug es selten hierher. Schließlich gab es die Aussichtsdünen und den Leuchtturm, von denen aus man die herrlichen Inselpanoramen genießen konnte.

Weiter drüben kuschelte sich ein Pärchen aneinander, und Lina spürte plötzlich, wie sie Bent vermisste. Wie schön es wäre, mit ihm hier an der Mauer der Bake zu lehnen und sich zu küssen, während sie einander eng umschlangen. Doch Bent konnte heute nicht. Er hatte etwas von Überstunden gesagt. Kein Wunder. Der Andrang der Ehewütigen auf der Insel nahm stetig noch weiter zu, vor allem, solange das Wetter hielt. Mittlerweile war das Standesamt über ein Jahr im Voraus schon ausgebucht.

Sehnsüchtig schaute Lina erneut zu dem Paar hinüber. Die Frau kam ihr bekannt vor. Oder? Täuschte sie sich? Unauffällig lief sie ein paar Meter weiter in die Richtung der Turteltäubchen, als es ihr wie Schuppen von den Augen fiel.

»Claudia!« Der Name entfuhr Lina, bevor sie noch darüber nachdenken konnte.

Das Paar stob auseinander.

»Lina!« Claudia schaute sie aus großen Augen an. Sie trug die Haare wieder zu einem ganz lockeren Pferdeschwanz zusammengebunden. Einzelne Haarsträhnen fielen ihr in die Stirn und gaben ihrem Gesicht eine Weichheit, die Lina von ihrer Chefin gar nicht kannte.

»Äh, also, ich …«

Lina schaute von Claudia zu ihrem Freund, und in dem Moment fiel der Groschen. Von Weitem hatte sie es nicht gesehen, doch der Freund mit den seitlich ausrasierten Haaren und dem Undercut war gar kein Freund, sondern eine Freundin.

Claudia hatte zwischenzeitlich die Fassung wiedergewonnen und die Hand der anderen Frau ergriffen.

»Das ist Ruth«, stellte Claudia ihre Freundin vor. Ihre Stimme zitterte ganz leicht, fast unmerklich. Aber für die sonst so resolute Claudia war schon dieses leichte Zittern so viel wie für Lina ein ganzes Erdbeben.

»Wie schön!«, sagte Lina und begann unwillkürlich wie blöde zu grinsen, so sehr freute sie sich. Sie streckte der fremden Frau ihre Hand hin. »Schön, dich kennenzulernen. Ich bin Lina und ich arbeite in Claudias Laden!« Ruth war keine Insulanerin, so viel war klar. Lina hatte sie noch nie zuvor gesehen.

»Ach, du bist das.« Ruth lächelte. Sie hatte einen festen

Händedruck und schaute Lina genauso fest in die Augen. Lina fand sie mit dem modernen, extravaganten Haarschnitt und dem offenen Gesichtsausdruck sofort sympathisch.

»Ich hab schon von dir gehört«, fügte Ruth noch hinzu.

Lina nickte, immer noch grinsend. »Das beruht leider nicht auf Gegenseitigkeit«, sagte sie mit einem vorwurfsvollen Blick in Claudias Richtung. »Ich von dir noch nicht, aber ich hab gesehen, wie glücklich Claudi in letzter Zeit aussieht und geh mal davon aus, das hat was mit dir zu tun.«

Ruth lachte. »Na, das hoffe ich doch.« Claudia und Ruth wechselten einen Blick von der Art, wie es ihn nur zwischen frisch Verliebten gab.

»Ich wollte es dir schon noch erzählen, aber irgendwie hat der Zeitpunkt nie gepasst«, brummelte Claudia.

»Du brauchst dich wirklich nicht zu rechtfertigen. Schließlich weißt du von Bent auch nicht viel mehr, als dass er mir im Geschäft eine Rose gekauft hat und dass er der neue Standesbeamte ist.« Lina verstand Claudia. Manchmal wollte man sein Glück eben noch ein wenig für sich behalten.

»Das stimmt wohl.« Obwohl Claudia lächelte, war ihr anzumerken, dass ihr die Situation unangenehm zu sein schien.

Ruth wirkte dagegen souverän. »Wollen wir vielleicht was trinken gehen? Ich könnte auch einen Happen zu essen vertragen«, schlug sie vor.

Lina, der auffiel, dass Claudia immer verlegener wurde, schüttelte den Kopf. »Oh nein, ich wollte gerade nach Hause. Mein Bruder kocht heute Bolognese-Sauce und Frau Merkel und Herr Schröder können es sicher kaum erwarten, eine Spaghetti abzugreifen. Und dieses Szenario will ich nicht verpassen.«

Ruths Stirnrunzeln verriet, dass sie Lina nicht ganz folgen konnte.

»Das lass dir mal von Claudia erklären.« Lina lachte. »Macht es gut, ihr zwei! Bis morgen dann!« Sie winkte den beiden zu und war schon auf dem Weg in Richtung Treppe, bevor die beiden Frauen sich verabschieden konnten. Es war einfach sehr eindeutig gewesen, dass sie bei einem Essen nur gestört hätte. Und wem wollte sie das verdenken?

Sie summte leise vor sich hin, während sie immer zwei Stufen auf einmal nach unten nahm.

Allerdings war Claudia wirklich eine Nummer! Stille Wasser waren eben tief, da entsprach ihre Chefin genau dem Sprichwort. Warum hatte sie Lina denn nicht frei heraus von ihrer Partnerschaft erzählt? Es war doch heutzutage gar kein Thema mehr, ob man einen Mann oder eine Frau liebte.

In Gedanken versunken, machte Lina sich auf den Rückweg nach Hause, ihr Magen knurrte dabei plötzlich laut und vernehmlich. Sie beschleunigte ihre Schritte. Hoffentlich kochte ihr Bruder nicht wirklich etwas, denn das wäre ein Fiasko epischen Ausmaßes! Sie schämte sich ihrer kleinen Notlüge, aber Claudia und ihre Freundin verdienten es, ihre Liebe privat und ohne fünftes Rad am Wagen zu genießen. Sie wünschte ihr alles Glück dieser Welt!

Kapitel 11

»Und, hattest du einen guten Tag?«, fragte Mattis, nachdem er Lina mit einer herzlichen Umarmung begrüßt hatte. Er trug schwarze Lederschuhe zu Jeans und T-Shirt. Das Schuhwerk verlieh ihm eine seltsame Eleganz.

Lina und Mattis wollten noch ein schnelles Eis in der Fußgängerzone essen, bevor sie zum Tanzkurs aufbrachen. Lina war so müde, dass sie gar nicht wusste, ob sie überhaupt noch in der Lage war, sich sportlich zu verausgaben. Ihre Beine fühlten sich bleischwer an.

»Hör mir auf mit meinem Tag.«

Mattis' Miene war sofort ernst. »Was war los?«

»Ach, Claudia ist nicht gekommen.«

»Wie, nicht gekommen? Dann hätte ich ja den ganzen Tag Rosenblätter bei dir rupfen können.« Er versuchte, sie zum Lachen zu bringen, aber dafür war sie im Moment noch zu kaputt.

Claudia hatte sie am Morgen kurz angerufen und gesagt, dass sie sich nicht wohlfühle und sie deshalb nicht zur Arbeit komme. Ausgerechnet heute! Zwei Hochzeiten und zwei Gestecke für eine Beerdigung standen an. Dazu kam noch der normale Vormittagsbetrieb.

Zugegeben, Claudia hatte schrecklich geklungen, total verschnupft und nasal, ihre Stimme war kaum mehr als ein heiseres Krächzen gewesen. Trotzdem wussten beide, dass das anstehende Arbeitspensum für eine Mitarbeiterin kaum zu schaffen sein würde.

Sie war also nach dem Telefonat sofort losgefahren, hatte schon eine Stunde vor Ladenöffnung angefangen, die Friedhofsgestecke zu binden und anschließend gleich noch die Brautsträuße kreiert. Als der größte Kundenansturm eintraf, war sie zum Glück schon weit gekommen und hatte Herrn Rainer in aller Ruhe ein kleines Sträußlein Trockenblumen aus den Resten von dem Kranz gebunden – aufs Haus, kostenfrei. Der alte Mann hatte sich so gefreut, dass er fast seinen Gehstock im Laden vergessen hätte.

Doch gegen Mittag hatte scheinbar die halbe Inselbevölkerung beschlossen, im Laden vorbeizuschauen, und Lina hatte sich total überfordert gefühlt. Natürlich war an eine Pause gar nicht zu denken, und deswegen war ihr Magen bei ihrem Treffen mit Mattis noch genauso leer wie am Morgen, da sie ohne Frühstück zur Arbeit geradelt war.

»Na, halb Norderney war genau heute der Meinung, Blumen zu brauchen. Als ob sie es gerochen hätten, dass ich mich ohnehin schon zerreiße.« Lina erzählte von den Brautsträußen, dem überraschenden Auftrag einer Touristin, die etwas Besonderes zum Geburtstag ihrer Tochter orderte, und der Extralieferung Blumentöpfe, die auch noch ihren Platz im Laden hatte finden müssen.

»Es tut mir leid, Lina. Das ist wirklich nicht nett, dass sie dich mit so viel Arbeit hängen lässt.«

Lina nickte.

»Du brauchst also mindestens drei Kugeln Eis«, stellte Mattis fest.

Erneut nickte Lina, diesmal mit mehr Enthusiasmus. »Fünf.«

Er lachte. »Okay. Pistazie, Schokolade, Pfefferminze, Zitrone und Nougat. Setz dich hin, ich bestelle schnell.«

Dankbar ließ Lina sich auf einen Stuhl fallen. »Denkst du dran …«

»… dass Zitrone ganz oben ist. Ich weiß«, unterbrach Mattis sie.

Das war so ein Spleen von ihr. Sie wollte das Zitroneneis gern als Erstes essen, danach den Rest. Warum auch immer das so war. Es war ein Kindheitsrelikt, eine Eigenheit, die Mattis bestens kannte.

Sie stützte ihr Kinn in die Hand und beobachtete das Geschehen auf der Straße. Linas Beine schmerzten vom vielen Stehen und Herumlaufen. Sie gähnte herzhaft und holte ihr Handy aus der Tasche.

Alles gut gelaufen, schrieb sie an Claudia. Kommst du morgen wieder?

Ja super. Ich weiß noch nicht, was morgen ist, kam die Antwort prompt.

Na, das waren ja Aussichten! Klar, es war wirklich toll, schalten und walten zu können, wie sie wollte, genau das war ihr beruflicher Traum gewesen. Aber nicht ohne eine Mitarbeiterin oder jemanden, der aushelfen konnte. Für eine Person war das Geschäft einfach zu viel Arbeit. Sie gähnte erneut.

Auf der Straße zerrte eine Mutter ein brüllendes Kind an der Eisdiele vorbei.

»Hier, dein Eis.« Mattis stellte einen Eisbecher vor ihr ab. Er hatte sogar ein paar Amarenakirschen mit dazugeben lassen, wohl wissend, dass sie die zuckersüßen Kirschen liebte.

»Oh, danke.« Lina lächelte müde und steckte sich sofort einen Löffel sauren Zitroneneises in den Mund. Hoffentlich würde das ihre Lebensgeister weit genug wecken, dass sie Mattis' Füße beim Tanzkurs nicht komplett platt treten würde. Oder er ihre, immerhin trug er keine leichten Segelschuhe.

Leise Musik drang hinter der geschlossenen Holztür hervor, und eine Männerstimme zählte dazu. »Eins, zwei, tepp. Eins, zwei, tepp! Herr Doktor Mühlbacher, Sie sind aus dem Takt. Uuund eins, zwei, tepp!«

»Ich hab schon Angst, wenn ich die Stimme von diesem Feldmarschall höre.« Lina grinste.

»Vielleicht lassen wir das doch lieber?« Er trat von einem Bein aufs andere in den schwarzen Lackschuhen.

»Ach, komm! Jetzt sind wir schon da. Denk an Susanne«, sagte Lina, obwohl sie selbst ein komisches Gefühl dabei hatte, während die Stimme drin noch immer Kommandos gegen die Musik anschrie. War es wegen Susanne oder wegen des Tanzens? Sie fürchtete, gleich die schlechteste Figur aller Zeiten zu machen.

Lina konnte förmlich sehen, wie Mattis sich einen Ruck gab.

»Na gut.« Er tat einen Schritt nach vorn und drückte die Türklinke nach unten.

Immer wieder ließ Mattis seinen Blick durch den Raum schweifen. Warum verhielt er sich so unsicher? Er war sonst immer extrem souverän. Aber heute, auf dem unbekannten Terrain des Tanzbodens, wirkte er, als wäre er nicht ganz er selbst.

»Hallo, wen haben wir denn da?« Ein dünner, vollbärtiger Mann kam auf Lina und Mattis zu. Lina hätte in ihm niemals einen Tanzlehrer vermutet. Er musste vom Festland herübergefahren sein, der Dialekt passte an die Nordsee, aber Insulaner war der Mann nicht.

»Hey, ich bin Mattis und das ist meine Tanzpartnerin Lina. Wir haben telefoniert, glaub ich.« Mattis und der Mann gaben einander die Hand.

»Ja, natürlich.« Sie nickten einander zu, dann wurde auch Lina die Hand gereicht.

»Ich bin Klaas. Ihr hattet euch ja angemeldet, ne? Habt ihr schon mal zusammen getanzt?«, stellte der Bärtige sich vor, der wie Linas Vater hieß, was ihn in deren Augen gleich sympathisch machte.

Gerade stolperte ein Paar im mittleren Alter an ihnen vorbei, und die Frau rempelte Lina an der Schulter an, um sich dann sofort zu entschuldigen, während sie gleichzeitig von ihrem Tanzpartner weitergezogen wurde und einen erschrockenen Satz in dessen Richtung machte.

Es sah so skurril aus, dass Lina ein Lachen nicht zurückhalten konnte.

»Also nicht«, stellte Klaas trocken fest, der Linas Reaktion auf seine Frage bezog.

»Nein«, bestätigte Mattis, der ebenfalls grinste, weil er den Blick der Frau auch bemerkt hatte.

»Na, da habt ihr ja heute Glück, dass Disconacht ist. Wir tanzen Discofox und Foxtrott.«

»Wunderbar.« Wenn sie sich so umsah, gab es hier einige Paare, die schon länger miteinander tanzten. Deren Körper schienen zu einem zu verschmelzen, wurden zu Figuren, bewegten sich im Einklang mit der Musik. Einige der Tanzpaare kannte Lina. Leute aus der Nachbarschaft, eine Verkäuferin aus der Inselbäckerei, die immer ein freundliches Wort für jeden übrig hatte, der ein paar Brötchen holte. Wieder andere Paare mussten Touristen sein, die ihrem Urlaub mit dem Tanzabend ein wenig Abwechselung verliehen. Insgesamt war es ein bunt gemischtes Publikum.

»Also. Ihr stellt euch einander gegenüber auf, genau so! Dein Arm ruht auf dem des Herrn. Du darfst die Hand der Dame nicht so umklammern«, wies der Tanzlehrer Mattis zurecht. Tatsächlich hatte Mattis ihre Hand sehr fest in die seine genommen, wie um sich Mut zu machen.

Sie schauten einander in die Augen, standen einander ganz nah gegenüber. Mattis' rechte Hand ruhte auf Linas Taille.

»Und das ist der Grundschritt. Eins, zwei, tepp!« Klaas, der bärtige Tanzlehrer, bewegte sich plötzlich ganz geschmeidig zur Musik. Er zeigte ihnen die richtige Armhaltung.

Lina wechselte einen überraschten Blick mit Mattis, wohl wissend, dass er das Gleiche wie sie dachte.

Dann stieß Mattis, der sich plötzlich in Bewegung setzte, mit seiner Fußspitze gegen Linas Schuh. Sie reagierte, und das neu gebildete Tanzpaar setzte sich in Bewegung.

»Eins, zwei, tepp! Die Fortgeschrittenen denken an die Drehung. Holger, du musst führen, überlass das nicht Brigitte! Tanzen ist sehr klassisch, von der Haltung her führt der

Mann!« Schon klang Klaas wieder wie ein Brigadegeneral. Brigitte, die Frau, die Lina eben angerempelt hatte, blickte verlegen zu Boden, bevor ihr Mann sie weiterzog. Holgers Blick war stur über die Schulter seiner Frau ins Nirgendwo gerichtet, und er sah aus wie eine Maschine, die ihre Bewegungen immer wieder mechanisch und in stoischer Gleichmäßigkeit wiederholte.

Mattis und sie selbst kamen mit dem Grundschritt eigentlich gut klar, fand sie. Lina mochte den Song, und sie merkte, wie sie schnell die Bewegungen draufhatte, was sicher auch daran lag, dass es Mattis nicht schwerfiel, sie zu führen. Am Ende war er tatsächlich ein ganz natürliches Tanztalent. In jedem Fall würde Susanne keinen Versager als Tanzpartner haben, der …

»Aua!« Plötzlich trampelte Mattis ihr auf den Fuß und blieb dann ohne Vorwarnung stehen. »Was soll denn das, warum tanzen wir nicht weiter?«

Mattis' Blick war über ihre Schulter gerichtet, so wie der von Holger vorhin. Bloß dass Mattis wirkte, als ob er ein Gespenst erblickt hätte. Lina drehte den Kopf, noch immer mit Mattis' Hand in ihrer.

Die Tür des Raums war noch mal aufgegangen und ein eng umschlungenes Paar trat herein. Der Mann küsste die Frau auf den Scheitel und lachte dann laut. In diesem Augenblick wusste Lina, obwohl der Blickwinkel unglücklich war, dass es Bent war, der da gerade eine Zärtlichkeit mit seiner Tanzpartnerin austauschte.

Lina taumelte einen Schritt zurück. Es war ein Faustschlag in ihren Magen. Sie starrte zu den beiden hinüber, alles, was sie sah, schien überdeutlich scharf. Die Frau war Ines – ihre Schulfreundin Ines – sie hatte sie sofort erkannt.

Ines arbeitete in der kleinen Konditorei. Sie war inselbekannt für ihre Muffins mit Popcorn und Karamell. »Unsere Süße« war ihr Spitzname. Sie war die Süße unter den Freundinnen – und das war nicht nur ihrer Arbeit als Konditorin geschuldet. Man musste Ines einfach gernhaben mit ihrer liebevollen, aber auch ehrlichen und direkten Art.

Lina löste sich aus der Tanzposition und drehte sich ganz um. Wie glücklich Ines strahlte! So wie sie selbst, wenn sie in Bents Armen lag, schoss es ihr durch den Kopf. Vermutlich sah sie exakt so aus. Lina machte einen Schritt in Richtung des Paars. Mattis wollte sie zurückhalten, doch sie riss sich los. »Lass mich!«

Mattis hörte wohl an ihrem Ton, dass es besser war, sie nicht aufzuhalten, denn er wich sofort zurück. Lina hörte die Musik nicht mehr, sie nahm die tanzenden Paare nicht mehr wahr, sie merkte nicht, dass Brigitte sie erneut anrempelte, während sie sich einen Weg durch die Tanzenden bahnte. Sie sah nur Bent und Ines. Bent, der seine Hand an Ines' Hintern legte. Bent, der sie gerade geküsst hatte. Bent, der sie hintergangen hatte und es wagte, mit einer anderen Frau sogar eine öffentliche Tanzveranstaltung zu besuchen.

»Eins, zwei, tepp!«, tönte es im Hintergrund, aber auch das drang nicht zu Lina durch. Alles, was zu ihr durchdrang, war die bittere Enttäuschung über Bent. Er hatte nicht nur ihr Vertrauen missbraucht, nein, er hatte sie lächerlich gemacht vor der ganzen Insel. Hier blieb nichts lange privat. Wie hatte ihr das mit Bent und Ines entgehen können?

Lina hatte das Paar erreicht, ohne von Bent bemerkt worden zu sein. Er flüsterte etwas in Ines' Ohr und brachte sie damit zum Lachen.

Lina tippte ihm mit ihrem Zeigefinger auf die Schulter, was dafür sorgte, dass er sich ihr zuwandte.

»Na? Eins, zwei, tepp?«, fragte sie in seine Richtung.

»Lina!« Überraschung und Entsetzen mischten sich in Bents Stimme.

»Ja, da wunderst du dich, ne? Wo ich doch schon zu blöd bin, einen Golfball abzuschlagen. Wobei meine schlechten Golfkünste dich von heißen Küssen nicht abgehalten haben. Aber du hättest mich wohl im Leben nicht im Tanzunterricht vermutet, oder?«

Er wollte etwas sagen, fand jedoch sichtlich keine passenden Worte. Aus Linas Sicht gab es jetzt in dieser Situation auch überhaupt nichts, das noch zu sagen gewesen wäre.

»Hallo, Ines«, begrüßte sie die andere Frau, die offenbar genauso vor den Kopf gestoßen war wie sie selbst. Mit großen Augen schaute sie von einem zum anderen und war anscheinend überfordert mit dem, was da passierte.

»Ich glaube, wir sind dem sauberen Bent wohl beide auf den Leim gegangen, oder?« Lina spürte, wie die Tränen in ihr hochstiegen. Doch sie wollte nicht weinen, nicht hier, nicht jetzt, nicht vor Bent. Diesen Triumph gönnte sie ihm nicht. Nein, sie würde stark bleiben, für sich selbst, aus Respekt vor sich selbst!

Ines nickte. Ihre großen Augen füllten sich ebenfalls mit Tränen, als sie die Situation zu verstehen schien. Sie sah sehr hübsch aus in dem kurzen Sommerkleid und perfekt geschminkt. Es war deutlich zu erkennen, dass sie sich viel Mühe mit ihrem Outfit gegeben hatte.

»Ines …« Bent wollte etwas sagen, geradebiegen, was offensichtlich unwiederbringlich verbogen war.

Zum Glück schüttelte Ines den Kopf. »Lass es, Bent. Und

melde dich nicht mehr bei mir«, verlangte Ines in sehr eindeutigem Ton, der so scharf war wie ein Messer.

Ein siegessicheres Grinsen schlich sich in Linas Mundwinkel, da Ines Sekundenbruchteile später auf dem Absatz ihrer silbernen Tanzschuhe kehrt machte, aus dem Saal stürmte und Bent allein stehen ließ.

Der hatte doch tatsächlich die Nerven, sich nun ihr zuzuwenden.

»Lina, bitte, lass mich erklären …« Sein Flehen war erbärmlich. Er schaute sie aus den Augen eines überraschten Hundewelpen an – nur dass er überhaupt nicht niedlich wirkte in seinem perfekt sitzenden hellen Designersakko.

»Oh nein, Bent. Ich habe schon einen Tanzpartner, vielen Dank. Jemanden wie dich, der allen auf die Füße tritt, brauche ich wirklich nicht in meinem Leben.« Lina tat es Ines nach, zeigte Bent die kalte Schulter und schob sich zwischen den Tanzenden hindurch zurück zu Mattis, der sich an die Wand gelehnt hatte und mit verschränkten Armen wartete.

Als Lina bei ihm ankam, brannten ihre Augen vor lauter Anstrengung, nicht zu weinen.

»Gehen wir?«, fragte Mattis nur, und Lina nickte. Dann machte er etwas, mit dem Lina nicht gerechnet hätte.

»Komm her, Linchen.« Er hatte sie seit Jahren nicht mehr so genannt, sicher, seit seine Mutter gestorben war, überlegte Lina. Der alte Kosename traf sie mitten in ihr verwundetes Herz. Er legte den Arm um sie und führte sie durch den Saal. Wieder waren sie in der Nähe von Bent, unangenehm nah, viel zu nah.

Sie hörte Mattis mit Bent sprechen. »Wenn du es wert wärst, würde ich dir eine runterhauen, aber ehrlich, dafür ist mir meine Hand zu schade.« Lina war tief berührt davon, wie ihr bester Freund sie verteidigte. Doch sie hielt es einfach nicht mehr länger aus in diesem Raum. Alles war zu eng, viel zu eng. Ohne einen weiteren Blick in Bents Richtung rannte sie hinaus, stürmte über den Vorplatz und durch das Argonnenwäldchen. Sie lief weiter, über den Deich und hinunter ans Meer. Allein diese Weite konnte sie jetzt ein wenig beruhigen, konnte den Aufruhr in ihr zumindest so weit bändigen, dass sie kraftlos zu Boden sank. Sie hockte im Sand, die Arme fest um ihre Beine geschlungen und starrte hinaus aufs Wasser. In ihr tobte ein Sturm, alles war unscharf und verworren und überall war Schmerz.

Plötzlich spürte sie die Anwesenheit von jemandem. Aber sie drehte sich nicht um. Sie wusste, dass es Mattis sein musste. Er war der Einzige, der wusste – instinktiv wusste –, wohin sie rannte, wenn ihre Welt zusammenbrach. Seine Beine kamen in ihr Sichtfeld. Er hatte sich einfach hinter sie gesetzt und schloss behutsam beide Arme um Lina. Er hielt sie fest, einfach nur fest, und sie fand den Halt, den sie gerade so dringend brauchte in ihrer Verlorenheit.

Bent hatte sie betrogen. Oder er hatte Ines mit ihr betrogen, wer konnte das schon so genau sagen? Bent, dachte sie bitter. Wie gut, dass sie nicht mit ihm geschlafen hatte, sie war sehr, sehr froh, dass es nicht so weit gekommen war. Trotzdem fühlte Lina nichts als dunklen, bohrenden Schmerz. Sie hatte sich wirklich Hoffnungen gemacht, dass es mit Bent etwas werden könnte, dass es eine Zukunft gäbe.

Sie nahm einen tiefen, pfeifenden Atemzug, der bis tief in ihren Bauch hinein brannte. Erst langsam verschwand ihr Gefühl von Unwirklichkeit. Ja, das war gerade tatsächlich passiert. Bent hatte sie tief enttäuscht.

Plötzlich wurde ihr schwindelig, zum Glück saß sie schon, bevor sie ein weiteres Mal tief Luft holte. Alles vor ihren Augen verschwamm, gleich würde sie einfach jede Fassung verlieren. Da spürte sie, wie die kräftige Umarmung von Mattis noch fester wurde. Er zog sie noch enger an sich, starke Arme, die keinen Widerspruch duldeten. Und Lina versank in dieser Nähe, ließ sich in die Umarmung fallen, atmete Mattis' vertrauten Geruch tief ein, und endlich, endlich konnte sie weinen.

Kapitel 12

Lina fühlte sich am Abend im Bett noch immer wie von einem Bulldozer überfahren. Alles was passiert war, schien sich bedrohlich über ihr aufzutürmen wie eine Gewitterwolke, die sich jeden Moment zu entladen drohte.

Bent! Er hatte sie betrogen – beziehungsweise hatte er noch ein weiteres Eisen im Feuer gehabt, nämlich ausgerechnet ihre alte Schulfreundin Ines. Tja, da hatte sie ihr erster Gedanke, als er an ihrem Geburtstag im Blumenladen aufgetaucht war, doch nicht getäuscht. Ines und sie hatten sogar ein oder zwei Jahre in der Grundschule nebeneinandergesessen und hatten sich immer gut verstanden. Erst beim Osterfeuer hatten sie noch miteinander mit Glühwein angestoßen, den Corinna in einer Thermoskanne dabeigehabt hatte. Aber natürlich, dachte Lina, hatte Ines vermutlich genauso wenig von ihr gewusst wie sie von Ines. Hinter Linas Stirn pochte es.

Stöhnend drehte sie sich um und zog sich die Bettdecke über den Kopf. Sie hatte sich ausgerechnet bei Mattis ausgeheult, der ihretwegen und diesem blöden Bent seine erste Tanzstunde verpasst hatte. Lina war ihm so dankbar dafür, dass er für sie da gewesen war an ihrem dunklen Tag, auch wenn das klar auf Kosten des Disco-Foxes gegangen war.

»Nächste Woche lernen wir aber wirklich miteinander tanzen, ja? Damit du deiner Susanne was bieten kannst«, hatte Lina zwischen zwei Schluchzern gesagt, doch natürlich hatte Mattis nur abgewunken und geantwortet, sie solle sich jetzt erst mal nur um sich selbst kümmern. Das mit dem Tanzen sei nicht aufgehoben, nur aufgeschoben.

»Wenn du willst, dass ich Bent für dich doch noch verprügle, mach ich das«, hatte er noch behauptet, während er sie am Strand getröstet hatte, aber Lina wusste, dass er so gar nicht zur Gewalt neigte, und das war auch gut so, denn seine Wut über das Geschehene war ihm anzusehen. Seine Bemerkung allerdings hatte gereicht, dass Linas Tränen schließlich versiegt waren und sie sogar kurz hatte lachen müssen. Die Vorstellung von Mattis' geballter Faust in Bents schönem Gesicht war irgendwie tröstlich und witzig zugleich, weil es eben so abwegig war, dass Mattis zuschlug. Er war der Typ, der heimlich zum Schwäne füttern an den Stadtteich ging oder der jedes Jahr in der Weihnachtszeit dem Nationalpark Geld spendete zur Erhaltung der Kegelrobben und Seehunde.

»Danke, Mattis«, flüsterte Lina, noch immer in Mattis' fester Umarmung.

Aber er schüttelte nur den Kopf. »Nichts zu danken. Wir sind schließlich beste Freunde, da hält man zusammen. Wenn ich Liebeskummer mit Susanne habe, wende ich mich dann auch an dich.«

Wortlos nickte sie. Der Name Susanne löste schon wieder komische Gefühle in ihr aus. Mattis schien so sicher, so ruhig und gefestigt, wenn er von dieser Frau sprach. Irgendwie vermutete sie, es würde wegen Susanne gar keinen Liebeskummer geben, weil er so von dieser Frau begeistert war wie noch von keinem weiblichen Wesen vor ihr. Und aus unerfindlichen Gründen machte sie diese Erkenntnis noch trauriger. Vielleicht würde sie auch noch ihren besten Freund verlieren. Sie wollte sich gar nicht ausmalen, wie das dann war, wenn er heiratete oder Kinder bekam. Wahrscheinlich hatte er dann fast keine Zeit mehr, weil er familiär eingespannt war.

Plötzlich tat es Lina sehr leid, dass sie an ihrem Geburtstag den jährlichen Ausflug für ein Date mit Bent abgesagt hatte. Sie konnte ein wenig erahnen, wie er sich damit gefühlt hatte, dass sie Bent ihm vorzog.

Bent! Beim Gedanken an ihn weinte sie erneut unter ihrer Bettdecke, lautlos und für sich allein. Schon gestern hatte sie, nachdem Mattis sie nach Hause gebracht hatte, nicht aufhören können zu weinen, bis sie endlich völlig erschöpft eingeschlafen war. Wie konnte jemand nur so gemein und hinterhältig sein?

Schließlich versiegten ihre Tränen – und es wurde ganz schön heiß unter der Bettdecke. Linas Augen schmerzten, und ihr Gesicht fühlte sich total verquollen an.

»Blödmann«, hörte sie da gedämpft eine Stimme. Lina lugte unter der Decke hervor und schaute genau in das Vogelgesicht von Frau Merkel, die sich neben ihr auf dem Bett aufgebaut hatte.

»Wie immer triffst du ins Schwarze!« Lina schob eine Hand unter der Decke hervor und kraulte dem Papagei den Hals. »So dumm«, plapperte Frau Merkel vergnügt.

»Endlich jemand, der mich versteht.« Lina schlug vorsichtig ihre Bettdecke zurück. Ihr Schädel pochte wild vor lauter

Kopfschmerzen, sobald sie sich aufsetzte. Stöhnend hielt sie ihre Hand gegen die Stirn. Nein, so konnte sie einfach nicht morgen früh zur Arbeit. Sie war völlig am Ende, ausgelaugt und mit höllischen Schmerzen.

Lina griff nach ihrem Handy. Vier neue Nachrichten, zwei von Bent, eine von Ines, eine weitere von Mattis. Ohne sie zu lesen, tippte sie schnell eine Krankmeldung an Claudia. Lina fehlte so gut wie nie. Einmal, als sie diese Grippe mit dem teuflisch entzündeten Ohr gehabt hatte, ein weiteres Mal mit dieser Magen-Darm-Sache. Sonst war sie die zuverlässigste Mitarbeiterin aller Zeiten. Aber die Vorstellung, morgen früh Brautsträuße und Geburtstagsbouquets herzustellen, ging einfach über ihre Kräfte.

Hoffentlich war Claudia wieder einigermaßen fit. Prompt bekam sie von Claudia eine Antwort, dass sie sich gut erholen solle. Erleichtert amtete sie auf. Wenigstens das schien funktioniert zu haben!

Da waren noch mehr Nachrichten. Erst die von Ines, die sie um Entschuldigung bat, was Lina irgendwie verwirrte. Ines hatte schließlich nichts falsch gemacht. Dann Mattis: Sag, wenn du mich brauchst, Lieblingsmensch. Dann lass ich alles stehen und liegen und komm zu dir!

Lina fand das so süß, dass sie fast angefangen hätte zu weinen. Nein, sie war immerhin nicht allein.

Da waren immer noch die zwei Nachrichten von Bent. Lina überlegte, ob sie überhaupt lesen wollte, was er ihr mitteilen wollte. Schließlich fühlte sie sich schon schlecht genug mit ihrem dröhnenden Schädel und ihrem wunden Herzen.

Dann entschied sie sich aber, den Tatsachen einfach ins Auge zu sehen. Sie öffnete die Textnachricht.

Meine liebste Lina, verzeih mir. Ich habe einen schrecklichen Fehler gemacht. Bitte, gib mir noch eine Chance! Dein Bent

Die zweite Nachricht war nur eine halbe Stunde später eingegangen: Melde dich, ja? Das mit Ines ist vorbei und war mir nicht ernst.

Lina fragte sich, wie das wohl Ines sah. Es tat ihr wahnsinnig leid für die Freundin – doch auch sie selbst war noch zu verletzt, um alles, was passiert war, zu verorten.

»Dummdödel«, kam es aus Richtung des Papageis.

»Wie bitte?«

Frau Merkel sagte das Wort natürlich nicht noch mal, nur weil Lina nachfragte, stattdessen pickte sie mit ihrem Schnabel gegen das Handy. Natürlich, Lina hatte auch aufgehört, die Papageiendame zu kraulen, das gefiel ihrer gefiederten Freundin nicht. Gedankenverloren streichelte Lina wieder den Hals der Papageiendame, die ein so wahres Wort gesprochen hatte.

Was jetzt? Sollte sie mit Ines reden? Sollte sie Bent hassen oder ihm zumindest die Chance geben, sich zu erklären?

Ihre Kopfschmerzen verstärkten sich weiter, breiteten sich immer mehr hinter ihrer Stirn aus, während sie versuchte, nachzudenken. Sie würden sich zu einer ausgewachsenen Migräne entwickeln, Lina spürte es genau. Da halfen nur Tabletten und Dunkelheit. Heute würde sie im Bett bleiben, ihre Wunden lecken und sich ausruhen. Sie konnte ohnehin keinen klaren Gedanken fassen in ihrem Zustand.

Kaum dass sie sich zurück auf die Matratze fallen ließ, kündigte ihr Smartphone erneut eine neue Nachricht an. Als Lina auf das Display schaute, sah sie, dass Bent ihr schon wieder geschrieben hatte. Aber sie konnte sich jetzt nicht damit befassen. Ihre Migräne sorgte dafür, dass das Display des Handys ihr vor den Augen verschwamm.

Morgen würde sie sich entscheiden, wie sie mit dem »Dummdödel« weiter verfahren wollte. Momentan war sie dazu einfach nicht in der Lage. Ohne Bents letzte Nachricht gelesen zu haben, schloss sie die Augen und schlief erschöpft wieder ein.

*

»Hey, Lina!« Eine Hand berührte sie sanft an der Schulter. Lina wollte nicht aufwachen, sie wollte am liebsten in diese Hand hineinkriechen. Ohne zu wissen, wer es war, noch ganz schlaftrunken, wollte sie nichts weiter als die tröstende Berührung, dieses vorsichtige Streicheln, fühlen und dazu im gnädigen Zustand zwischen Schlafen und Wachen verbleiben.

»Lina!« Erneut sagte der Besucher ihren Namen, drückte eine Hand vorsichtig ihre Schulter, anstatt sie weiter sanft zu streicheln. Widerwillig hob Lina die Lider und schaute direkt in das Gesicht von Mattis, der besorgt auf sie herabblickte.

»Geht es dir so weit gut?«, fragte er und lächelte sie an. Seine Hand hatte er schon zurückgezogen. Die Stelle an der Schulter, die noch warm von seinen Fingern war, sehnte sich nach der wärmenden Geste, die ihr im Halbschlaf Trost gespendet hatte.

Lina horchte in sich hinein. Ihr Kopf fühlte sich wattig und dumpf an. Wie es einem eben so ging, wenn man lange geweint und zudem noch das Gefühl hatte, keinen klaren Gedanken fassen zu können. Schlagartig fiel ihr alles wieder ein, was passiert war, und sie war gleich noch ein wenig froher, Mattis zu sehen. Dass er da war, würde verhindern, dass sie gleich wieder in ihrem Kummer versank.

»Ganz in Ordnung«, sagte sie, obwohl sie sich vorkam, als wäre sie mitten in einen Orkan geraten.

»Sehr gut, dann hast du sicher nichts gegen eine Runde auf dem Krabbenkutter.«

»Hä?«

»Mein Vater hat sich einen Magen-Darm-Virus eingefangen, ich hab heute nur drei Termine gehabt, die hab ich abgesagt, und du bist kaum in der Lage, heute Christsterne zu verkaufen.«

Unweigerlich musste Lina lachen. »Es ist überhaupt nicht die Jahreszeit für Christsterne. Die blühen in der Weihnachtszeit und …«

»Wie auch immer. Ich hab deine wunderbare Chefin angerufen, und sie hat mir gesagt, dass du dich krankgemeldet hast. Sie meinte, es wäre vielleicht eine gute Idee, wenn ich nach dir sehe – als ob ich da nicht selber drauf gekommen wäre! Schließlich hab ich dein Handy heute Morgen schon mit Anrufen bombardiert und am Ende sogar bei Claudia angerufen.«

»Du hast dich mit Claudia unterhalten, und ihr habt es geschafft, euch nicht umzubringen? Lob, Lob!« Normalerweise konnten Mattis und Claudia schließlich keine zwei Sätze miteinander wechseln, ohne dass die Stimmung zu kochen begann.

Mattis zuckte mit den Schultern. »Ich war auch überrascht. Und sie scheint bereits zu wissen, warum du krank bist. Zugegebenermaßen hat sich wohl schon alles rumgesprochen …«

Natürlich. Typisch! Inselklatsch blieb nie lange geheim, und bei der Tanzstunde waren auch Insulaner gewesen.

»Na wunderbar!« Lina legte sich die Hände vors Gesicht. Sie schämte sich. Außerdem, da war sie sicher, würden Leute in den Blumenladen kommen, die ein Veilchen nicht von einem Radieschen unterscheiden konnten, nur um sich das Opfer der Intrige genauer anzuschauen und pseudo-mitleidig nach Einzelheiten der traurigen Romanze zu lechzen. Dazu würden sie natürlich pflichtschuldig eine einzelne Rose oder einen winzigen Blumenstock aus dem Sonderangebot kaufen.

Mattis' mitfühlender Blick zeigte Lina, dass er schon verstand, was Lina gerade bewegte. »In jedem Fall hat Claudia gemeint, du sollst dich erholen. Was wäre da besser als ein Tag auf dem Meer?«

»Ach, ich weiß nicht, ich hatte gestern so Migräne.« Ein Blick auf ihr Handy verriet ihr, dass sie satte zwölf Stunden geschlafen hatte. Außerdem zeigte es zwei Anrufe von Bent und zudem eine Sprachnachricht an. Sie plante, weder zurückzurufen noch die Nachrichten anzuhören. Allein sein Name auf ihrem Display tat ihr weh. Außerdem waren auf dem Bildschirm noch sieben verpasste Anrufe von Mattis und sage und schreibe neun Sprachnachrichten von ihm vermeldet. Er hatte wirklich hartnäckig versucht, sie zu erreichen.

»Du sollst ja nur auf Deck sitzen, die Sonne genießen und dir vom Wind die trüben Gedanken aus dem Kopf pusten lassen. Ich fang die Krabben. Was meinst du?« Mattis war zwar kein Fischer, er hatte aber seine Kindheit nach dem Tod der Mutter quasi auf dem Schiff verbracht. Er kannte jeden Handgriff im Schlaf.

»Gerade sind die Erträge gut, und da die Preise für den Granat ebenfalls ganz passabel sind, hab ich ihm angeboten einzuspringen.« Es klang, als wollte Mattis sich rechtfertigen für etwas, das ganz klar war – und das sagte Lina ihm auch.

»Ist ja super, dass du für deinen Vater einspringst. Er freut sich bestimmt.« Täuschte Lina sich, oder war Mattis tatsächlich verlegen angesichts ihrer Worte?

Schnell lenkte er ab, indem er Lina einfach die Bettdecke wegzog. »Jaja. Ich bin super. Aber wir müssen auch los. Zieh dich an!«

Dass er so bestimmt war, tat ihr gut. Er ließ ihr gar keine Zeit zum Nachdenken, sondern verlangte einfach, dass sie mitkam.

»Ist gut.« Lina richtete sich im Bett auf. Zeit, in den Tag zu starten.

Die Luft war kühl. Lina fröstelte ein wenig, als sie auf dem Deck stand. Der Wellengang war heute nicht sehr ausgeprägt, obwohl der Wind ordentlich pfiff, wie Mattis es Lina vorausgesagt hatte. Sie nahm einen tiefen Atemzug, und auch hier trat die Prophezeiung ihres besten Freundes ein: Die frische Luft tat ihr unheimlich gut. Ein paar Möwen flogen hinter dem Kutter her, immer in der Hoffnung auf Beute.

Jost, der Matrose, war auf Deck damit beschäftigt, kleine Fische aus dem Granat, so wurden die kleinen Nordseekrabben genannt, zu sortieren. Er war ein schweigsamer Mann, der es normalerweise genoss, dass er seine Arbeit allein machen konnte. Seine grummelige Miene verriet, dass er auch heute seine Tätigkeiten lieber alleine verrichtet hätte, also ließ Lina, nachdem sie ihm höflich ihre Hilfe angeboten hatte und diese genau wie erwartet abgelehnt worden war, in Ruhe.

Sie wusste, dass Mattis' Vater die ruhige, besonnene Art seines Matrosen sehr schätzte, zugleich aber manchmal unter dem Schweigen von Jost litt. Außerdem, das war einer der großen Streitpunkte, war Sven, der Vater von Mattis, jahrelang mit seinem eigenen alten Herrn auf hoher See unterwegs gewesen und hatte angenommen, diese Tradition mit seinem eigenen Junior fortzusetzen.

»Blut ist dicker als Wasser, mien Jung!«, war einer der Sätze, den nicht nur Mattis, sondern auch Lina aus Svens Mund immer wieder gehört hatte, eine ganze Jugend lang, so häufig, dass sie ihn auch jetzt regelrecht hörte, als sie an Sven dachte, der zu Hause seine Magenverstimmung auskurierte.

Als Jost ein paar kleine Fische ins Wasser warf, näherte sich sofort eine Möwe, um einen der Fische im Flug abzufangen und ihn dann sofort zu verspeisen.

Lina schlang ihre Arme um den Körper. Obwohl sie eine warme Jacke und die dicke Wintermütze anhatte, wollte ihr dennoch nicht richtig warm werden.

»Hier!« Die tiefe Stimme von Mattis ließ Lina sich umdrehen.

Er stand direkt hinter ihr mit einer dicken Decke und einer Thermoskanne bewaffnet.

»Ich komm auch gleich ein bisschen raus. Muss nur noch schnell was holen.«

Ohne weitere Worte reichte er ihr die beiden Gegenstände, grinste sie an, und bevor sie sich bedanken konnte, war er schon wieder in der kleinen Fahrerkabine des Kutters verschwunden. Dankbar wickelte Lina sich in die Decke, setzte sich auf den Boden und goss sich Tee ein. Eine feine Rum-Note stieg von der dampfenden Flüssigkeit auf.

Dann war Mattis auch schon wieder zurück, mit einer Tüte Brötchen und selbst gemachter Remouladensauce aus dem kleinen Delikatessengeschäft in der Fußgängerzone, wie das Label auf der Flasche verriet.

»Jost, magst du mal eben rein ins Fahrerhaus?«

»Aye.« Lina musste angesichts der Antwort von Jost lächeln. Kapitän Mattis dagegen fiel der Humor in Josts Antwort gar nicht weiter auf.

Er ging hinüber zu den frisch gefangenen Krabben und holte einen kleinen Eimer voll zu ihnen herüber.

»Komm, wir pulen die und dann machen wir uns Schrippen wie früher, ja?«, schlug Mattis vor.

»Au ja!« Die Idee gefiel Lina sehr. Wie oft hatten sie als Kinder genau an dieser Stelle gesessen, die Ausleger mit den Fischernetzen zu beiden Seiten, die Möwen laut kreischend über sich kreisend und auf Fangabfälle wartend, und hatten sich ihre Brötchen mit selbst gepulten Krabben belegt? Nichts war an diesen Geschmack herangekommen, gar nichts, Linas ganze Kindheit lang nicht.

Geschickt begann Mattis, Krabbe um Krabbe aus ihrem Panzer zu befreien. Lina tat es ihm nach, war aber deutlich langsamer als ihr Freund, der natürlich viel mehr Übung darin hatte.

Lina schaute sich um. Die Insel war kaum noch mehr als ein Umriss in der Ferne, die Möwen zogen immer weiter ihre Kreise. Sie wusste, wenn sie nicht aufpasste, würde möglicherweise eines der Tiere im Sturzflug versuchen, ihr das

Brötchen zu klauen. Kein Tier war so frech wie eine hungrige Möwe – und so mutig.

Der Himmel war von einem Wolkenteppich bedeckt, die unterschiedlichsten Grautöne schoben sich über ihren Köpfen entlang, bis zum Horizont. Die Sonne würde keinen Weg durch diese dichten Wolken finden, doch das machte nichts. Die Stimmung war genau wegen der Bewölkung so besonders und passte außerdem exakt zu Linas Befindlichkeit. Das Wasser des Meeres wirkte fast schwarz, und die dunkle Farbe wurde nur von den vereinzelten weißen Schaumkrönchen durchbrochen.

»Herrlich heute, oder?«, sagte Mattis in das einvernehmliche Schweigen hinein. Er hatte den Deckel von der Remouladenflasche aufgedreht und gab großzügig Sauce auf seine Krabben. »Sieht aus, als würde gleich das Loch-Ness-Monster aus den Fluten aufsteigen.« Er lachte, wohl wissend, dass er übertrieb. »Das könnte ich jeden Tag haben, hier draußen zu sein.«

»Ach?«, hakte Lina sofort nach.

»Klar, schau dich doch mal um!« Mattis holte weit mit dem Arm aus, dann biss er herzhaft in sein Brötchen. In seinem linken Mundwinkel blieb ein Klecks Remoulade zurück. Er biss ein weiteres Mal in sein Brötchen, bevor er begann, mit vollen Backen zu kauen. Lina hatte das schon immer gemocht an Mattis: Diese Fähigkeit zum Genuss, die Hingabe an das, was er tat. Wenn er aß, dann aß er mit ganzem Herzen. Und wenn er segelte, segelte er. Diese Leidenschaft für den Moment war etwas, das sie an ihm mochte und auch bewunderte. Nun verdrehte er vor lauter Genuss die Augen.

»Warum, wenn du so gern hier draußen bist, bist du es dann nicht häufiger?«

Mattis blieb Linas Anspielung nicht verborgen. Sie versuchte immer wieder einmal, ihn in Richtung Krabbenfang zu stubsen. »Boah, Lina! Das hatten wir doch schon so oft, die Diskussion.«

»Ja, aber …«

»Da gibt es gar kein Aber. Man kann sich in der heutigen Zeit einfach nicht mehr auf den Krabbenfang als Beruf verlassen. Du hast doch selbst miterlebt, wie ungewiss die Erträge in den letzten Jahren waren. Einmal gibt es fast keine Krabben, dann so viele, dass die Preise in den Keller fallen. Das ist so unsicher. Was, wenn die Krabben ganz ausbleiben?« Mattis hatte sich in Rage geredet, wie immer, wenn es um dieses hochemotionale Thema ging. Vor lauter Reden hatte er sogar aufgehört weiterzuessen.

Lina hatte nach der Remoulade gegriffen und verteilte einen Klecks auf die Krabben. Ihr lief schon das Wasser im Munde zusammen. Erstaunlich, sie würde tatsächlich mit Appetit essen können, trotz allem, was gestern passiert war. Wie dankbar sie Mattis war, dass er sie mit raus aufs Meer genommen hatte.

Es war immer ihr Wohlfühlort gewesen, für ihren Freund vielleicht sogar noch mehr als für sie selbst.

»Stimmt, wenn die Krabben ausblieben, müsstest du dich wieder neu orientieren, aber …«

»Bitte, Lina, hör auf. Es reicht mir schon, dass mein Vater einfach nicht lockerlassen kann. Können wir versuchen, den Tag heute so gut wie möglich zu genießen und gut?« Die Gereiztheit in seiner Stimme war unüberhörbar und sorgte ganz unwillkürlich für eine harsche Reaktion von Lina.

»Ist ja gut!«, entgegnete sie, wobei die Anspannung in ihrer

Stimme nicht verborgen blieb. So war das unter alten Freunden. Es gab keinen Filter mehr, der ihre Worte abmilderte, sondern sie sprachen beide frei heraus. Außerdem meinte sie es schließlich gut mit ihm!

Mattis neigte sich, bevor Lina noch mehr sagen konnte, ein wenig zur Seite, sodass er ihren Körper mit dem seinen sanft anstubste, was ein eindeutiges Friedensangebot war.

»Wie ist die Remoulade?«, fragte er Lina und war eindeutig darauf bedacht, das Thema zu wechseln.

»Gut.« Sie war noch ein wenig verschnupft, wohl wissend, dass es nicht lange anhalten würde. Schließlich war es nur ein kleiner Schlagabtausch unter besten Freunden gewesen, der da gerade stattgefunden hatte.

»Das freut mich.« Mattis ließ das letzte Stück seines Brötchens in seinem Mund verschwinden und schloss dabei wohlig seufzend die Augen.

Beide schwiegen für einen Moment, bevor Mattis erneut das Wort ergriff. »Weißt du, ich bin echt nicht ungern Elektriker. Ich mag den Job. Ich komme in alle möglichen Haushalte und bin immer in der ersten Reihe, wenn es um Inselklatsch geht.«

»Oh, das ist mir klar.« Lina erinnerte sich daran, wie oft Mattis sie schon mit brandheißen Neuigkeiten versorgt hatte und – zugegeben, das war keine sehr noble Eigenschaft – wie sie beide sich miteinander über so manche Inselneuigkeit amüsierten. Und nun bin ich selbst das Tagesgespräch, dachte Lina bitter. Schnell schob sie ihre deprimierenden Gedanken beiseite, um sich auf Mattis zu konzentrieren. Denn sie hörte sehr deutlich, dass Mattis seine Berufswahl auch vor sich selbst rechtfertigte, ja, es sich schönredete. Mattis und das Meer waren einfach untrennbar miteinander verbunden, und Lina konnte nur hoffen, dass er sich diese Verbindung irgendwann eingestehen würde.

»Und du? Bist du in Ordnung so weit?«, fragte Mattis aus heiterem Himmel. Lina saß in ihre Decke eingemummelt da, einzig die Hand, die das Brötchen hielt, war nicht mit in der kuschelig warmen Höhle. Sie wusste, dass sie ganz und gar nicht in Ordnung war. Sie war so weit weg von in Ordnung wie zuletzt mit achtzehn Jahren, als Mattis sie hatte abblitzen lassen. Doch natürlich erzählte sie ihm das nicht. Weder, dass er es gewesen war, der ihr zuletzt solchen Kummer bereitet hatte, noch, wie sehr ihr Stolz verletzt und ihr Herz von Bent gebrochen worden war.

Das Wissen, dass sie sich hier auf Norderney vor nichts und niemandem verstecken konnte, machte es auch nicht gerade besser. Sie fühlte sich ausgeliefert und hilflos.

»Geht schon«, log sie. Allein die Vorstellung, Mattis das Ausmaß ihrer Trauer zu beschreiben, war zu viel. Lieber wollte sie versuchen, alles zumindest für den heutigen Tag weit, weit von sich zu schieben und sich dabei einzig vom Wind helfen zu lassen, der wie ein Derwisch um ihre Köpfe wehte. Lina griff nach dem Tee mit Rum, der mittlerweile erkaltet war, und trank einen Schluck.

»Na gut. Dann lass ich dich mal in Ruhe hier sitzen.« Mattis hatte begriffen, wie er es meistens verstand, wie Lina sich fühlte. »Ich muss eh Jost ablösen, damit der die Netze einholen kann. Sonst wird das nichts mit Krabbenfangen heute.«

Mattis stand auf. Für einen Moment zögerte er, schien noch etwas sagen zu wollen, marschierte dann aber ohne ein weiteres Wort zurück in das Fahrerhaus des Kutters.

Kapitel 13

Es duftete wieder nach frischen Lilien, als Lina am nächsten Morgen in den Laden kam. Tief sog sie die blumenduftgeschwängerte Luft ein. Irgendwie hatte es etwas Tröstliches, dieser Duft, den sie mit ihrer geliebten Arbeit verband.

Claudia schaute von dem Gesteck auf, das sie arrangierte. Sofort ließ sie die langstielige gelbe Rose fallen, sowie sie Lina erblickte.

»Oh, wie schön, dass du da bist«, schallte Claudias Stimme herzlich durch den Raum. »Ich hole dir gleich mal einen Kaffee!« Das strahlende Lächeln, das herzliche Willkommen berührten Linas Herz. Am liebsten hätte sie Claudia einfach umarmt dafür, dass sie ihr zeigte, dass sie nicht nur ihre Chefin, sondern auch eine wirklich gute Freundin war, die mit ihr fühlte.

Jetzt nahm Lina auch den würzigen Geruch des frischen Kaffees wahr, der sich mit dem Lilienduft zu einer unvergleichlichen Note vereinte.

Ihr hatte es vor diesem Arbeitstag gegraut. Die ganze Insel hatte bestimmt nichts Besseres zu tun, als über ihr Liebesfiasko zu tuscheln – und Blumen kaufen zu gehen. Dementsprechend war Lina nur schwer aus dem Bett gekommen und hätte sich nur zu gerne die Bettdecke über den Kopf gezogen. Bestimmt fühlte Ines sich genauso! Dass Lina das nicht getan hatte, lag einzig und allein an ihrem Pflichtgefühl Claudia gegenüber. Sie wusste, dass der Bürgermeister seinen sechzigsten Geburtstag morgen feierte und er anlässlich dieses Großereignisses allen Mitarbeitern im Rathaus kleine Gestecke auf die Schreibtische stellen lassen wollte. Sie und Claudia hatten die Idee, als Anerkennung kleine Blumengrüße zu schenken, herzallerliebst gefunden. Dazu würde es kleine Flaschen Sanddornschnaps geben, wie Bürgermeister Hoppe hinter vorgehaltener Hand verraten hatte, als er im Laden gewesen war, um die kleinen Gestecke aus Schleierkraut, einer einzelnen kleinen Rose und etwas Grün zu bestellen. Es waren nur winzige Blumenarrangements, doch die Tatsache, dass der Bürgermeister vierzig davon bestellt hatte, konnte im Arbeitsalltag eines kleinen Floristikgeschäfts durchaus zu Engpässen führen. Deshalb war es für Lina ganz selbstverständlich, dass sie Claudia nicht im Stich lassen konnte.

Noch immer freudig strahlend kam ihre Chefin mit einem Becher voll dampfenden Kaffees auf Lina zu und hielt sie ihr entgegen.

»Vielen Dank!« Es war wunderbar, den Becher mit den Händen zu umschließen, besonders nach der Fahrt auf dem Fahrrad durch die sommerliche kühle Morgenluft, von der ihre Finger sich noch immer klamm anfühlten.

»Sehr gerne.« Claudia ging zurück zum Tresen und griff nach der gelben Rose. Vorsichtig steckte sie die Blüte in das Gesteck. Es hatte die Form eines Herzens.

»Für wen ist das?«

»Das ist für Frau Hauser.« Frau Hauser lebte ein paar Häuser weiter und war alleinstehend.

»Hat sie sich verliebt?«, fragte Lina und nippte an ihrem Kaffee. Das wäre eine Neuigkeit, die ihren Skandal fast noch übertreffen würde, wenn sie denn stimmte. Schließlich war Frau Hauser eingefleischter Single und ging auch mal ohne ihr Gebiss auf die Straße, wenn es sein musste. Sollte sie einen Liebhaber haben, würde das jeden anderen Inselklatsch in den Schatten stellen.

»Oh nein. Ihr Hamster Friedrich ist verstorben.« Claudia gluckste leise, bemühte sich dann aber sofort wieder darum, ernst zu bleiben.

»Wie bitte?« Lina verschluckte sich fast an ihrem köstlichen Getränk.

»Du hast mich schon richtig gehört. Friedrich war wohl ihr Augenstern. Er war weiß-braun und hatte schwarze Knopfaugen. Außerdem saß Friedrich sehr gern auf Frau Hausers Schulter. Sie ist untröstlich. Für das Begräbnis hat sie das Rosenherz bestellt.« Claudias Schilderung machte klar, dass Frau Hauser eine ganze Weile im Laden gewesen sein musste, um ihr Leid zu klagen.

»Gibt es einen Leichenschmaus?«, fragte Lina. Sie konnte sich den Kommentar einfach nicht verkneifen.

Claudia steckte eine weitere Rose in das Gesteck und war fast fertig mit ihrer Arbeit. Sie warf einen tadelnden Blick in Linas Richtung. »Also bitte!«

Lina fühlte sich sofort schlecht. »Sorry«, sagte sie daher nur kleinlaut.

Da sah sie, dass Claudias Mundwinkel zuckten. »Natürlich. Frau Hauser hat extra Haferflocken und getrockneten

Thymian für Friedrich gekauft. Den hat er wohl besonders geliebt.«

Lina konnte ein Lachen nur schwer unterdrücken. Mit Sicherheit war es schlimm, den geliebten Gefährten zu verlieren. Es kam einem nur so absurd vor, dass jemand ein wahres Staatsbegräbnis auf Goldhamster-Art veranstaltete. Sie dachte an Frau Merkel und Herrn Schröder. Und plötzlich erstarb ihr Kichern auf einen Schlag. Gut, dass Graupapageien in der Regel sehr alt wurden.

»Was soll ich machen?«, wollte Lina wissen und setzte ihren Becher auf dem Tresen ab.

»Fängst du mit dem Bürgermeister an?« Claudia deutete mit dem Kinn in Richtung eines Eimers, in dem schon Schleierkraut und Rosen bereitstanden.

Lina nickte. »Na klar.«

In einvernehmlichem Schweigen arbeiteten die beiden Frauen vor sich hin. Lina wickelte ein Stück Schnur um das kleine Sträußchen, das sie soeben gebunden hatte. Anschließend stellte sie es in eine der kleinen Vasen, die der Bürgermeister ebenfalls geordert hatte. Tiefrot, passend zu den Rosenblättern. Der Mann ließ sich die gute Zusammenarbeit mit seinem Rathaus-Team wirklich etwas kosten.

Schon war Lina beim dritten Blumenarrangement, als die Ladenglocke läutete.

»Aaach, die Lina!« Die Tür hatte sich noch gar nicht hinter der Kundin geschlossen, da ließ sie schon einen Wortschwall auf Lina los. »Ich wünschte, ich wäre dabei gewesen. Du arme Lütte, du!«

Oh Gott! Ausgerechnet Frau Krause! Das war wirklich das reinste Worst-Case-Szenario. Frau Krause arbeitete beim

Norderneyer Morgen, der kleinen, täglich erscheinenden Inselzeitung. Vielleicht war ihre Neugier deshalb einfach beruflich begründet, immerhin war es ihre Aufgabe, Neuigkeiten aufzuschnappen und zu verbreiten. Sie war Mitte fünfzig und trug die Lesebrille stets auf der Nase, was ihr ein geschäftiges Auftreten verlieh und ihren Hang zur Sensationslust noch mehr unterstrich, besonders, wenn sie einen über den oberen Brillenrand hinweg anstarrte, so wie sie es jetzt bei Lina tat. Es war ein wenig so, als wäre Karla Kolumna aus den Benjamin-Blümchen-Hörspielen ihrer Kindheit zum realen Leben erwacht.

Lina hätte sich am liebsten hinten in dem kleinen Personalraum versteckt, wo sich auch die Kaffeemaschine befand, aber für eine Flucht war es schon zu spät.

Sie zwang sich also stattdessen zu einem freundlichen Gesichtsausdruck. »Was kann ich denn für Sie tun? Wir haben herrliche Lilien im Angebot.«

»Aaach, Lina!« Frau Krause tat nicht einmal so, als würde sie sich für Blumen interessieren, sondern starrte Lina unverblümt mit großen Augen an. »Wie konnte dieser Kerl das nur machen? Und dann auch noch mit Ines, ausgerechnet!«

Fehlte nur noch ein lautes *Sensationell.* Die Stimme der Reporterin klang jedenfalls tatsächlich ein wenig wie die von Karla Kolumna aus den Kinderhörspielen. Und mit Sicherheit war Frau Krause auch genauso neugierig und sensationsscharf – auch wenn Linas Liebeskummer keinen Zeitungsartikel wert war.

»Und dass es ausgerechnet der neue Standesbeamte war.«

»Wie bitte?« Lina verstand nicht ganz, worauf die Reporterin hinauswollte.

Wenn es überhaupt möglich war, weiteten sich die Augen der Reporterin noch ein wenig mehr. »Es gibt doch zwei Versionen, meine Liebe!« Sie tat ganz so, als müsste Lina das wissen, fast schon empört.

»Ach was.« Lina knickte aus Versehen den Stiel einer Rose um, die sie gerade im nächsten Blumensträußchen verarbeiten hatte wollen.

Bent und Ines tauchten vor ihrem inneren Auge auf, tanzend. Er wirbelte sie herum, und hatte seine Hand auf Ines' Po, während sie, Lina, ihm dabei zuschaute. Aus heiterem Himmel krampfte Linas Magen sich schmerzhaft zusammen.

Sie hörte gar nicht, dass die Tür erneut aufgegangen war. Aber plötzlich stand der alte Herr Rainer neben Frau Krause und schenkte Lina sein gütiges, faltiges Lächeln.

Frau Krause wollte eben zur nächsten Frage ansetzen, Lina sah es ihr an. Doch Herr Rainer fiel ihr einfach ins Wort.

»Moin, mien leeven Deerns!«, begrüßte er die beiden Floristinnen, so wie er es immer tat.

»Moin, Herr Rainer!« Claudia und Lina antworteten unisono, während der alte Mann seinen Blick von einer Frau zur anderen wandern ließ.

»Was darf es denn sein?«, wandte Claudia sich nun an den Stammkunden. Aber der würdigte sie keines Blickes.

»Es wäre schön, wenn Lina mich bedienen könnte. Sie weiß immer genau, was meiner Else gefällt«, meinte Herr Rainer, wobei er Lina anschaute. »Sie haben doch nichts dagegen, Frau Krause, nicht wahr?«, wandte er sich an die Reporterin. »Claudia ist schließlich die Chefin hier und wird sie bestens beraten. Es ist nur so, dass meine Else etwas speziell ist.« Herr Rainer lächelte entschuldigend. »Und wir sind alte Leute. Da wird man ein wenig wunderlich im Kopf. Das verstehen Sie sicher?« Er drängte sich zwischen die Journalistin und Lina und machte so klar, dass er sich so leicht nicht würde von seinem Vorhaben abbringen lassen.

Lina sah Frau Krause an, dass sie am liebsten Widerspruch eingelegt hätte, sie konnte beobachten, wie Frau Krause mit sich haderte – und sich am Ende dann doch dafür entschied einzulenken. Was blieb ihr schon übrig, als dem freundlich formulierten Wunsch des betagten Mannes nachzugeben, wenn sie nicht als unhöflich und borniert gelten wollte?

»Ja, natürlich«, entgegnete die Reporterin schlussendlich mit einem Lächeln, das den Eindruck erweckte, als hätte sie in eine Zitrone gebissen.

»Ach, das ist ja wunderbar. Meine Else ist Ihnen sicher dankbar, wenn ich ihr das erzähle.«

Lina fiel auf, dass Frau Krause noch immer mit den Zähnen knirschte, während Claudia sie fragte, was sie für sie tun könne. Sie war selbst überrascht, dass Else Rainer sich nur Blumen aus ihrer Hand schenken ließ – das war neu!

»Wollen wir uns dann mal die Lilien anschauen?«, schlug Herr Rainer Lina vor, noch immer alle Fäden fest in der Hand. Er hatte sich also vom letzten Mal sogar gemerkt, dass die herrlich orangefarbenen Blumen Lilien waren.

Lina nickte. »Natürlich!«

Gemeinsam gingen die beiden hinüber zu den Lilien. Pinke, weiße und gelbe Blüten strahlten in den Pflanzenkübeln um die Wette. Je näher man den Gewächsen kam, umso intensiver wurde auch ihr Duft.

Herr Rainer stellte sich dicht neben Lina. »Und jetzt wünsche ich eine ganz ausführliche Beratung. So ausführlich, dass sie dauert, bis die Krause verschwunden ist«, raunte er und zwinkerte Lina zu, bevor er kurz den Arm um sie legte und sie an sich drückte. Mit einem Mal wurde Lina klar, dass Herr Rainer einfach nur die Situation erfasst und reagiert hatte. Es war ein überwältigendes Gefühl, nicht allein zu sein, auch wenn ihr Liebeskummer allzeit präsent war. Vor Rührung schossen ihr Tränen in die Augen, die sie mit einer schnellen, entschlossenen Geste wegwischte. Die Erkenntnis, dass sie sogar von Menschen Hilfe und Zuspruch bekam, mit dessen Unterstützung sie nicht gerechnet hatte, verlieh Lina viel Kraft. Ganz spontan beugte sie sich zu dem alten Mann und drückte ihm einen Schmatzer auf die Wange.

Überrascht schaute Herr Rainer sie an. »Womit habe ich das denn verdient?« Seine Hand strich über die Stelle, wo ihre Lippen seine faltige Haut berührt hatten.

»Ich glaube, das wissen Sie sehr genau.«

Herr Rainer lächelte, dann tat er so, als hätte er sie nicht gehört und deutete auf eine der Blumen. »Welche von den Lilien sind denn am frischesten? Diese hier vielleicht? Meine Else soll ja die Blume lange genießen, nicht wahr?« Und für einen kurzen Moment konnte Lina Herrn Rainer als jungen Mann förmlich vor sich sehen, wie er da so verschmitzt dreinschaute, während er sich über die Lilie beugte und seine Nase in einen Blütenkelch streckte.

Erst nachdem Frau Krause den Laden verlassen hatte, hörte Herr Rainer auf, Fragen zu stellen, auf die er die Antwort ohnehin schon kannte, und benahm sich wieder normal.

»Wunderbar, na endlich!« Er klatschte fröhlich in die Hände. »Wobei ich zugeben muss, dass mir das wirklich großen Spaß gemacht hat. Ist Ihnen das Gesicht von Frau Krause aufgefallen? Herrlich!« Er lachte. Es war ein leises und diebisches Lachen, das sowohl Lina als auch Claudia ansteckte, die ebenfalls zu den Eimern mit den Lilien herübergekommen war.

»Also heute«, sagte Claudia, »bekommen Sie die Blume für Ihre Else umsonst. Die geht aufs Haus!« Sie griff zielsicher in einen Eimer und holte eine prächtige, strahlend gelbe Lilie heraus. »Das Zimmer Ihrer Frau wird wunderbar duften!«

»Vielen Dank!« Herr Rainer deutete eine altmodische Verbeugung an, sowie er nach der herrlichen Blume griff. »Ich werde die Geschichte gleich zu Hause erzählen. Ich habe mich wie ein Geheimagent auf einer Mission gefühlt. Was für ein Abenteuer.«

Claudia hatte schnell ein großes grünes Blatt als Dekoration zu der Lilie gegeben und alles mit Bast fest zusammengebunden. Grinsend reichte sie die Blume weiter an Herrn Rainer. »Bitte sehr! Und grüßen Sie Ihre Frau von uns, ja?«

Als der alte Gentleman den Laden verlassen hatte, wandte Claudia sich besorgt dreinschauend an Lina. »Kommst du klar?«, fragte sie unverhohlen.

Lina versank einen Augenblick in ihren Gedanken. Sie dachte an den Beistand von Claudia, an Herrn Rainer, diesen Goldschatz, an Mattis, der gekommen war und sie mit aufs Meer hinaus genommen hatte. Nicht zuletzt war da auch noch ihre Familie, die auf Zehenspitzen durch die Wohnung ging, immer bereit, sofort für sie da zu sein, wenn sie einen von ihnen brauchte. Besonders ihr Bruder schäumte vor Wut auf Bent, von dem auch er sich betrogen und ausgenutzt fühlte.

Denn schließlich war es Oliver gewesen, der Bent bereitwillig von seiner Schwester erzählt hat.

Wo sie auch hinschaute, wurde sie unterstützt und ja, auch behütet. Trotzdem hatte Bents Verrat eine tiefe Wunde gerissen, die sich so einfach nicht verarzten ließ.

»Danke. Ich komme klar«, antwortete sie deshalb, das war schließlich nicht gelogen. Sie würde diesen Schmerz überleben, ihr Krönchen graderücken und dann aufrecht weitermachen, ohne Bent. Sie wünschte sich nur, dass sie ein wenig mehr wütend und weniger traurig wäre.

Claudias Blick blieb forschend und wachsam. »Ich glaube, du arbeitest dennoch hinten weiter und machst den Bürgermeisterauftrag, während ich hier vorne im Laden bleibe.«

Lina musste sich selbst eingestehen, dass sie froh über Claudias Vorschlag war. »Danke! Das ist echt sehr lieb von dir.«

Claudia schüttelte den Kopf. »Kein Thema. Wir müssen nur zusehen, dass wir rechtzeitig fertig werden. Morgen reist Ruth ab.«

Obwohl Claudia die Tatsache, dass ihre Freundin die Insel schon wieder verließ, nur in einem Halbsatz erwähnte, hatte Lina die Niedergeschlagenheit in Claudias Stimme gehört. »Oh. Das tut mir leid.«

Ihre Chefin schüttelte erneut den Kopf, als wollte sie so ihren eigenen Kummer einfach abschütteln. »Muss es nicht. Ich bin ja schon froh, dass …« Claudia ließ den Satz unvollendet in der Luft hängen, fast so, als ob sie schon zu viel gesagt und ein Geheimnis preisgegeben hätte. Dann lief sie entschlossen zum Tresen hinüber.

»Komm, legen wir los, ja?«, meinte sie und lächelte sie an.

Lina nickte. »Das ist eine gute Idee.« Sie trug die Kiste mit den kleinen Vasen, die Rosen und das Schleierkraut nach hinten. Konzentriert machte sie sich an die Arbeit.

Doch an diesem Tag war es wirklich wie verhext. Die Kunden kamen und gingen pausenlos. Es war für Claudia absolut nicht zu schaffen, die *Blühende Phantasie* allein zu stemmen. Natürlich waren auch einige neugierige Leute dabei, doch nach all der Zeit auf der Insel wusste Claudia nur zu gut, wen sie von Lina besser fernhielt. Lina nahm neben dem Arrangieren der kleinen Vase noch den Anruf eines Brautpaares entgegen, das sich eine spezielle Blumendekoration für die *Hochtiedsstuv* wünschte, ein bayerischer Tourist, der seit dreißig Jahren auf die Insel kam und den sechzigsten Geburtstag seiner Gattin mit einem blauweißen Blumenstrauß ehren wollte, schaute im Geschäft vorbei. Eine Mischung aus Vergissmeinnicht und Margeriten schwebte ihm vor. Seine Befürchtung, dass er im August nur schwer oder zu horrenden Preisen an die Blumen kommen würde, konnte Lina entkräften und einen glückstrahlenden Kunden dazugewinnen, der am übernächsten Tag wiederkäme, um seinen ganz speziellen Geburtstagsgruß abzuholen.

Während Lina den Bayern bediente, verkaufte Claudia eine der alten Gießkannen an Frau Dietrich, die draußen beim Krankenhaus in der Siedlung wohnte und die Lina noch nie hier im Laden gesehen hatte. Frau Dietrich war eine Bekannte ihrer verstorbenen Großmutter gewesen und saugte Neuigkeiten auf wie ein Schwamm. Sie war einer dieser Menschen, die sich in schlechten Nachrichten und Tragödien geradezu suhlen konnten. Lina hätte ihre Oma Emma zu gern gefragt, warum ausgerechnet diese Frau ihre Freundin gewesen war, aber leider waren ihre Großeltern mütterlicherseits schon gestorben, als sie noch ein Kind gewesen war. Erst der Großvater, der einen Herzinfarkt erlitten hatte, und kurze Zeit danach ihre Oma, die immer so herrlich nach Rosenwasser geduftet hatte.

Aus der Ferne beobachtete Lina Frau Dietrich. Die Frage, wofür sie die Kanne brauchte, stellte sich nicht. Für Lina lag auf der Hand, dass sie nicht wegen Blumen oder Wohnaccessoires vorbeigeschaut hatte. Dass es Claudia gelungen war, ihr den hochpreisigen Dekoartikel aufzuschwatzen, freute sie deshalb umso mehr. Zwar wollte die Freundin ihrer Oma explizit von ihr bedient werden, doch Claudia brachte sie mit ihrer knappen, aber bestimmten Aussage, dass Lina schlicht anderweitig zu tun habe, zum Schweigen.

»Das kriegt meine Enkeltochter zu Weihnachten!«, hörte Lina Frau Dietrich im Gehen sagen und musste grinsen. Der alte Ladenhüter in senfgelb mit Blumenmuster war sicher genau das Gegenteil von dem, was sich die siebzehnjährige Enkelin zum Geburtstag gewünscht hätte, und der Hunger der alten Dame nach Informationen blieb ebenfalls ungestillt.

Es war schon später Nachmittag, als Lina endlich fertig mit den kleinen Sträußen für die Rathausangestellten war.

»Holt der Bürgermeister die eigentlich ab?«, fragte sie, während sie, bewaffnet mit der Schachtel, in die sie die Vasen ordentlich aufgereiht hatte, in den Verkaufsraum trat. Erst jetzt sah sie, dass Claudia schon wieder mit einer Kundin beschäftigt war und ein Taschentuch über den Verkaufstisch reichte.

»Oh, Entschuldigung!«

Frau Hauser stand tränenüberströmt im Geschäft und hielt das Herzgesteck in ihren Armen.

»Ach, mein armer Friedrich!«, brachte Frau Hauser stockend hervor.

Wenn sie das Blumenherz weiter so an sich drücken würde, wäre das Gesteck ramponiert, bevor es die Goldhamsterbestattung überhaupt erreichte. »Guten Tag!« Lina grüßte freundlich, stellte die Schachtel auf der Theke ab und ging um den Tresen herum zu Frau Hauser.

»Darf ich?« Vorsichtig nahm sie ihr den Herzkranz ab. »Wir wollen doch, dass das Gesteck für Friedrich hübsch bleibt, nicht wahr? Mein Beileid, übrigens!«

Lina legte das Grabgesteck zurück und reichte der älteren Dame, die untröstlich schluchzte, ein neues Taschentuch. Claudia schenkte Lina einen dankbaren Blick und zog sich zurück.

Geräuschvoll schnäuzte sich Frau Hauser.

»Ich glaube, Sie sollten das schöne Gesteck jetzt mitnehmen und es – äh – schön dekorieren, nicht wahr?« Lina strich Frau Hauser tröstend über den Rücken, während die über ihre Augen tupfte und tief Luft holte.

»Stimmt, Lina, du hast recht. Weißt du, er fehlt mir sehr.«

Lina nickte. »Ich kann es mir vorstellen.« Und das konnte sie wirklich. Einer der besseren Momente in der letzten Zeit war gewesen, als Frau Merkel »Dummdödel« genuschelt und Lina das als Zuspruch gewertet hatte – auch wenn die Graupapageiendame wohl kaum bewusst Hilfe geleistet hatte.

»Ja?« Frau Hauser schien es nicht glauben zu können. »Meine Nachbarin hat mich ausgelacht. Sie meinte, ich würde zu viel Wirbel wegen des Tieres machen. Es sei nur ein

Nager.« Allein das auszusprechen trieb der alten Frau wieder Tränen in die Augen.

»Oh nein, bitte! Lassen Sie sich doch in Ihrem Alter nicht vorschreiben, was sie fühlen sollen!«, stieß Lina empört aus und reichte ihr ein neues Taschentuch.

Erneut tupfte sich die Kundin die feuchten Augen. »Du hast recht!« Plötzlich klang sie fest und entschlossen. »Ich werde jetzt nach Hause gehen und meinen Friedrich so betrauern, wie ich das für richtig halte.« Frau Hauser griff nach dem Gesteck, aber diesmal vorsichtiger. Dann wandte sie sich um und warf Lina einen Blick über die Schulter zu. »Und danke, Lina, ne?«

»Immer gern.« Lina winkte der alten Dame hinterher. Danach lief sie hinter die Theke und verstaute die Taschentuchpackung in die Schublade. Für heute wurde sie nicht mehr gebraucht, es hatte genug emotionale Dramen gegeben.

Der Laden würde ohnehin gleich schließen. »Claudia? Wo bleibt denn der Bürgermeister?«, rief Lina nach hinten ins Lager, woraufhin die Chefin zurück in den Verkaufsraum kam.

»Wir liefern. Ich fürchte, da muss ich noch hin.« Claudia schaute auf die Uhr, und ihr Blick verdüsterte sich. Sie zückte ihr Handy und begann, wild auf das Display zu tippen. »Hoffentlich ärgert das Ruth nicht, wenn ich zu spät komme. Verdammt!« Es war sonst gar nicht Claudias Art, inbrünstig zu fluchen. Lina starrte sie überrascht an. Aber stimmte ja, heute war ja der letzte Tag für ihre Freundin auf der Insel.

Lina antwortete ganz instinktiv, ohne nachzudenken: »Ich kann doch für dich ins Rathaus, kein Problem.« Erst nachdem die Worte ausgesprochen waren, wurde ihr klar, was sie gerade gesagt hatte.

»Bist du sicher?«, fragte Claudia, die offensichtlich sofort die Situation begriffen hatte.

Bent arbeitete im Rathaus. Was, wenn er noch da war – wobei, um die Tageszeit war das unwahrscheinlich, oder? Normalerweise machten Gemeindemitarbeiter zeitig und pünktlich Feierabend?

Lina schluckte hart. »Na ja. So sicher, wie ich mir sein kann.«

Claudias Augen verrieten ihre Hoffnung. »Dann meinst du, ich kann abhauen?«

Allein die Freude ihrer Kollegin zu sehen, gab Claudia den letzten Anstoß. Irgendwann würde sie Bent sowieso treffen, nicht wahr? So groß war die Insel schließlich nicht! Sie nickte. »Verschwinde!«

»Du bist die Beste!« Claudia umarmte sie stürmisch. Sie musste Ruth wirklich lieben, wenn sie sich zu solchen Gefühlsausbrüchen hinreißen ließ.

»Ist ja gut jetzt!« Lina lachte. »Schwing dich aufs Rad und ab mit dir. Ich sperr zu.«

Das ließ Claudia sich nicht zweimal sagen. Mit einem fröhlichen »Tschüss« war sie auch schon verschwunden, ohne ihrem Geschäft noch einen zweiten Blick zu schenken.

Lina wischte den Tresen noch feucht ab, kontrollierte, ob die Schnittblumen noch frisch waren, und schnitt die langstieligen Rosen noch mal neu an, damit sie morgen noch verkauft werden konnten. Danach stellte sie sie in den Kühlraum, der ihnen auch als Lager diente. Morgen würde sie sie wieder nach vorne bringen.

Sollte sie noch wischen? Oder das Schaufenster putzen? Immer neue Dinge, die sie noch hätte tun können, fielen Lina auf – kein Wunder. Sie versuchte, ihren Besuch beim Bürgermeister nach hinten rauszuschieben. Aber kurz nach Ladenschluss wusste sie, dass sie, wenn sie keinen Ärger mit Claudia oder dem Bürgermeister wollte, wirklich aufbrechen musste.

Lina fuhr auf ihrem Rad zum Hintereingang. Sie hatte schon häufiger noch relativ spät Blumen ins Rathaus geliefert und wusste, dass sie über den Nebeneingang noch ins Gebäude kam, während die Vordertür schon fest verschlossen war, weil der Publikumsverkehr für den Tag sein Ende gefunden hatte.

Mit ihrer Kiste voller Vasen ging sie durch die ruhigen, dunklen Gänge, begleitet von leisem Klirren, wenn die Vasen leicht gegeneinanderstießen. Sicher war der Bürgermeister noch da, schließlich war vereinbart, dass gegen Abend noch jemand von der *Blühenden Phantasie* vorbeikam, um die Blumen zu liefern.

Das Gebäude wirkte schon reichlich verlassen. Von den Wänden hallten Linas Schritte wider, und sie fand das große Rathaus mit all den geschlossenen Türen, die den Flur säumten, und der spärlichen Beleuchtung irgendwie unheimlich.

Als sie endlich das Vorzimmer zum Bürgermeisterbüro erreicht hatte, war sie erleichtert. Wenigstens war sie niemandem begegnet.

Sie pochte mit der Faust an die Tür und trat ein, ohne abzuwarten. Langsam wurde die Kiste ganz schön schwer, und es war schon ein Balanceakt gewesen, den Karton zu tragen und anzuklopfen. Auch das Vorzimmer war dunkel, allerdings drang unter dem Türspalt Licht hervor. Immerhin war Bürgermeister Hoppe noch da, wie besprochen.

»Hallo?« Lina ging zum Tisch der Sekretärin und stellte ihre Schachtel erleichtert ab.

Augenblicke später öffnete sich die Tür des Bürgermeisterbüros, und Herr Hoppe steckte seinen Kopf hervor. »Guten Abend! Ah, meine Blümchen, sehr schön.«

»Ja, entschuldigen Sie, ich bin ein wenig später dran, aber bei uns im Laden …«

Der Bürgermeister ließ Lina ihren Satz nicht vollenden. Stattdessen winkte er ab und trat an den Schreibtisch heran. »Ich kenn das doch!«

Er war nicht zu Unrecht als freundlicher, gutmütiger Mann auf der Insel bekannt.

»Die sehen ja wunderhübsch aus.« Hoppe hielt die Nase über die Blumen und roch daran. »Also, ich würde mich freuen über so hübsche Blumen.« Vorsichtig nahm er eine der Vasen heraus und stellte sie direkt vor die Tastatur seiner Sekretärin, wo schon die kleine Flasche Sanddornschnaps einen Platz gefunden hatte.

»Danke. Schön, dass die Arrangements Ihnen gefallen.«

»Sehr«, bestätigte der Bürgermeister und rückte das Gefäß, das er soeben postiert hatte, ein wenig nach rechts, begutachtete sein Werk und schob es wieder ein kleines Stück zurück. Na, das würde dauern, bis er die Sträußchen verteilt hatte!

»Ich würde dann jetzt gehen, ja? Claudia schickt eine Rechnung, denk ich.«

»Ja, das haben wir schon ausgemacht.«

»Na, dann passt ja alles. Schönen Feierabend, Herr Hoppe!« Lina war schon an der Tür. Ihr Drang, von hier zu verschwinden, wurde von Minute zu Minute größer, auch wenn er sich nicht rational begründen ließ. Vielleicht war es nur die Tatsache, dass Bent in diesem Gebäude arbeitete, die ausreichte.

»Wiedersehen!« Der Bürgermeister nahm vorsichtig eine weitere Vase aus dem Karton, aber mehr sah Lina nicht mehr, denn sie war schon wieder draußen im Flur. Es kostete sie alle Willensanstrengung, nicht einfach loszurennen, sondern lediglich ihre Schritte nur etwas zu beschleunigen.

Während sie in Richtung Ausgang marschierte, fiel ihr plötzlich ein kleines Türschild ins Auge. *Bent Schlüter, Standesbeamter* stand da. Linas Herzschlag setzte für eine Schrecksekunde aus. Verdammt! Warum reichte schon seinen Namen zu lesen aus, um sich zu fühlen, als hätte sich der Sauerstoffgehalt in der Luft halbiert? Lina atmete schwer.

»Kann ich Ihnen helfen?« Eine dunkle Stimme hallte von den Wänden wider. Oh nein! Bent! Das war genau das, was sie überhaupt nicht brauchte.

Lina fuhr herum, jeder Muskel in ihrem Körper hatte sich versteift, bevor sich beim Anblick ihres Gegenübers die Anspannung mit einem Schlag entlud.

»Mattis! Hast du mich erschreckt!« Lina war so in Panik gewesen, Bent zu begegnen, dass sie die Stimme ihres besten Freundes nicht erkannt hatte.

»Du mich nicht.« Mattis lächelte Lina an. »Allerdings frage ich mich, was du von dem Idioten willst. Du hast doch wohl nicht vor, zu ihm zurückzugehen?« Mattis klang ehrlich aufgebracht.

»Nein. Ich …« Lina dachte an die Nachrichten von Bent, die sie nicht beantwortet hatte. »Ich hab keine Ahnung, was ich überhaupt gerade möchte.« Zumindest war sie ehrlich. Tatsächlich fühlte sie sich noch immer zu betäubt, um überhaupt zu wissen, was sie wollte. Erst mal musste sie sich wieder richtig spüren.

»Warum treibst du dich dann hier rum?« Noch immer war der Tadel in Mattis' Stimme zu hören.

»Ich hab Blumen geliefert – für Bürgermeister Hoppe.«

»Ach so. Na, die hast du offensichtlich schon abgegeben. Ich habe die Leuchtmittel kontrolliert, was am Ende bedeutet, dass ich ein paar Glühbirnen ausgetauscht habe.« Mattis grinste. Dann wurde er schnell wieder ernst. »Verschwinden wir von hier, bevor die Mitternachtshochzeit losgeht.«

»Wie bitte?« Lina schaute sich erschrocken nach allen Seiten um.

Laut lachte Mattis. Sicher war sein Lachen im ganzen Gebäude zu hören, so still wie es hier war. »Das war ein Scherz, Lina!«

Instinktiv stupste Lina Mattis gegen den Oberarm. Sein Lachen erstarb. Er hielt sich die Stelle, wo Linas Faust ihn getroffen hatte. »Im Ernst. Ich möchte, dass du auf dich aufpasst, ja?«

»Ja. Danke.«

Mattis schaute verlegen zu Boden. »Dann komm. Wir nehmen uns ne Pizza drüben im *Roma* mit, ja? Und dann holen wir endlich deinen Geburtstagsausflug nach. Ich hab mir nämlich etwas Besonderes einfallen lassen in diesem Jahr.«

Als Mattis Pizza erwähnte, wurde ihr klar, dass sie den ganzen Tag über nichts gegessen hatte und es ihr nicht einmal aufgefallen war. Jetzt, beim Gedanken an Pizza mit Auberginen, Knoblauch und Parmesan, lief ihr das Wasser im Munde zusammen. Außerdem war sie neugierig. Ein nachgeholter Geburtstagsausflug, das klang einfach wunderbar.

»Danke, Mattis, ich freu mich sehr.« Jedes ihrer Worte kam von Herzen. »Und ich sterbe fast vor Hunger.«

»Sehr gut. Dann hauen wir ab, na los!« Mattis, in seiner Arbeitshose und mit dem Werkzeugkasten in der Hand, rannte einfach den Gang hinunter. Lina musste lachen. Er sah ein bisschen aus wie Super-Mario, nur deutlich maskuliner. Noch immer lachend nahm Lina die Verfolgung auf. Alle Schwere war für den Augenblick von ihr abgefallen. Wie gut, dass es Mattis gab!

Eine Dreiviertelstunde später fand sie sich mit Mattis am Strand wieder. Er hatte die Arbeitshose noch schnell im Vorbeifahren bei sich daheim gegen eine Jeans getauscht. Sie hatten eine Flasche Weißwein und zwei Pizzen und außerdem ein großes Paket dabei, das Mattis hinten auf sein Fahrrad geschnallt bis zur *Milchbar* transportiert hatte.

Wie jeden Abend war es hier auch heute rappelvoll. Touristen und Einheimische hatten sich gleichermaßen versammelt, um den Sonnenuntergang zu genießen. Wie erwartet war die Bar bis auf den letzten Platz besetzt. Musik und Stimmengemurmel erfüllte die Luft.

Mattis und Lina setzten sich einfach in den Sand, der von der Sonne noch aufgeheizt war. Es war fast so weit, gleich würde sich der Himmel rot färben, wenn die Sonne am Horizont das Meer berührte.

Lina war schon beim fünften Eck ihrer Pizza. Der Wind blies ihr die Haare aus dem Gesicht und langsam, aber sicher wurde sie ihres Hungers Herr.

»Du hast echt was zu essen gebraucht, hm?« Mattis lächelte und nahm sein drittes Pizzastück aus dem Karton. Schinken und Pilze, wie immer. Lina hätte seine Leibspeisen im Schlaf aufzählen können. Jede seiner Gesten war ihr seit Kindertagen vertraut. Wie er saß, wie er sich die Haare aus der Stirn strich, die exakte Farbe seiner Augen.

Lina nickte. In einträchtigem Schweigen aßen sie weiter, und Lina verspeiste ihre Pizza bis auf den letzten Krümel, während Mattis bei dem letzten Viertel kapitulierte und seinen Karton schloss. Eine Möwe, die schon die ganze Zeit vor ihnen auf und ab stolziert war, abwartend, ob nicht doch ein Krümel in ihre Richtung fliegen würde, flatterte enttäuscht auf und machte sich auf die Suche nach jemand anderem, der etwas Essbares dabeihatte.

»Nach wie vor: Das *Roma* hat für mich die beste Pizza auf der ganzen Insel.« Lina trank einen Schluck Wein direkt aus der Flasche. Manchmal waren die einfachsten Momente die besten, dachte sie bei sich und hielt Mattis die Flasche hin.

Mattis nickte. »Wo du recht hast, hast du recht.« Dann nahm auch er einen Schluck und schob ihr die Schachtel hin, die er die ganze Zeit neben sich liegen gehabt hatte. »Mach auf!«

Sein Blick war voller Erwartung und Vorfreude. Er wusste, dass sie sich freuen würde, das sah Lina. Gespannt machte sie sich über die Schachtel her. Mattis hatte kein Geschenkpapier verwendet, er hatte aber mit dickem Edding *Happy Birthday!* auf die Schachtel geschrieben und Luftballons dazu gemalt. Das war auch typisch für Mattis: Er verschwendete ungern Dinge, Geschenkpapier war aus seiner Sicht eine dieser Überflüssigkeiten, die keiner brauchte. Lieber wurde er selbst kreativ.

Deshalb hatte Lina auch kein schlechtes Gewissen, als sie die Kartonage einfach aufriss.

»Oh Gott, ein Lenkdrachen!« Sie konnte es nicht glauben. Mattis hatte ihr einen regenbogenfarbenen Drachen besorgt.

»Weißt du noch, wie wir als Kinder immer …«

»… unsere Piratendrachen haben steigen lassen, natürlich!«, vollendete Lina seinen Satz, indem sie Mattis einfach ins Wort fiel.

»Ich dachte, das erinnert dich daran.«

Die Freude, die Lina durchflutete, hätte nicht größer sein können. Natürlich wusste sie noch, wie sie sich abends am Strand verabredet hatten, zwei Kinder und ihre Drachen, auf denen Gesichter mit Augenklappen abgebildet waren. Stundenlang hatten sie ihre Drachen beim Fliegen beobachtet, waren über den Strand getollt und an warmen Tagen baden gegangen. Es hatte verschiedene Sommer gegeben. Einer war der Drachensommer gewesen. Es hatte auch einen Sandburgen- und einen Strandfliedersommer gegeben, wo sie fast täglich raus zu den blauen Blumen geradelt waren. Ihnen hatte die Insel gehört, auf immer wieder verschiedene Weise.

Lina schloss Mattis in die Arme, ohne darüber nachzudenken, und er erwiderte ihre Umarmung. »Danke!«

»Sehr gern. Ich finde, wir sollten ihn gleich steigen lassen.« In dem Moment, wo sie einander festhielten, vergaß Lina alles um sich herum, sie war ganz im Moment, sie ließ alles los und spürte die Kraft, die von Mattis ausging. Mit geschlossenen Augen fühlte sie den leichten Druck von Mattis' Armen, die Wärme seines Körpers und wäre am liebsten für immer in diesem Moment verharrt, in dem eine Sekunde eine Ewigkeit war und anders herum, wo die Zeit einfach zerschmolz.

Mattis war es, der schließlich die Umarmung beendete, indem er Lina sanft von sich schob. Sie hätte nicht sagen können, wie lange sie in seinen Armen gelegen hatte. Wenn es nach Lina gegangen wäre, hätte die liebevolle Geste ruhig noch länger andauern können, aber Mattis machte klar, wo seine Grenze lag. Kein Wunder, er hatte ja Susanne. Ihr Magen zog sich kurz zusammen, bevor eine freche Möwe Lina ablenkte.

Der Vogel landete auf Mattis' Pizzakarton und begann, darauf herumzupicken. Obwohl die Schachtel sich direkt neben Mattis befand, schien das Tier keine Scheu zu empfinden.

»He!« Er machte mit dem Arm eine Geste, und das Tier flog auf.

»Diese Möwen werden wirklich immer frecher! Ich glaube, dieses Jahr wird der Möwensommer.« Mattis lachte. Auch er erinnerte sich gern an ihre gemeinsamen Sommer zurück, das wusste Lina.

»Hab ich dir eigentlich erzählt, wie neulich einer dieser frechen Dinger versucht hat, mir mein Matjesbrötchen streitig zu machen? Mitten im Stadtpark, als ich Mittagspause gemacht habe? Sozusagen während des Kurkonzerts?«

»Als ob Möwen sich für die Philharmoniker interessieren würden!« Lina musste lachen. »Na komm, wir lassen den Drachen steigen. Ich kann es kaum erwarten.«

»Ich auch nicht, wenn ich ehrlich bin.« Ihrer beider Blicke trafen sich. Für einen Moment waren sie wieder zwei Kinder ohne die Sorgen des Erwachsenseins, und es gab nur sie beide und sonst nichts.

Dann standen sie fast gleichzeitig auf, und Mattis reichte ihr die Flugschlaufen des Drachens.

»Kann es losgehen? Bist du bereit für den ersten Flug deines Drachens?«

Lina strahlte, während sie sich breitbeinig hinstellte. Ihr war klar, bei diesen Windbedingungen würde sie sich anstrengen müssen, um den Drachen halten zu können. Aber Mattis würde ihr sicher dabei helfen.

»So bereit, wie ich nur sein kann!«

Mattis rannte mit dem Drachen in der Hand den Strand entlang, bis er genügend Abstand zwischen sich und Lina gebracht hatte. Schließlich drehte er sich zum. Lina nickte zum Zeichen, dass sie startklar war.

Dann ließ Mattis los und der Drachen hob sich in die Lüfte, während der Himmel sich rot verfärbte und die Sonne den Horizont küsste.

Kapitel 14

Rede mit mir, Lina!!! Drei Ausrufezeichen zierten Bents letzte Nachricht, die sie anstarrte.

Reden. Grundsätzlich war das nicht verkehrt, oder? Sie könnte ihm sagen, was sie von ihm hielt, ihn zur Rede stellen und anschließend …

Sie schaute von ihrem Handy auf, als die Türglocke des Ladens klingelte, von ihren Gedanken für einen Moment abgelenkt.

»Moin, Lina!«

»Hallo, Mia!«

Mit einer ihrer Arbeitshosen bekleidet, die Haare praktisch kurz geschnitten, sodass nicht eine einzige Haarsträhne dem Norderneyer Wind ausgeliefert war, stand die alte Klassenkameradin vor Lina.

»Du, ich wollte dir nur eben Bescheid sagen, bevor ich zur Arbeit fahre. Wir hatten doch ausgemacht, dass ich einen Mädelsabend organisieren wollte. Wir treffen uns jetzt am Donnerstag im *Old Smuggler*. Kannst du zufällig? Ist ja doch recht spontan. Aber wäre echt super, und alle würden sich freuen.«

Lina dachte an Ines, und Mia sprach Linas Gedanken direkt aus: »Ines auch. Sie meinte, sie würde sich auf dich freuen.«

Trotzdem zögerte Lina. Donnerstag war schon in drei Tagen, und Lina wusste nicht, ob sie es schaffte, Ines zu begegnen.

»Lass mich drüber nachdenken. Um ehrlich zu sein, bin ich mir unsicher«, gestand sie deshalb ehrlich.

»Ich versteh.« Nur diese zwei Worte, aber Lina sah Mia an, dass sie sie wirklich verstand.

»Auf jeden Fall weiß ich Bescheid. Danke, dass du gekommen bist.«

Obwohl die alte Schulfreundin es gut meinte, konnte Lina Mias mitleidigen Blick nur schwer ertragen. Lina war ganz verlegen, denn irgendwie fühlte sich ihr Liebeskummer auch wie ein Scheitern an. Offenbar war sie nicht der Typ Frau, den Männer wollten. Es waren die Susannes dieser Welt, die die Kerle an sich banden, nicht die Linas mit den wilden roten Haaren, die ab und zu sogar mit Latzhosen bekleidet zur Arbeit gingen.

»Na gut.« Mia schob ihre Hände in ihre Hosentaschen. »Dann hoffe ich mal, du kommst. Okay?«

Lina nickte. »Danke. Ehrlich.«

»Alles klar«, entgegnete Mia und grinste sie an.

Mias warmherziges Lächeln tat ihr gut. Nachdem sie den Laden verlassen hatte, blieb Lina allein zurück. Sollte sie am Donnerstag zu dem Treffen gehen? Vielleicht war es genau richtig, Ines zu begegnen und endlich ihre Seite der Geschichte hören? Und hatte Bent Ines nicht genauso übel mitgespielt wie ihr? Schnell fasste Lina einen Entschluss. Bestimmt war dieses Essen unter alten Schulkameradinnen genau das, was sie brauchte, um endlich Klarheit über das ganze Bent-Desaster zu gewinnen. Lina schob die Gedanken an ihr Liebeschaos beiseite und begann mit dem neuen Auftrag. Sie musste einen Brautstrauß mit zartgelben und weißen Nelken binden, der am Nachmittag zum Hotel *Haus am Meer* geliefert werden sollte. Plötzlich vibrierte ihr Handy. Bent. Schon wieder Bent. Eines musste sie ihm lassen: Er war nicht so schnell bereit, sie aufzugeben.

Bitte sprich wenigstens noch mal mit mir, lautete seine flehende Nachricht. Es war, sie hatte mitgezählt, die elfte dieser Art in den letzten drei Tagen, nachdem sie nicht ans Telefon gegangen war.

Lina nahm sich fest vor, mit Ines zu reden. Das war ihr erster Schritt, dann würde sie weitersehen. Schließlich hatte er Ines geküsst, vor aller Augen! So einfach war das nicht aus ihrer Erinnerung zu löschen.

Gedankenverloren kontrollierte sie die Nelken auf ihre Frische, brachte die Stiele in die gleiche Länge und arrangierte alles auf ihrem Arbeitstisch, was sie brauchte. Um dem Arrangement am Ende die nötige Stabilität zu verleihen, fehlte noch der Draht. Lina ging schnell nach hinten ins Lager.

Als sie wieder nach vorn kam, stand Claudia mitten im Raum wie eine Statue, ganz bewegungslos, die Haare zu einem festen Dutt gebunden, ihr T-Shirt streng in die Hose gesteckt. Tiefe Ringe unter ihren Augen sorgten dafür, dass sie ein wenig wie ein Geist aussah. Lina erschreckte sich fast zu Tode beim Anblick ihrer bleichen, entrückt wirkenden Chefin.

»Oh mein Gott, Claudia!«, entfuhr es ihr. Sie ließ die Drahtrolle fallen und rannte in Richtung ihrer Freundin, die langsam aus ihrer Trance erwachte. »Was ist los? Ist jemand gestorben?« Lina vergaß ihren eigenen Kummer für den Moment bei dem Bild, das ihre Chefin abgab.

Claudias verlorener Blick fand Linas. Ihre Augen füllten sich mit Tränen. Claudia, die immer so einen taffen Eindruck machte, weinte ungehemmt.

»Sie hat mir den Laufpass gegeben. Oh Gott, Lina, sie hat sogar was von Urlaubsflirt gesagt.« Energisch wischte die Chefin sich die Augen trocken, obwohl ihre Stimme gefährlich schwankte, versuchte sie, ihre Fassung zu bewahren.

»Wie bitte?« Lina konnte gar nicht glauben, was sie da hörte. »Ein Urlaubsflirt?« Wer Claudia kannte, wusste genau, dass sie überhaupt nicht der Typ war, der irgendetwas leichtfertig tat, schon gar nicht, eine Beziehung mit jemandem einzugehen. Die Worte von Ruth waren absurd!

»Sie meinte, es habe keinen Sinn mit uns, weil Ruth in Lindau lebt und ich hier auf der Insel. Es sei viel zu anstrengend, sich ständig nur zu vermissen«, gab Claudia das Gespräch mit Ruth wieder. »Es würde ihr das Herz brechen, mich so selten zu sehen und immer das Gefühl zu haben, dass ein Abschied im Raum steht. Deswegen will sie es lieber bei einem Urlaubsflirt belassen. So hat Ruth es formuliert.«

»Ach so. Das bedeutet, sie hatte dich zu gern«, fasste Lina zusammen. Sie dachte an die energische, sympathische Ruth mit dem festen Händedruck, die sie am *Norderneyer Kap* kennengelernt hatte.

»Das spielt gar keine Rolle, weißt du? Sie ist weg. Das spielt eine Rolle.« Claudia, pragmatisch und bodenständig wie immer, brachte es auf den für sie entscheidenden Punkt.

»Na, dann können wir ja jetzt gemeinsam leiden«, versuchte Lina, sie aufzumuntern. Zugegeben, es war ein billiger

Versuch, aber Claudia hatte miterlebt, wie sehr Lina die Enttäuschung wegen Bent zusetzte, und ihre Mundwinkel hoben sich zu einem halben Lächeln.

Lina nahm Claudia in den Arm, zog sie zu sich heran und drückte sie an sich. »Tut mir sehr leid.«

»Ich weiß«, murmelte Claudia dicht an Linas Schulter. »Es war die erste Frau seit …« Lina wartete und hielt Claudia fest, doch ihre Chefin vollendete den Satz nicht.

Es dauerte eine ganze Weile, dann spürte Lina, wie die Anspannung ihrer Chefin sich langsam löste und sie sich in ihre Umarmung fallen ließ. So verharrten die beiden Frauen eine Weile mitten im Laden und gaben sich gegenseitig Halt. Erst als die Türglocke klingelte, lösten sie sich aus der Umarmung und lächelten sich zu.

»Danke«, flüsterte Claudia und drückte Linas Arm. Danach wandte sie sich der Kundin zu, die an ihren Flipflops, dem beigen Sonnenhut und dem T-Shirt mit der Aufschrift »Meine Insel« – dem Slogan der Norderneyer Tourismusgesellschaft – nur zu gut als Touristin zu erkennen war. Viele der Urlauber kamen jedes Jahr wieder hierher und waren regelrechte Fans, die das Geschehen auf der Insel das ganze Jahr über verfolgten, auch wenn sie zu Hause waren. In Zeiten des Internets, wo es Web-Cams gab und der *Norderneyer Morgen* täglich online zur Verfügung stand, war es ein Leichtes, am Ball zu bleiben. Für sie war nach Norderney zu kommen so was wie ein Heimaturlaub.

»Was kann ich für Sie tun?« Wer Claudia nicht kannte, hörte ihrer Stimme ihren Kummer nicht an. Lina allerdings war klar, dass es sie sämtliche Willenskraft kostete, zu funktionieren.

Sie kehrte zu ihren Nelken zurück. Lina fand, dass es ziemlich dämlich von Ruth war, schon aufzugeben, bevor sie überhaupt zu kämpfen begonnen hatte. Sie dachte daran, wie Claudia aufgeblüht war in den letzten Wochen mit Ruth. Die Beziehung hatte Potenzial gehabt.

Lina hob die Drahtrolle auf. Sie würde der heutigen Braut den schönsten Nelkenstrauß aller Zeiten binden! Irgendjemand auf diesem Eiland sollte heute wenigstens einen rundum glücklichen Tag haben – und wenn sie dazu eine Kleinigkeit beitragen konnte, war das doch immerhin etwas.

Der nächste Tag verging genauso schleppend wie die, die ihm folgten. Ein Grauschleier schien über dem Laden zu liegen. Lina liebte ihren Job sonst über alles. Aber im Moment war es schwer, hier zu arbeiten und ihren Kunden beim Glücklichsein zuzuschauen. Natürlich war ihr Blick auf die Dinge negativ gefärbt, und sie nahm alles wie durch die schwarze Brille wahr. Schließlich kamen auch Kunden wie Frau Hauser vorbei, die noch an dem Verlust von Friedrich zu knabbern hatte, um Blumen zu kaufen. Doch Lina nahm im Wesentlichen nur wahr – was durch Claudias Begräbnisstimmung verstärkt wurde –, wie Menschen mit strahlenden Augen den Laden betraten und Blumen für ihre Lieben kauften oder bestellten.

Der Bürgermeister hatte noch mal angerufen und sich für die kleinen Vasen bedankt. Die Braut, der Lina die Nelken überbracht hatte, war begeistert von der Tüllummantelung gewesen, die sie hinzugefügt hatte, und Frau Hauser hatte

Lina erzählt, dass sie überlege, sich einen neuen Goldhamster anzuschaffen. Nachdem sie von ihr so viel Trost wegen Friedrich erfahren hatte, wünschte sie sich ihren Rat.

Für Linas Liebeskummer allerdings gab es keine Lösung.

Gerade, als Lina wieder einmal drohte, in ihren tristen Gedanken zu versinken, klingelte erneut das Telefon im Laden.

»Moin, Lina! Na, wie geht es meinem Lieblingsmenschen?«

»Hey, Mattis! Alles wie immer.«

Mattis hatte täglich angerufen seit der Trennung von Bent, weil er kaum Zeit für ein Treffen hatte, denn sein Vater hatte immer noch mit dem hartnäckigen Infekt zu kämpfen.

»Geht schon wieder.« Lina hatte das Gefühl, es musste ihr langsam wieder besser gehen und wollte Mattis nicht ständig etwas vorjammern. Noch dazu, wo er frisch verliebt war und sicher ganz andere Dinge im Kopf hatte, nämlich Susanne. Lina hätte zu gern gewusst, wie es zwischen ihm und Susanne lief, aber er sprach nicht von ihr, machte nicht einmal Andeutungen, was zwar einerseits sehr rücksichtsvoll war, andererseits Linas Neugier noch mehr anstachelte. Und sie gespannt war, wann er ihr sie vorstellte, auch wenn sich bei dem Gedanken daran ihr Herz schmerzhaft zusammenzog.

»Ehrlich? Hast du dich ein wenig erholt von dem Schock?« Die Fürsorge, die aus seiner Stimme sprach, berührte Lina, und sie spürte regelrecht, wie Mattis sie mit seinen Worten ein kleines Stück aus ihrem Sumpf zog.

»Ja, ehrlich. Danke, dass du mich angerufen hast.« Sie schaute zu Claudia hinüber, die ihr einen kurzen, wütenden Blick zuwarf. Vermutlich ahnte sie, wer da am anderen Ende der Leitung war.

»Du, ich muss aufhören«, sagte sie deshalb schnell. »Die Chefin braucht mich. Lass uns später noch mal quatschen, ja?«

»Verstehe. Nicht, dass der Drache Feuer spuckt!« Mattis lachte und legte auf, bevor Lina etwas dazu sagen konnte. Das Verhältnis zwischen ihrer Chefin und ihrem besten Kumpel würde sich wohl nie ganz entspannen.

Prüfend sah sich Lina im Laden um. Es war, als ob die Blumen wieder ein klein wenig bunter wären, jetzt, nach dem Telefonat mit ihrem besten Freund. Da fiel ihr plötzlich etwas auf. »Du, Claudia? Wo sind denn die Rosen?«

»Wie bitte?«, fragte Claudia, die mit ihrem Kopf wieder einmal ganz woanders war.

»Na, die roten Rosen«, versuchte sie ihrer Chefin auf die Sprünge zu helfen.

»Mist. Die hab ich vergessen zu bestellen.« Claudia war weniger betroffen, als sie hätte sein sollen. Sie wirkte untypisch gleichgültig, dabei war sie sonst so engagiert und gewissenhaft.

»Vergessen? Aber wir brauchen die doch für die Hochzeit von Frank und Elsa.« Tatsächlich heiratete die Tage ein Paar, das auf Norderney zu Hause war und demzufolge ortsbekannt war.

»Ja«, erwiderte Claudia ratlos.

»Wie sollen wir denen denn ihre Tischgestecke machen?« Lina konnte nicht glauben, dass ihre Chefin die Bestellung versemmelt hatte. Dann dachte sie an sich selbst und ihren Katzenjammer. War es nicht langsam an der Zeit, normal weiterzuleben? Was war schon groß passiert? Sie hatte sich für ein paar Wochen auf den falschen Kerl eingelassen, na und?

Es war einfach unangemessen, deswegen im Drama schier zu versinken, oder?

»Nehmen wir eben Gerbera.« Claudia zuckte mit den Schultern, ganz gefangen in ihrem Liebeskummer.

»Gerbera? Zur Hochzeit? Also ehrlich!«, sagte Lina entrüstet. Sie konnten nicht einfach andere Gestecke machen als die, die das Paar bestellt hatte. Und vor allem Brautpaaren war es wichtig, dass alles bis ins letzte Detail stimmte am schönsten Tag in ihrem Leben. Und eine Gerbera war bei Weitem keine Rose.

Claudia seufzte. »Hast ja recht. Ich hab nur gerade keinen Nerv, mich mit so was auseinanderzusetzen.« Zum gefühlt hundertsten Mal heute zog die Chefin – die anscheinend ihre Feindschaft mit dem Handy mindestens in einen Waffenstillstand verwandelt hatte – ihr Smartphone aus der Tasche und starrte auf das Display, um es dann mit einer energischen Bewegung wieder in ihre Hosentasche zurückzustopfen. Lina wusste, das bedeutete, dass Claudia noch immer vergeblich auf eine Nachricht von Ruth wartete.

»Ich kümmere mich darum, vielleicht kann ich was organisieren.« Lina fasste in diesem Moment den Entschluss, sich nicht mehr von ihrem Liebesdesaster runterziehen zu lassen. Es war, als hätte Claudia ihr einen Spiegel vorgehalten, nur dass Ruth es ehrlich mit Claudia gemeint hatte, während Bent eben Bent war.

Auf jeden Fall war ihr in diesem Augenblick klar geworden, dass sie nicht länger in ihrem Kummer schwelgen konnte. Egal, was Ines bei dem Freundinnentreffen noch enthüllen würde: Für Lina musste es weitergehen, mit und ohne Mann in ihrem Leben. Es gab so viele schöne Dinge, für die es sich lohnte, dass sie sich zusammenriss, und Bent war ihre übermäßige Traurigkeit einfach nicht wert!

Lina dachte nach. Rosen. Wo würde sie Rosen herbekommen? Plötzlich hatte sie eine Idee: Hatte nicht der Supermarkt manchmal diese fertig gebundenen Blumensträuße? Vielleicht konnte sie dort Rosensträuße erstehen, die frisch waren, sie in Einzelteile zerlegen und zu einem schönen Strauß binden? Zugegeben, die Idee war gewagt. Aber zumindest war es vielleicht eine Möglichkeit. Schließlich war es eine Notsituation und wenn sie Glück hatte, schaffte sie es, dass nur Hilde, die meistens an der Kasse saß, Lina sah, und die war zum Glück kein Tratschweib, sondern eine sehr nette Frau, die dafür bekannt war, dass sie der Auffassung war, jeder solle sich um seine eigenen Angelegenheiten kümmern. Man munkelte auf der Insel, dass sie das einst die Freundschaft zu Angelika Krause, der Reporterin des *Norderneyer Morgen*s gekostet hatte. Die beiden Frauen waren Schulkameradinnen gewesen, sprachen aber heute nur noch das Nötigste miteinander. Hilde war genau die richtige Anlaufstelle für Lina!

»Ich komm gleich wieder, ich sehe mal, ob ich Rosen besorgen kann«, informierte sie Claudia. Mit diesen Worten war sie auch schon zur Tür hinaus und auf dem Weg zu ihrem Fahrrad unterwegs.

Das Restaurant *Old Smuggler* war bis zum letzten Platz gefüllt, sowohl drin als auch auf der Terrasse. Lina war viel zu spät dran. Da Claudia immer noch mies drauf war, hatte Lina den Laden gewissermaßen übernommen. Sie erledigte die Aufgaben von eineinhalb Mitarbeitern, machte Bestellungen, putzte, kümmerte sich um die Kunden, während Claudia Trübsal blasend in der Ecke saß und vielleicht die Hälfte ihres sonstigen Arbeitspensums schaffte.

War es Lina anfangs schwergefallen, die *Blühende Phantasie* zu managen, hatte sie jetzt das Gefühl, alles im Griff zu haben! Es stimmte, dass man mit seinen Aufgaben wuchs. Allein das Problem mit den Rosen: Sie hatte tatsächlich im Supermarkt frische Blumen bekommen – natürlich nicht in der gleichen Qualität. Aber Lina schaffte es, einen wunderschönen Brautstrauß zu binden, der keine Wünsche offenließ. Es war ein wenig so, als wäre das Geschäft plötzlich ihr eigenes, und sie mochte es sehr, mehr Verantwortung zu tragen und zu sehen, dass sie ihr auch gewachsen war. Aber es kostete Zeit. Und deshalb kam sie eine halbe Stunde zu spät zum Essen mit ihren Freundinnen im *Old Smuggler*.

»Heeey!« Mia sah Lina zuerst. Ihr wildes Winken ließ keinen Zweifel daran, dass sie sich freute, Lina zu sehen. Sie ging auch gleich noch ein paar Schritte auf sie zu und schloss sie fest in die Arme.

»Wir haben bis jetzt nur Getränke bestellt, ist ja ein Wahnsinn, wie viel hier schon wieder los ist.« Mia dirigierte Lina zum Tisch. Der einzige freie Platz war neben Ines, die sichtlich verlegen war und einen nicht vorhandenen Brösel von der Tischdecke wischte, dann nach ihrem Glas mit Sprudelwasser griff, trank, sich verschluckte, hustete und ihren Mund hinter einer Serviette versteckte. Fast tat sie Lina schon leid. Ebenfalls peinlich von der Situation berührt, setzte sie sich und murmelte eine Begrüßung, die man, angesichts der Lautstärke im Gastraum, ebenso noch hören konnte.

Sofort senkte sich Schweigen über den Tisch, und die Frauen griffen nach ihren Speisekarten. Es waren fünf Mädels. Da war Mia, außerdem Corinna, die an der Kasse im Leuchtturm arbeitete, Anne, die auf dem Festland in einer Rechtsanwaltskanzlei angestellt war, Ines und sie selbst.

»Ich nehme eine Krabbensuppe, Backfisch und danach noch ein Eis«, verkündete Corinna, die Unmengen an Essen verputzen konnte, ohne auch nur ein Gramm zuzunehmen. Ihre Stimme, die ebenfalls nicht zu ihrer überschlanken Gestalt passen wollte, war kräftig, und sie musste sich trotz des Stimmengemurmels im Raum nicht anstrengen, damit alle sie verstehen konnten. »Und ihr? Habt ihr schon was ausgesucht?« Corinna wollte sichtlich das Eis brechen und lächelte aufmunternd in die Runde.

Mia sagte etwas von Scholle, Anne schüttelte den Kopf und Lina hatte das Gefühl, ihr Magen bestehe nur noch aus einem kleinen Klumpen. Da klappte Ines die Speisekarte energisch zu.

»Wisst ihr was? So geht das nicht.«

Alle schauten sie fragend an.

»Ich muss jetzt erst mal was loswerden.« Sie wandte sich an Lina. »Wir tun ja alle so, als würden wir den rosa Elefanten nicht sehen. Also: Das mit Bent tut mir sehr leid. Wir haben uns seit dem Tag im Tanzkurs nicht mehr gesehen, er und ich. Ich fände es furchtbar, wenn so ein dahergelaufener Kerl unser Verhältnis kaputtmachen würde.« Ines schaute kurz weg, als müsste sie sich fassen. Sowie sie Linas Blick wieder suchte, bemerkte sie, dass der alten Schulkameradin Tränen in den Augen standen. »Damit ist die Sache für mich erledigt, wenn sie es für dich auch ist. In Ordnung?«

Lina konnte gar nicht anders, als zu nicken. Die Ehrlichkeit, mit der Ines ihr begegnete, imponierte ihr. Ihr offener Blick, die Aufrichtigkeit, der Mut, den es sie mit Sicherheit gekostet hatte, die Bent-Sache anzusprechen, ließen Linas Respekt noch mehr wachsen. Sie nickte erneut. »Ja. Weißt du, ich habe dir nie einen Vorwurf gemacht. Und es tut mir leid, dass ich dir nicht zurückgeschrieben habe. Aber ich hatte an der Sache auch ganz schön zu knapsen.«

Mia grinste von einer zur anderen. »Super, Mädels. Wäre ja auch noch schöner, wenn so ein komischer Typ vom Festland uns auseinanderbringen könnte!«

Alle lachten. Lina und Ines leiser als der Rest der jungen Frauen, aber auch sie stimmten mit ein. In Linas Kopf ratterte es dennoch. Sie wertete Ines' Traurigkeit als Zeichen ihrer Enttäuschung. Die Freundin wischte sich erneut eine Träne aus dem Gesicht. Lina lächelte Ines aufmunternd zu und drückte kurz ihre Hand, woraufhin auch Ines die kraftspendende Geste erwiderte.

Lina hätte noch so viele Fragen gehabt, doch Ines' abwehrende Körperhaltung, ihre Tränen und ihre Entschlossenheit, das Thema Bent zum Abschluss zu bringen, forderten unausgesprochen, dass Lina das Thema auf sich beruhen ließ. Ines war zu mitgenommen und zu niedergeschlagen, sie schien auch ein paar Kilo abgenommen zu haben.

Noch dazu kam in just diesem Moment der Kellner an den Tisch, was die angespannte Stimmung aufbrach. Er goss den bestellten Wein in die Gläser, und Mia war die Erste, die ihr gefülltes Glas hob und einen Toast auf ihre Freundschaft ausbrachte. »Auf uns, Mädels und auf alte und neue Zeiten!« Lina stieß mit Ines an, die aufgehört hatte, zu weinen, dann mit den anderen Frauen.

Für heute war es richtig, die Sache mit Bent auf sich beruhen zu lassen – um ihrer Freundinnen willen und weil sie heute einfach nur einen schönen Abend genießen wollte. Aber Lina nahm sich vor, bei passenderer Gelegenheit darauf zurückzukommen. Sie wollte einfach Klarheit und genau wissen, wie die Sache zwischen Bent und ihrer Freundin genau abgelaufen war.

Kapitel 15

»Achtung, Idiot voraus!« Herr Schröder saß auf der Lampe über dem Tisch und plusterte sich auf, während Oliver Kaffee mit der French Press zubereitete.

Lina grinste. »Wann hast du eigentlich die Zeit, den Papageien das alles beizubringen?«

Oliver gab ein wenig Kakaopulver mit in den Behälter, dann goss er das heiße Wasser mit dazu, und Kaffeearoma füllte den Raum. »Ich mach das abends vorm Schlafengehen. Um die Zeit ist es jetzt im Sommer meistens leise im Haus, weil Mama und Papa noch im Hotel sind, und du warst in letzter Zeit auch oft unterwegs. Und Merkel und Schröder machen eh immer Überstunden.« Olli lachte leise.

»Achtung, Idiot voraus!«, kreischte Schröder, und Merkel kam ins Zimmer geflattert. »So ein Dummbeutel«, nuschelte sie leise.

»Du könntest ihnen aber auch mal schöne Sachen beibringen. Was weiß ich – sie könnten Besucher willkommen heißen oder so«, schlug Lina vor. Sie war gerade dabei, sich eine gigantische Portion Müsli zu genehmigen. Heute Morgen war sie aufgewacht mit dem Gefühl, sie könne eine ganze Kuh frühstücken, obwohl sie gestern Abend zum Nachtisch sogar noch eine große Portion Eis vertilgt hatte. Deshalb gab es zu Haferflocken und Blaubeeren sogar noch Joghurt, Honig und Nüsse. Sie fühlte sich einfach wunderbar, wie neugeboren.

Oliver kam an den Tisch und machte sich lang, um Schröder am Hals zu kraulen, der noch immer auf der Lampe saß. »Das wäre ja Verschwendung. Stell dir vor, Frau Merkel sagt was über Karottenkuchen. Da ist ja wohl der Dummbeutel eindeutig witziger.«

Da musste Lina ihrem Bruder zustimmen. Es *war* witzig, wenn ein Papagei jemanden einen Idioten nannte und dazu sein Köpfchen zur Seite neigte.

Sie nahm einen weiteren Löffel ihres Müslis.

»Kaffee?« Ihr Bruder hielt ihr die Kanne hin.

»Gern!«

»Du wirkst so energiegeladen heute Morgen.« Oliver stellte den Kaffee vor seine Schwester. »Das gefällt mir. Und auch, dass du wieder einen gesunden Appetit hast.« Er zeigte auf den Löffel Müsli, den Lina zum Mund führte.

»Es geht mir auch gut«, murmelte sie zur Antwort.

»Sehr schön. Dann kann ich ja wieder mit Bent reden.« Oliver grinste.

»Wie bitte?«

»Ach, der geht mir seit Tagen deinetwegen auf die Nerven. Ich soll mit dir reden, ich soll dich davon überzeugen, dass er ein netter Kerl ist und so weiter und so fort. Natürlich glaub ich dem Mistkerl kein Wort.« Oliver machte eine Handbewegung, die aussah, als würde er einen Leierkasten bedienen, um zu verdeutlichen, wie sehr ihm die immer gleiche Bitte seines Kollegen auf den Wecker fiel.

»Dummbeutel.« Frau Merkel flatterte von der Lampe hinüber zum Türstock.

»Sehr richtig. Braves Mädchen«, lobte Oliver die Papageiendame. »Es ist nur so«, sprach er an Lina gewandt weiter, »dass es auf die Dauer auf der Arbeit schwierig wird, wenn ich immer weglaufe, sobald Bent auftaucht.«

»Das hast du gemacht?« Eine Welle der Dankbarkeit durchflutete sie.

»Natürlich! Du bist meine Schwester! Und da es keine Option war, handgreiflich zu werden ...« Oliver ließ den Satz unvollendet in der Luft hängen und trank einen Schluck Kaffee.

»Sehr lieb von dir, danke.« Lina kratzte den letzten Rest Joghurt aus ihrer Schüssel. Dann schob sie die Schale von sich und griff nach der Kaffeetasse, als ihr Handy klingelte, das unbeachtet auf dem Tisch gelegen hatte.

Bent. Sie sah es auf den ersten Blick. Ihr Herz fing an zu rasen, ohne dass sie etwas dagegen tun konnte. Die Kaffeetasse in ihrer Hand begann zu zittern, ein wenig der schwarzen Flüssigkeit schwappte über den Rand und ergoss sich auf der Decke.

Sie stellte die Tasse ab und schnappte sich ihr Smartphone. Schließlich hatte sie gestern Abend einen Entschluss gefasst. »Hallo?«

»Lina! Endlich!« Bent klang ehrlich erleichtert. »Leg nicht auf, ja?«, fügte er gleich noch hinzu.

Lina wartete. Sie antwortete nicht, sondern blieb schweigend am Telefon.

»Bist du noch dran?«, fragte Bent.

»Ja.« Sie blieb einsilbig.

»Idiot«, brüllte da Herr Schröder lautstark.

»Wie bitte?«

»Ach, nichts.« Lina wollte jetzt nicht Schröder erklären. Außerdem konnte Bent ruhig hören, dass der Papagei ihn für einen Idioten hielt! Schließlich war das nicht weit weg von der Wahrheit.

»Ich wollte mich bei dir entschuldigen.« Bent klang viel kleinlauter als sonst. Die Souveränität, die ihn sonst so sehr auszeichnete, war wie weggeblasen. Lina antwortete nicht – so billig würde sie Bent nicht davonkommen lassen. Sie verfluchte sich innerlich dafür, dass sie bei dem Treffen mit Ines nicht doch noch hartnäckiger nachgefragt hatte. Aber die Freundin hatte so verletzt gewirkt, dass sie es einfach nicht übers Herz gebracht hatte.

»Ich meine, du warst doch auch mit Mattis da!«, brach Bent das Schweigen. Wollte er jetzt sein Fehlverhalten kleinreden, indem er auf ihren besten Freund verwies?

Lina platzte der Kragen: »Richtig. Mit Mattis! Meinem besten Freund seit Kindertagen!« Ihre Emotionalität war nicht zu überhören.

»Er ist mein bester Freund! Fast so etwas wie ein Bruder«, fügte Lina noch hinzu, und schämte sich nur ein klein bisschen für ihre Lüge.

Oliver verschluckte sich und begann, laut zu husten. Lina stand auf, um ihm auf den Rücken zu klopfen. Hatte er sich an seinem Kaffee verschluckt?

»Ach, so ist das mit dir und dem Typen, der auf der Insel Steckdosen schraubt«, sagte Bent. Seine Überheblichkeit war unüberhörbar und stachelte Linas Ärger noch mehr an.

»Genau«, bestätigte Lina in festem Ton. Sie hatte sich

schon über Mattis geärgert, mit ihm gefrotzelt und die lustigsten Momente ihres Lebens mit ihm verbracht – nie würde sie jemandem erlauben, sich geringschätzig über ihn zu äußern, vor allem nicht Bent, der es gerade wirklich nicht nötig hatte, auf einem so hohen Ross durch die Gegend zu reiten!

Beide schwiegen ein paar Augenblicke, bis Bent wieder sprach und die Stille, die sich wie ein Eisfilm über sie beide gelegt hatte, durchbrach.

»Gib mir noch eine Chance!« Er fragte gar nicht, er forderte es regelrecht in aller Eindringlichkeit.

»Ich vermisse dich«, fügte er hinzu, plötzlich leiser, mit warmer Zärtlichkeit in der Stimme.

Lina hatte keine Antwort. Sie war noch immer wütend auf Bent. Trotzdem war Bent der erste Mann seit Langem, dem sie körperlich nah gewesen war, so nah, wie Lina davor jahrelang keinem Mann. Diese Nähe hatte ihr gutgetan. Sein Interesse hatte ihr gutgetan, auch wenn alles letztlich nur Lug und Trug gewesen war.

»Nur ein Kaffee«, insistierte Bent jetzt flehentlich.

Lina starrte auf die schwarzen Kaffeeflecken vor sich. Wieder schwiegen sie beide. Was nun? Ihre Wut und ihr Vermissen wogen einander auf, und sie fragte sich, worauf sie hören sollte: auf ihr Gefühl, dass sie Bent anhören sollte, oder auf ihre Vernunft, die ihr davon abriet.

»Bitte. Sei so lieb und gib einem Idioten eine Chance.« Hatte er also gehört, was Herr Schröder vorhin gesagt hatte?

»Na gut. Reden wir!« Lina war neugierig, was Bent ihr zu sagen hatte und wie er das falsche Spiel, das er mit ihr und Ines gespielt hatte, rechtfertigen wollte. »Aber eins sag ich dir: Das heißt gar nichts. Mach dir keine Hoffnungen!«

Oliver, der ihr gegenübersaß, verdrehte die Augen. Herr Schröder murmelte leise vor sich hin, und Lina hoffte, der Graupapagei möge noch für die nächsten paar Minuten die Klappe halten und nicht anfangen, wüst zu schimpfen. Sie wandte sich ab, um ihrem Bruder nicht mehr ins Gesicht schauen zu müssen.

»Das ist ja super! Vielen Dank!«, sagte Bent freudig. »Wie wäre es, wenn wir uns gleich zum Frühstücken treffen? Jetzt sofort?«

Lina war überrascht von seinem Eifer. Anscheinend war Ines' Abfuhr sehr eindeutig gewesen, und der feine Herr hatte Angst, jetzt allein dazustehen. »Auf keinen Fall! Ich muss gleich die *Blühende Phantasie* aufsperren.« Sie schaute auf die Uhr über der Tür der Küche. Es war eh schon spät. Lina würde wie verrückt strampeln müssen, um pünktlich im Laden einzutreffen. Und sie musste pünktlich kommen, denn auf Claudia war die Tage kein Verlass, was das Geschäft betraf.

»Ach so.« Bents Euphorie klang gedämpft. »Nach Feierabend? Machen wir aus dem Kaffee ein Bier oder ein Glas Wein?«

»Na gut«, stimmte Lina zu, die widerwillig seine Hartnäckigkeit bewundern musste.

»Dann gehen wir … hm. Wohin möchtest du gehen?« Bent war einfach noch nicht lange genug da, um eine Stammkneipe zu haben.

»Lass uns in die *Haifischbar* gehen, dann kannst du mir deine Version der Geschichte erzählen«, schlug Lina vor. Und sie würde hinterher mit Ines sprechen – auf keinen Fall würde sie noch einmal auf Bent hereinfallen, und außerdem würde sie dafür sorgen, dass auch ihre Freundin über alles im Bilde war, um nicht erneut so verletzt werden zu können.

»Wunderbar. Um acht?«

»Okay.« Noch immer wusste Lina nicht recht, wie sie Bent begegnen sollte. Ihre Antworten blieben knapp.

»Schön. Da kann ich heute gleich Vollgas geben. Ich traue in nicht mal zwei Wochen diesen Kevin Kort, du weißt schon, den Schlagerstar. Da wollte ich mir eine besondere Rede einfallen lassen. Jetzt, da ich weiß, dass wir uns treffen …« Er ließ seinen letzten Satz in der Luft hängen.

Lina schwieg wieder. Es war ein leichtes, einer Frau Honig ums Maul zu schmieren. Aber Taten waren es, die am Ende zählten! Zugegeben: Ein schönes Kompliment war es schon, aber nein, Bent würde sie nicht wieder einwickeln!

»Dann bis später?«, fragte Bent. »Und grüß deinen Bruder von mir!«

»Bis dann«, stimmte Lina zu. Dann legte sie schnell auf.

»Idiot!« Das Wort hatte bei Herrn Schröder heute wirklich Hochkonjunktur.

»Siehste«, mischte sich Oliver ein, »selbst der Papagei ist schlauer als du!«

»Olli!«

»Ist doch aber wahr! Das ist echt eine saublöde Idee, wenn du dich wieder mit ihm triffst«, sprach Oliver weiter.

»Aber …«

»Da gibt es gar kein Aber. Auf was möchtest du mit Bent aufbauen, hm? Auf die Tatsache, dass er dich betrogen hat, bevor ihr richtig zusammen wart?« Oliver klang entrüstet.

»Darum geht es aber auch gar nicht, Olli.« In dem Moment, wo Lina Bent gehört hatte, wusste sie, dass es niemals einen Weg zu ihm zurückgeben würde. Zum einen waren ihre Verletzungen einfach zu tief. Niemand sollte mit einer Frau so umgehen, wie Bent es mit ihr und letztlich auch mit Ines getan hatte. Und dann war da natürlich auch noch Ines, mit der sie eine Freundschaft seit Kindertagen verband. Was wäre sie für eine Freundin, wenn sie diese Freundschaft missbrauchen und Ines hintergehen würde? Nein, das kam für Lina einfach nicht infrage.

»Um was geht es denn dann?«, fragte Oliver nach.

»Idiot!«

Lina ignorierte Schröder und ging auf die Frage ihres Bruders ein. »Ich möchte seine Erklärung einfach hören, damit ich noch besser mit ihm abschließen kann. Außerdem soll er ruhig wissen, wie sehr er mich und Ines verletzt hat. Glaub mir, ich hab ihm da schon ein paar Sätze zu sagen!«

Olivers kritische und zugleich besorgte Miene entspannte sich. »Na, das klingt jetzt gar nicht mehr so schlecht. Dann triffst du dich mit ihm in der *Haifischbar*, damit du ihm ein großes Glas Bier ins Gesicht schütten kannst?« Er grinste breit.

»So in der Art habe ich es mir vorgestellt, ja.« Auch Lina musste lachen, als sie sich das Bild des perfekt gestylten Bent mit Bier über Haaren und Hemd vorstellte.

»Sehr guter Plan. Und du weißt, was Papa immer sagt? Menschen können sich ändern …«

»… tun es aber selten, ja, ich weiß!«, vollendete Lina den Satz.

Sie löste ihre Hand aus der ihres Bruders und stand mit einer ruckartigen Bewegung auf, die Herrn Schröder so erschreckte, dass er empört aufflatterte.

»Sorry, Schröder!« Lina streckte ihre Hand in Richtung des Vogels aus, der ihr jedoch demonstrativ die kalte Schulter zeigte.

»Dann halt nicht!« Lina wandte sich an ihren Bruder. »Ich muss zur Arbeit, Olli. Danke, dass du dich so um mich sorgst.«

Sie trank im Stehen den letzten Schluck Kaffee. Dann lief sie winkend zur Tür hinaus, um sich für die Arbeit fertig zu machen.

Obwohl sie versuchte, kühl und nüchtern an das Treffen mit Bent heranzugehen, wühlte der Gedanke, dass sie ihn am Abend sehen würde, auf. Wie würde es sein, ihn wiederzusehen? Während sie sich anzog und noch schnell im Bad frisch machte, konnte sie nicht aufhören, darüber nachzugrübeln.

Erst als sie auf dem Fahrrad saß und die kühle Norderneyer Luft ihr ins Gesicht blies, fühlte sie sich wieder ganz bei sich selbst und ihren heutigen Aufgaben. Hoffentlich hatte Claudia genug Gerbera bestellt. Sonst würden sie heute wieder einen Engpass wie bei den Rosen erleben. Außerdem musste sie ein paar der größeren Orchideen umtopfen, und das Schaufenster konnte auch wieder eine neue Deko vertragen. Vorausgesetzt, Claudia war einverstanden, dass Lina sich da austobte. Doch gerade in der Saison war es wichtig, sich öfter zu verändern. Die Gäste schienen das zu mögen. An Regentagen bummelten sie in Scharen durch die Fußgängerzone, und es gab viele Urlauber, die über mehrere Wochen auf der Insel blieben. Letzte Woche waren Tassen mit bunten Sternen und passenden Teekannen geliefert worden. Die eigneten sich gut als Dekoartikel oder wurden gern als Souvenirs gekauft, zumindest an diese Order hatte Claudia gedacht.

Lina hatte den Laden erreicht und bremste abrupt am Hintereingang. Wie erwartet war sie die Erste. Langsam, aber sicher machte sie sich ernsthafte Sorgen um Claudia. Lina seufzte. Dann stieg sie vom Rad und steckte den Schlüssel ins Schloss.

Das liebte Lina: Wenn sie morgens den Laden betrat, duftete es nach einer Mischung der Blumen und Pflanzen. Der Geruch war noch ganz konzentriert, weil niemand für zwölf Stunden die Tür geöffnet hatte. Sie schloss die Augen und nahm einen tiefen Atemzug. Ihr Beruf war wirklich ihr absoluter Traumjob, daran gab es nichts zu rütteln. Gleich würde sie die Schnittblumen aus der Kühlung holen und aufsperren. Der neue Tag konnte kommen und …

Es klopfte energisch an der Tür. Lina schaute in die Richtung, aus der das Geräusch kam, dann griff sie nach ihrem Schlüssel, den sie achtlos auf den Verkaufstresen geworfen hatte, und sperrte auf.

»Ines! Das ist ja eine schöne Überraschung! Ich wollte eh mit dir was besprechen«, sagte Lina lächelnd. »Möchtest du Kaffee? Ich wollte gerade welchen machen!«

»Danke. Den könnte ich jetzt echt brauchen.«

»Ist was passiert?« Der erschöpfte Ton ihrer Freundin hatte Lina hellhörig gemacht.

»Ach, ja und nein.« Ines lehnte sich an die Theke. »Mein Chef und ich sind uns gestern mal wieder nicht ganz einig geworden. Ich wollte so gern mal ein neues Rezept für Himbeertörtchen ausprobieren, mit Baiser. Er dagegen besteht auf dem ewig gleichen Sortiment. Das macht meine Arbeit zwar sehr berechenbar, allerdings auch sehr langweilig. Dabei ist Konditorin ein so kreativer Beruf, der unglaublich viele Möglichkeiten bietet.«

Lina konnte Ines' Worte sehr gut nachvollziehen. Wenn sie etwas an ihrem Beruf liebte, dann die Abwechslung.

»Ich bin jedenfalls gerade auf dem Weg zur Arbeit, und da hab ich dich im Laden gesehen. Zehn Minuten hab ich noch«, meinte Ines mit einem Blick auf die Uhr. Dann sprach sie auch schon weiter. »Weißt du, wenn es auf der Insel mehr Jobs gäbe, ich hätte längst gekündigt. Aber ich hab halt auch keine Lust, mir auf dem Festland was zu suchen. Die ständige Fahrerei mit der Fähre würde mich ebenfalls nerven.«

Auch das verstand Lina. Sie war froh, nur auf ihr Rad springen zu müssen und zack!, schon war sie am Arbeitsplatz.

»Vielleicht kannst du in der nächsten Saison woanders was finden?«, schlug sie vor.

»Ja. Versuchen werde ich es wohl.« Sowohl Ines als auch Lina war gar nicht aufgefallen, dass sie vor lauter Reden den Kaffee völlig vergessen hatten. Und Lina brannte noch ihre eigene Neuigkeit auf der Zunge.

»Ich muss dir noch was erzählen«, platzte es jetzt bei der ersten Gelegenheit aus ihr heraus.

Ines hob die Augenbrauen und wartete.

»Ich treff mich am Abend mit Bent.«

»Mit Bent?« Ines klang sehr ungläubig. Ihre Körperhaltung versteifte sich bei der Erwähnung seines Namens sofort.

»Ja. Ich hab einfach das Bedürfnis, ihm persönlich zu sagen, was ich von ihm halte. Außerdem möchte ich mir seine Ausreden anhören, warum er sich mit dir und mir getroffen hat«, erklärte Lina. »Ich bin mit ihm fertig, weißt du. Aber ich glaube, es würde mir helfen, ihm gehörig die Meinung zu geigen. Mein Bruder hat noch vorgeschlagen, dass ich ihm ein

Bier ins Gesicht schütte. Das behalte ich mir vor. Vielleicht wird es auch eine süße Weinschorle.«

Ines kicherte, wurde jedoch schnell wieder ernst. »Ich würde ihn persönlich nicht noch mal treffen wollen.«

Beide Frauen schwiegen. Draußen klingelte eine Fahrradglocke leise in die entstandene Stille.

Dann ergriff Ines wieder das Wort. »Aber ich versteh dich schon. Jeder verarbeitet so eine Situation ja auch anders.«

Lina nickte. »Ja. Das stimmt. Ich war schon immer ein Typ, der so was besprochen hat.« Sie lauschte ihren eigenen Worten. In Gedanken fügte sie *Fast immer* hinzu. Denn einmal, nach der Nacht mit Mattis, war es ihr nicht gelungen, die richtigen Worte zu finden und eine ihr wichtige Herzensangelegenheit zu klären. Vermutlich hatte sie damals nicht nachgefragt, weil ihre Angst vor der Antwort zu groß gewesen wäre. Dabei war er ihr erstes Mal gewesen. Davor war sie noch nie mit einem Mann intim geworden – aber selbst das hatte sie ihm nicht verraten. Schließlich hatte sie ihn davor auch in dem Glauben gelassen, schon eine Erfahrung mit einem Touristen gehabt zu haben.

Aber tatsächlich, jetzt, wo sie mit Ines sprach, fiel ihr auf, dass sie nur bei Mattis gegen ihre eigene Regel verstoßen hatte – weil er ihr so wichtig war, dass sie möglicherweise seine Antwort auf ihre Fragen nicht ertragen hätte.

»Lina? Bist du in Ordnung?« Ines riss sie aus ihren Gedanken.

»Äh, ja.« Lina bemühte sich um ein Lächeln.

»Du warst gerade völlig weggetreten. Hat Bent dich so sehr getroffen?« Ines' Mitgefühl machte sie noch sympathischer als sie ohnehin schon war.

»Nein, ich bin – äh – gedanklich ein wenig abgeschweift. Tut mir leid.«

»Muss es nicht.« Ines schaute auf die Uhr. »Ich fürchte, wir müssen unseren Kaffee auf nächstes Mal verschieben.«

»Stimmt. Und ich muss langsam aufsperren.«

»Sag mal, hast du vielleicht Lust, mit ins Badehaus zu gehen? Ich finde es immer super entspannt dort abends. Du könntest mir dann haarklein von deinem Date mit Bent erzählen«, schlug Ines vor, während sie schon langsam in Richtung Tür ging.

»Es ist kein Date«, entgegnete Lina.

Ines winkte ab. »Weiß ich doch! Also?«

»Klar. Das machen wir. Ich meld mich, okay? Geteiltes Leid ist schließlich halbes Leid, oder?«

»Super, ich freu mich!«, meinte Ines. Dann war sie auch schon draußen und verschwand aus Linas Blickfeld.

*

Lina würde zu spät zu ihrem Treffen mit Bent kommen. Aber das machte nichts. Sollte er ruhig ein wenig auf sie warten.

Jetzt, als sie ihr Fahrrad vor der Bar absperrte und versuchte, ihre wirren Haare zu zähmen, war sie innerlich gespannt wie ein Flitzebogen. Sie zog schon draußen ihre Regenjacke aus. Drunter trug sie ein schwarzes Oberteil, das an den Schultern transparent war. Man sah die spitzenbesetzten Träger ihres BHs, und dennoch wirkte die Bluse ganz klassisch. Sie wusste, dass ihre roten Haare genau den richtigen Farbtupfer zu dem schwarzen Outfit darstellten. Er sollte ruhig sehen, was er verpasste!

Als sie eintrat, saß Bent an dem Tisch, an dem sie mit Mattis zuletzt gesessen war. Ausgerechnet! Er hatte Wein bestellt, und zwei Gläser standen bereits auf dem Tisch, die zu einem Drittel gefüllt waren. Dazu gab es Mineralwasser. Bent hatte die teuerste Sorte auf der Karte gewählt, wie Lina schon von Weitem an dem Etikett erkannte.

Während sie auf ihn zukam, stand er auf und deutete eine altmodische Verbeugung an, was Lina leise schnauben ließ.

»Darf ich dich umarmen?«, fragte er und schaute ihr tief in die Augen.

Vehement schüttelte Lina den Kopf. »Nein, das geht mir zu schnell«, antwortete sie knapp.

Bent wirkte wie vor den Kopf geschlagen angesichts Linas Verweigerung. »Auf uns, oder? Auf einen neuen Start?« Er klang kein bisschen unsicher, im Gegenteil. Woher nahm er nur seine Selbstsicherheit?

Lina griff nach dem Wasser. »Entschuldige, ich muss erst mal was trinken gegen den Durst.« Sie nahm einen großen Schluck. Die *Haifischbar* war noch nicht gut besucht um diese Tageszeit, richtig voll würde es wohl später werden. Sie saßen in ihrer Nische, und es war noch so leise, dass man sich gut unterhalten konnte.

Sie wünschte sich, er würde endlich etwas über sein Spielchen, das er mit ihr und Ines getrieben hatte, sagen, aber dazu schwieg er. Stattdessen erzählte er Belanglosigkeiten.

»Meine Rede für den Kort ist fertig. Er hat ja in letzter Zeit viel auf Malle in den Clubs gesungen, und ich hab mir überlegt, dass ich sein Leben als Song beschreibe, den Kort komponiert und der mit der Hochzeit eine ganz neue Melodie bekommt.« Bent war sehr in seinem Element, während er von der Rede sprach. Er gestikulierte mit den Händen. »Vermutlich gibt es eh einen Pianisten. Ich werde das auf jeden Fall anregen.«

Jetzt, wo Lina wusste, was Bent für ein Mann war, war sie nicht mehr bereit, ihm die Rolle des Romantikers so leicht abzunehmen. Die Romantik war sein Beruf, sonst gar nichts.

»Ich schick sie dir dann, wenn sie ankommt. Dann kreierst du ihr einen Wiesenblumentraum, das würde sicher herrlich passen!«, schwärmte Bent weiter.

»Das könnte eine florierende Zusammenarbeit werden, ja. Claudia wird sich freuen.« Nun griff auch Lina nach ihrem Weinglas. Sie trank einen großen Schluck, ohne das teure Getränk überhaupt zu schmecken. »Wenn sie sich je wieder über etwas freut«, fügte sie noch hinzu.

»Wie meinst du das?«, griff Bent Linas Kommentar gleich auf.

»Na ja, sie hat eine schlimme Trennung hinter sich. Es geht ihr wirklich nicht gut.« Lina war aufgefallen, dass die Latzhose, die ihr vor wenigen Wochen noch perfekt gepasst hatte, sogar fast eine Spur zu eng gewesen war, jetzt um ihre Oberschenkel herum schlackerte. Vermutlich war sie erst zu verliebt gewesen, um ordentlich zu essen und anschließend schlichtweg zu traurig. Claudia und sie selbst gehörten zu dem Menschenschlag, deren Appetit in direkter Verbindung zu ihrer Gemütsverfassung stand.

»Jedenfalls vermisst sie ihre Freundin sehr«, schloss Lina.

»Hat sie sie … ich meine … ist sie …« Bent lief rot an, und Lina wusste, worauf er hinauswollte.

»Nein. Es gab keine dritte Person, wenn du das meinst. Die Distanz war nur zu groß. Soweit ich weiß, lebt Ruth am

Bodensee und ist Bergführerin. Da wäre es einfach zu schwierig, eine Fernbeziehung aufrechtzuerhalten«, erklärte sie.

»Gut. Drei ist nämlich immer einer zu viel.« Bent suchte Linas Blick. Er war sehr ernst geworden.

»Das ist ja mal eine Erkenntnis.« Lina konnte einen süffisanten Ton nicht unterdrücken.

Bent sah jetzt aus wie ein begossener Pudel. Bier im Haar hätte seinen Anblick kaum tragischer gemacht, dachte Lina bei sich.

»Ich wollte euch zwei nicht verletzen, weder Ines noch dich.«

»Nun, das hast du aber. Man verletzt die Menschen immer, wenn man sie hintergeht.«

Bent schwieg und nickte. Lina sprach weiter.

»Wie konntest du überhaupt glauben, dass so was auf Norderney nicht aufkommt? Wir sind hier schließlich nicht in Hamburg! Hier kennt doch jeder jeden.«

»Das weiß ich jetzt auch.«

»Immerhin.«

Bent räusperte sich. »Ich wollte dir nur sagen, dass es nicht wieder vorkommt. Ich meine, dass dieser Mattis uns erwischt hat, Ines und mich – das hätte nicht sein müssen. Aber er hätte es auch anders regeln können, als uns beim Tanzkurs ins offene Messer laufen zu lassen.«

Lina konnte den Schock, den Bents überraschende Worte auslösten, körperlich spüren. Es fühlte sich an, als hätte er ihr einen Eimer Eiswasser über dem Kopf ausgeleert. Sie war schlagartig hellwach. »Bitte was?«

»Na, Ines und mich. Das war unschön.«

»Wie bitte?« Lina verstand noch immer nicht ganz.

»Mattis war bei Ines, als wir über den Tanzkurs gesprochen haben. Ihre Waschmaschine war kaputt, irgendwas mit der Wasserpumpe, wenn ich mich richtig erinnere und …«

Alle möglichen Gedanken rasten durch Linas Kopf, während sich die einzelnen Puzzleteile zu einem Bild verbanden. Ihr Körper war wie erstarrt – und ihr Verstand ganz offenbar auch. Sie konnte Bent nur anstarren und versuchen, die Zusammenhänge zu begreifen.

»Wusstest du das etwa noch gar nicht?«, schloss Bent folgerichtig aus Linas Reaktion.

Langsam, ganz langsam kam ein Funke Bewegung zurück in Lina, und sie trat noch einen Schritt nach hinten. »Du willst mir sagen, Mattis wusste schon von euch?«

»Ja.« Bent schaute auf seine Hände, die mit einem Bierdeckel spielten. »Aber Lina, weißt du, ich mag dich wirklich und …«

»Halt!« Sie hob abwehrend ihre Hand. Ihr war völlig egal, ob Bent sie mochte oder nicht. »Du willst mir sagen, dass Mattis mich ins Messer hat laufen lassen?«

»Wenn du es so ausdrücken willst.« Bent knickte den Bierdeckel in zwei Teile.

»Aber du wusstest doch, dass Mattis …« In Linas Kopf herrschte ein heilloses Durcheinander. Es kam ihr vor, als hätte jemand die Schubladen ihres Verstandes einfach herausgerissen und deren Inhalt auf dem Boden verteilt. Angestrengt versuchte sie, einzelne Teile aufzusammeln und wieder an die richtigen Plätze zu ordnen.

»Ich versteh einfach gar nichts«, gestand sie. Sie wurde dem Chaos in ihrem Kopf nicht Herr.

»Mattis muss auch gewusst haben, dass ich der neue Standesbeamte bin. Dann hat er bei Ines von dem Tanzkurs gehört, den ich mit ihr machen wollte, als er sich um die Waschmaschine gekümmert hat. Jedenfalls geh ich davon aus. Er war in der Zeit da und hat das Ding repariert, während ich mit Ines übers Tanzen geredet habe«, erklärte Bent. »Du und ich, wir hatten uns eben erst kennengelernt, und ich wusste ja noch nicht, wie sehr ich mich in dich verlieben würde, alles war noch ganz offen. Und es war schon mit Ines ausgemacht.«

Lina konnte es nicht fassen. Bents armselige Versuche, sein mieses Verhalten Ines und auch ihr selbst gegenüber zu erklären, ließen Lina völlig kalt. Sie beschäftigte etwas ganz anderes: Stimmte, was Bent ihr da sagte? Oder war das alles nur ein blöder Zufall? Mattis hatte ihr jedenfalls nichts erzählt. Es war um Susanne gegangen – oder etwa nicht? Vor Linas innerem Auge tauchte das Gesicht von Mattis auf, die dunklen Haare, die wasserblauen Augen, sein Lächeln. Hatte er sie je hintergangen? Nein, bis jetzt nicht. Bisher war er ehrlich zu ihr gewesen – oder?

Lina schaute zu Bent, der jetzt den Bierdeckel geviertelt hatte und die vier Quadrate nebeneinander auf den Tisch positionierte, schön in einer ordentlichen Reihe.

Wem konnte sie überhaupt noch vertrauen, fragte sie sich. Sie fröstelte.

Ihr fiel – ausgerechnet jetzt – Bents Tattoo wieder ein. *This is only temporary*, so hatte es doch gelautet? Wie wahr diese Worte waren!

Wenn Mattis ihr das verheimlicht hatte, dann war ihm ihre Freundschaft weniger wichtig als seine Chancen bei dieser Susanne. Was hatte er sich dabei nur gedacht, sie ohne Rücksicht in diesen Tanzkurs zu schleppen?

Erst mal musste Lina darüber nachdenken, den neuerlichen Stich in ihrer Brust zu verdauen.

»This is only temporary«, sagte sie leise zu sich selbst.

»Wie bitte?« Bent hatte aufgehorcht.

Lina suchte seinen Blick und schaute ihm fest in die Augen. »Eigentlich bin ich nur hierhergekommen, um dir zu sagen, was ich von Männern wie dir halte. Ich kann wohl kaum hoffen, dass ich dich hier auf Norderney nicht mehr wiedersehe. Aber das hier war unsere letzte Verabredung. Mit Menschen wie dir möchte ich nämlich nichts zu tun haben.«

Lina griff nach ihrem Weinglas. Sie zögerte einen Moment. Dann setzte sie es an ihre Lippen und trank es leer. Wäre ja schade, den teuren Wein an Bents schickes Hemd zu verschwenden!

Dann stand sie auf und schob ihren Stuhl nach hinten. Ohne ein weiteres Wort an Bent, der sie nur ungläubig ansah, zu verschwenden, drehte sie sich um und verließ die *Haifischbar*.

Eins war für Lina klar: Mit Bent war sie fertig – ein und für alle Mal.

Vor Lina lag der Deich. Hier war einer ihrer Lieblingsorte, wenn sie nachdenken musste. Mit den Armen umschlang sie ihren Körper fest gegen den leichten Wind, der vom Meer her wehte.

Weiter vorn auf einer Bank saß ein älterer Mann, neben sich eine Flasche Bier. Das war ungewöhnlich für Norderney. Aber das trostlose Bild passte perfekt zu Linas Stimmung. Sie atmete tief die fast schneidende, kühle Luft ein. Warum hatte

Mattis das getan? Hatte er sie absichtlich verletzen wollen? Das machte doch alles keinen Sinn. War er so blind verliebt, dass er am Ende gar nicht mehr daran gedacht hatte, dass auch Bent in diesem Tanzkurs sein würde?

Sie holte ihr Handy aus der Innentasche ihrer Jacke, nur um es Augenblicke später wieder einzustecken. Nein, Lina würde ihn nicht anrufen. Bei diesem Gespräch wollte sie sein Gesicht sehen.

Lina ging einfach immer weiter den Deich entlang, schnell war die Kälte in ihren Gliedern angenehmer Wärme gewichen. Ihre Beine trugen sie wie von selbst zu dem alten Backsteinhaus, in dem Mattis wohnte. Als Lina ankam, war ihr warm, fast heiß. Sie war fast gerannt.

Mattis' Elternhaus mit dem Reetdach und den blauen Fensterläden wirkte urgemütlich. Alle Lichter waren schon aus, und es war alles dunkel. Nächtliche Stille lag über dem Gebäude, nur ein leiser Wind erzeugte ein feines Rauschen.

Die Tatsache, dass Mattis schon schlafen gegangen war, würde Lina nicht daran hindern, mit ihm zu sprechen. Er hatte die Einliegerwohnung im Haus seines Vaters bezogen.

Das Haus war ihr so vertraut wie ihr eigenes Elternhaus. Früher war Lina oft auch nachts hierhergekommen. Wie oft waren sie im Laufe ihrer Jugend heimlich miteinander getürmt, hatte Lina leise an seine Scheibe geklopft, bis sein grinsendes Jungengesicht aufgetaucht war, verschlafen, mit wuscheligen Haaren? Dann hatten sie sich auf ihre Räder gesetzt und waren zum Hafen gefahren oder einfach nur um die Wette hinaus zur Aussichtsdüne gerast, waren die Stufen hinaufgerannt und hatten in die Sterne geschaut. Dabei haben sie sich wie Abenteurer gefühlt, obwohl es keinen harmloseren

Platz für Kinder gab als Norderney. Doch der nächtliche Ausflug zur Düne war für sie die ultimative Freiheit gewesen. Wann hatte das eigentlich aufgehört? Lina verspürte nichts als Wehmut, wenn sie an die alte Zeit dachte, die Unbeschwertheit, mit der sie damals miteinander umgegangen waren, noch ohne die Vergangenheit, die ihr Verhältnis noch heute manchmal überschattete.

Lina öffnete das Gartentor und setzte ihren Fuß auf den Kiesweg, der zum Haus führte. In der Dunkelheit kam ihr das Geräusch, das ihre Tritte verursachten, extrem laut vor. Entschlossen pochte sie gegen Mattis' Fensterscheibe. Wieder und wieder musste sie anklopfen, bis drinnen ein Licht anging und Mattis auftauchte. Der Abdruck seines Kopfkissens zierte seine Wange, und seine dunklen Haare standen nach allen Seiten ab. Der Anblick rührte Lina. Am liebsten hätte sie ihm die wirre Strähne, die ihm vor dem linken Auge hing, einfach nach hinten gestrichen. Aber nein, dafür war sie nicht hier. Als Mattis Lina sah, hellte seine verschlafene Miene sich auf, und ein breites Grinsen machte sich in seinem Gesicht breit. Schnell öffnete er das Fenster.

»Hey! Na, willst du reinklettern? Oder sollen wir raus zur Düne fahren?« Auch er hatte die alten Zeiten nicht vergessen. Sofort wirkte er hellwach. Seine Augen funkelten vor Freude. Der Junge von damals steckte noch in ihm, das war unübersehbar.

»Du bist total verschwitzt«, bemerkte er. Und schon war Lina wieder im Hier, dachte daran, warum sie kurz vor Mitternacht hier war, und die Wut flammte erneut in ihr auf.

Ohne Vorwarnung konfrontierte sie Mattis mit dem, was passiert war.

»Du wusstest, dass Bent bei dem Tanzkurs sein würde«, ließ sie die Bombe einfach platzen. »Wieso bist du trotzdem mit mir dahin gegangen?«

Das Grinsen in Mattis' Gesicht war mit einem Schlag verschwunden. Täuschte Lina sich, oder war er sogar blass geworden?

Er schaute sie nur an, sagte allerdings nichts, schien nichts zu seiner Verteidigung vorbringen zu können, was Lina nur noch zorniger machte.

»Also?«, insistierte sie, weil sie das Schweigen ihres besten Freundes nicht länger aushielt.

»Ich war mir auch nicht sicher, dass er … also ob er …«, stammelte Mattis herum. Dann stockte er und schwieg. Hatte er wirklich nichts zu seiner Verteidigung zu sagen?

»Komm! Das kann nicht dein Ernst sein!«

»Ich hab nicht …«, stammelte er weiter.

Versuchte Mattis da gerade, sich aus der Affäre zu ziehen? Lina konnte es nicht fassen! Schon wieder blieb der Satz in der Luft hängen, ein weiteres Mal unvollendet.

Herausfordernd schaute Lina ihn an, verschränkte die Arme vor der Brust und wartete.

»Ich … also …« Mattis fehlten ganz eindeutig die Worte. Er konnte Lina nicht in die Augen sehen, schaute auf das Fensterbrett vor sich, zupfte sich einen nicht vorhandenen Fussel von seinem Schlafshirt.

Lina konnte nicht länger schweigen, sie platzte fast vor Wut und Ungeduld. Das war schon immer eine ihrer Schwächen, wenn sie mit Mattis sprach: Sie konnte nicht warten, bis er endlich seine Worte fand. Und dies war eine der Situationen, wo sie ohnehin nicht zu warten brauchte, weil sie genau wusste, warum Mattis sich so schäbig verhalten hatte.

»Ich habe keine Ahnung, was ich schlimmer finde: Dass du mich nicht vorgewarnt hast oder dass dir diese Susanne so wichtig ist, dass du mich ins offene Messer hast rennen lassen!« Lina fühlte sich betrogen.

Mattis' Verhalten traf sie mehr als Bents Betrug. Die Tatsache, dass Mattis sie – ja, was eigentlich genau? Hintergangen hatte? Auf ihren Gefühlen herumgetrampelt war? Sich ihr gegenüber total rücksichtslos und obendrein noch egoistisch verhalten hatte, nur wegen seiner eigenen Bedürfnisse? Diese Tatsache schmerzte sie bitter.

Er schwieg noch immer und betrachtete noch immer mit prüfendem Blick sein Shirt, als ob es ein wahrer Fusselfriedhof wäre. Lina konnte es nicht fassen.

Mattis wirkte so verstockt und schweigsam, dass sie ihn am liebsten geschüttelt hätte, während er einen weiteren unsichtbaren Fussel zwischen Daumen und Zeigefinger nahm und sorgfältig vor sich aufs Fensterbrett legte, was total absurd wirkte.

»Mattis? Gibt es irgendwas, das du mir zu dieser ganzen Sache noch sagen willst?« Lina kochte vor Zorn. Sie war das reinste Pulverfass. Es fiel ihr schwer, nicht laut zu schreien.

Mattis schaute auf, nur für Sekundenbruchteile, bevor er den Blick wieder abwandte. Er öffnete den Mund, setzte zu einem weiteren Satz an und begann dann gar nicht erst zu sprechen. Zögernd schüttelte er den Kopf. Er war das leibhaftig gewordene Schuldbewusstsein.

»Nein?« Lina war fassungslos darüber, dass er nicht mit ihr sprach. »Bist du sicher?«

Lina stand in der Nachtluft da, ihr schickes Oberteil klebte an ihrem Rücken, und sie war ganz gefangen in ihrer hilflosen Wut. Langsam kroch ihr die Kälte in die Glieder. Ihr Frösteln wurde schnell zu einem Zittern, und sie hätte nicht zu sagen vermocht, ob es die Temperatur und der leichte Wind waren oder ob es Mattis' Verhalten war, das sie frieren ließ.

Reglos verharrte sie, starrte Mattis an und hatte das Gefühl, einen Fremden zu sehen. War er so verliebt, dass er sich überhaupt nicht mehr um ihr Wohl als seine beste Freundin scherte? War sie ihm völlig egal, und das, obwohl sie ein ganzes Leben verband?

Mattis räusperte sich. »Also, Bent …«

»Oh nein.« Lina unterbrach ihren besten Freund. »Komm mir nicht mit ihm. Es geht hier um dich und den Mist, den du gebaut hast!«

Lina wollte Mattis treffen. Er sollte spüren, wie aufgebracht und verletzt sie wegen seines Verhaltens war. »Weißt du was? Lern doch mit deinem Vater tanzen, das wird bestimmt super, wo ihr euch so klasse versteht.« Sie konnte nicht anders. Und sie sah an seinem Gesichtsausdruck, dass ihr verbaler Schlag gesessen hatte. Sein Vater war seine Schwachstelle. Egal, was er sagte, am Ende war der alte Fischer ihm ein großes Vorbild, und niemand außer Lina ahnte auch nur, wie wichtig sein Vater ihm war.

»Ruf mich nicht an. Pule Krabben oder repariere Waschmaschinen, mir ist das ab heute völlig egal.« Wie oft hatte sie sich um sein Wohl gesorgt, hatte ihn bekniet, seiner Berufung als Fischer nachzugehen? Alles sinnlose Bemühungen, da sie Energie in einen Menschen gesteckt hatte, der das gar nicht verdiente.

Mattis schaute sie mit großen Augen an. Seine Miene verriet, wie sehr sie ihn getroffen hatte. Doch sie konnte noch immer nicht aufhören. »Oder treib dich mit einer deiner Frauen rum, aber lass mich bloß in Zukunft in Ruhe! Das wird dir sicher nicht schwerfallen, wo du jetzt deine Susanne hast oder sonst irgendeine Tussi.« Lina war so laut geworden, dass das Licht im Nachbarhaus anging. Ihr war aber alles egal. Im Gegenteil: Wenn Mattis' Vater genau jetzt seinen Kopf aus dem Fenster strecken würde, sollte es Lina nur recht sein!

Sie drehte sich auf dem Absatz um und lief in Richtung Gartentor. In diesem Augenblick waren ihr die Geräusche egal, die ihre Schuhe verursachten – im Gegenteil, es gefiel ihr sogar, wie das Knirschen die Stille der Nacht durchschnitt. Sie setzte sogar noch eins drauf, indem sie das Gartentor lautstark zuknallte. In diesem Moment interessierte es sie kein bisschen, ob sie morgen wieder Gesprächsthema Nummer eins auf der Insel sein würde oder nicht.

Sie schalt sich selbst eine Idiotin. Hatte Mattis sie nicht damals mit achtzehn schon tief genug verletzt? Hatte er da nicht schon sein wahres Gesicht gezeigt, am Morgen ihrer gemeinsamen Nacht, wo er sich einfach auf und davon gemacht hatte, statt mit Lina zu sprechen? Aber Lina hatte die Freundschaft retten wollen und sofort wieder mit ihm zum Segeln gehen müssen, als er einen Ausflug vorgeschlagen hatte. Ts, selten dämlich von ihr, sich einzureden, die Nacht wäre nur ein Fehltritt gewesen, weil sie getrunken hatten.

In dem Moment, wo sie auf ihr Fahrrad steigen wollte, fiel Lina ein, dass sie ihren Drahtesel an der *Haifischbar* geparkt hatte. Von hier aus war das locker eine halbe Stunde zu Fuß.

Aber egal! Alles war egal. Möglicherweise war dieser Spaziergang sogar genau richtig, um die Wut, die in ihr brodelte, etwas abflauen zu lassen.

Sie lief die Roonstraße hinauf und bog in die Moltkestraße ab. Sie dachte daran, wie Mattis sie umarmt hatte, weil sie wegen Bent traurig und verzweifelt am Strand gesessen hatte. Doch was war sein Trost rückblickend wert, da er doch gewusst hatte, was Lina bei dem Tanzkurs erwartete? Sie schluckte hart. Nichts, gab sie sich selbst die Antwort. Sein Trost war nichts wert.

Lina marschierte durch die stillen Gassen. Alles war taub, ihr Körper und ihre Gefühle fühlten sich gleichermaßen stumpf an. Die *Haifischbar* hatte noch geöffnet. Kaum dass Lina dort ankam, öffnete sich die Tür, und eine lachende Gruppe von fünf oder sechs Menschen, das war im Dunkeln nicht gut auszumachen, trat auf die Straße. Alle schienen sich prächtig zu verstehen, ein Pärchen ging eng umschlungen.

Lina holte ihr Handy aus der Tasche. Keine Nachricht, weder von Mattis noch von Bent. Na, immerhin ließen sie sie in Ruhe!

Trotzig schob sie ihr Smartphone wieder zurück in die Hosentasche. Sie wollte eigentlich zu ihrem Fahrrad, doch dann überlegte sie es sich im letzten Moment anders und betrat die Bar. Die Luft war jetzt stickig, fast zum Zerschneiden. Entschlossen marschierte Lina in Richtung Theke.

»Ich hätte gern einen Sanddorn-Schnaps. Oder weißt du was, mach einen doppelten draus«, wies sie den Barkeeper an. Sie kannte ihn nicht. Es war wohl ein neuer Mitarbeiter vom Festland, der, wie so viele junge Leute, während der Saison auf die Insel kam und hier arbeitete.

Lina lauschte in sich hinein. Da war ein einziges großes Vakuum, sonst nichts. All ihre Gefühle waren wie gefroren. Sie hatte Mattis geliebt, mehr als man seinen besten Freund liebte, das wurde ihr wieder einmal klar. So lange schon, jahrelang, verdrängte sie diese Tatsache immer wieder erfolgreich. Doch das dumpfe Pochen ihres Schmerzes, der zu groß war, um ihn in seinem ganzen Ausmaß fühlen zu können, machte ihr klar, wie sehr sie diese Liebe vor sich selbst versteckt hatte. Und nun, das wusste sie, war alles vorbei. Sie hatte einen Schlussstrich gezogen, weil Mattis sie nicht liebte und nie geliebt hatte.

Als der goldene Sanddornschnaps vor Lina stand, trank sie ihn mit einem einzigen riesigen Schluck. Die Wärme des Alkohols breitete sich sofort in ihrem Magen aus. Da erst fiel ihr auf, dass sie noch immer fror und das bisschen Wärme in ihrer Körpermitte nur ein Tropfen auf dem heißen Stein war. Sie musste nach Hause. Plötzlich sehnte sie sich nach nichts mehr als nach einer heißen Dusche und ihrem Bett.

Warum nur hatte Mattis ihr so übel mitspielen müssen? Die tiefe Enttäuschung, die sie beim Gedanken an ihren besten Freund verspürte, glich dem Gefühl, das sie damals mit achtzehn gehabt hatte, als er einfach verschwunden gewesen war nach ihrer gemeinsamen Nacht, ohne Erklärung. Auch dieses Mal gab er keine Erklärung ab. Doch es würde Lina sein, die ihm jetzt die Tür zu ihrem Leben vor der Nase zuknallen würde. Sie hatte es satt, von ihm enttäuscht zu werden!

Kapitel 16

Lina war ganz früh aufgestanden und in die *Blühende Phantasie* geradelt. Eingehend betrachtete sie die Auswahl der Schnittblumen. Es waren viel zu viele, keine Frage. Mindestens drei Eimer Rosen waren heute nicht zu verwerten – außer Claudia hatte einen Großauftrag bekommen, von dem sie Lina nichts erzählt hatte. Außerdem stand keine Beerdigung an, und trotzdem war da ein ganzer Eimer voll Proteen. Die Blumen waren so teuer, dass es eine Schande war, wenn sie nicht verwendet werden konnten und hier im Geschäft vor sich hin welkten. Na, ihre Mutter würde sich freuen! Da konnte sie sogar im Hotel ein paar der Blumen im Frühstücksraum dekorieren.

Claudia kam herein. Links und rechts hatte sie jeweils einen Eimer Chrysanthemen im Arm.

»So viele Blumen?« Lina zog eine Augenbraue beim Anblick ihrer Chefin hoch. Dunkle Ringe untermalten ihre sonst so wachen Augen, während sie stöhnend die Blumen bei den anderen Behältern positionierte.

Lina stemmte die Fäuste in die Taille. »Meinst du nicht, dass du ein wenig zu viel bestellt hast? Das reicht ja für drei Wochentage.«

»Nicht, wenn diese Promihochzeit ansteht. Wie hieß der Kerl noch mal … Ich hab es irgendwo aufgeschrieben.« Claudia wirkte zerstreut, machte eine undefinierte Geste in Richtung Theke, wo das Auftragsbuch lag.

»Sprichst du von diesem Kevin Kort?« Lina ahnte Schlimmes.

»Ja, genau.«

»Meines Wissens ist das erst in knapp zwei Wochen.«

»Was?« Claudia schien kurz aus ihrer Lethargie aufzutauchen. Sie ging hinüber zu ihrem Auftragsbuch und begann, darin zu blättern.

Dann klappte sie es mit Schwung wieder zu. »Verdammt!«

Claudia ließ sich auf den Stuhl am Arbeitstisch fallen. »Ich bin so blöd!« Sie griff sich in die Haare, sodass sich ein paar Strähnen aus ihrem dicken Zopf lösten. Die Zeit der lockeren Pferdeschwänze war gemeinsam mit Ruth wieder verschwunden, stellte Lina fest. »Wie konnte mir das denn passieren?«

Lina lief zu Claudia hinüber. »Du hast halt Liebeskummer.« Sie legte ihrer Chefin die Hände auf die Schultern und konnte spüren, wie sich langsam Claudias Anspannung löste.

»Ich weiß einfach nicht, was ich tun soll. Ich bin hier und doch nicht hier, mein Kopf spielt einfach verrückt.« Claudia wirkte verstört. »Ich kann Ruth einfach nicht vergessen«, brach es aus ihr hervor. »Alles ist blockiert.« Claudia schlug sich mit der Hand grob gegen die Stirn, als ob sie so Ruth tatsächlich aus ihren Gedanken vertreiben könnte. »Ich wünschte, ich hätte sie nie getroffen.«

Lina musste lachen. »Oh nein, das wünschst du dir nicht wirklich!«

»Nein«, stimmte Claudia zu. »Ich hab sie nur so verdammt geliebt.«

Lina hatte keinen Schimmer, was sie sagen sollte.

»Ich liebe sie noch immer.« Die Worte schienen im Raum hängen zu bleiben. Es war wie ein Geständnis. Beiden Frauen blieb der Satz im Kopf.

»Meinst du nicht, du solltest spontan eine Reise an den Bodensee machen? Soll ja sehr schön sein da«, schlug sie schließlich vor.

»Hm.« Von Claudia kam nicht mehr als ein unbestimmter Laut.

»Meinst du nicht, es würde dir guttun, Ruth wiederzusehen?«

»Aber für sie schien alles so klar, als sie gegangen ist.« Claudias Stimme brach fast.

»Vielleicht wollte sie nur ihre Unsicherheit verstecken? Hast du darüber schon mal nachgedacht?«

Claudia richtete sich auf. Es war ihr anzumerken, dass sie Linas Worte abwägte und überlegte, wie wahrscheinlich es war, dass sie ihre Kollegin richtig verstanden hatte.

»Vielleicht solltest du einfach hinfahren. Du hast doch nichts zu verlieren. Manchmal braucht es ein bisschen Mut! Vielleicht findet Ruth eine Arbeit hier auf der Insel.«

»Sie ist Bergführerin.« Lina und Claudia begannen beide zu prusten und zu lachen. Obwohl die Situation alles andere als komisch war, blieb ihnen der Galgenhumor in Claudias Satz nicht verborgen.

»Dann soll sie halt Wattwanderungen anbieten«, meinte Lina. »Auf jeden Fall musst du zu Ruth. Versprich mir, dass du es zumindest versuchst.«

Lina spürte förmlich das Hin- und Hergerissensein ihrer Chefin. Entschlossen trat sie zu den Blumenkübeln. Sie holte die drei Eimer voll Rosen, die Zuckerbusch-Blumen, die Chrysanthemen und den Eimer mit Dekogrün. »Hier!«

»Was soll das denn jetzt?« Claudia starrte auf den mit Pflanzen überladenen Tisch.

»Das ist das, was du gestern an überflüssigem Zeug bestellt hast.« Lina deutete auf den bunten Blumenwust.

»Und?«, fragte sie erstaunt.

»Und wenn du das häufiger machst, habe ich bald keine Arbeit mehr, weil wir die Hälfte unserer Bestellungen nicht verarbeiten können und pleitegehen.« Natürlich war das übertrieben. Jeder konnte sich mal bei einem Termin irren. Aber in letzter Zeit häuften sich derartige Fehler wirklich, und Lina, deren Herz so sehr an der *Blühenden Phantasie* hing, konnte kaum mit ansehen, wie ihre Chefin den Laden managte.

Claudia stand auf, griff nach zwei Eimern und räumte sie auf. »Hast recht«, sagte sie knapp. »Aber …«

Lina unterbrach sie, indem sie sich Claudia in den Weg stellte. »Es gibt kein Aber. Ich komm hier schon klar in der Zwischenzeit.«

»Oh, das weiß ich. Doch was, wenn Ruth mich gar nicht sehen will? Sie hat mir kein einziges Mal geschrieben, seit sie weg ist. Was, wenn ich mir eine Abfuhr hole?« Claudia klang verzweifelt. Lina wusste, dass sie viel verletzlicher war, als sie ihrem Umfeld immer glauben machen wollte.

»Ich denke, das musst du riskieren. Aber mit Sicherheit wird es das auch wert sein.« Lina sprach voller Überzeugung, obwohl sie gerade rundum enttäuscht war. Von Bent nichts mehr zu hören war zu erwarten gewesen, aber dass Mattis sich nicht meldete, das tat ihr weh. Schnell konzentrierte sie sich wieder auf Claudia, die zögerlich nickte.

»Ich probiere es. So kann es schließlich nicht weitergehen.« Sie nahm weitere zwei Kübel und trug sie zurück an ihren Platz, wo sie sie so energisch auf dem Boden absetzte, dass das Wasser über den Rand des einen Eimers schwappte und sich über den Fußboden ergoss. »Siehst du!« Die Chefin deutete auf die Lache. »Deswegen fahre ich.«

Lina musste unweigerlich lachen. »Sehr gut!« Sie ging nach hinten, um einen Putzlappen zu holen. »Das ist eine wunderbare Entscheidung!« Wie ein Lasso schwang sie den trockenen Lappen über den Kopf, während sie in den Verkaufsraum zurückkehrte, weil sie sich so über Claudias Entschluss freute.

Als sie Frau Hauser im Geschäft entdeckte, fing sie schnell ihren Lappen ein und versteckte ihn hinter dem Rücken.

»Ach, meine Liebe, schön dich zu sehen.« Frau Hausers Miene hellte sich bei Linas Anblick sofort auf.

»Frau Hauser wollte auf dich warten«, erklärte Claudia, die Erleichterung in ihrer Stimme war nahezu unverkennbar. »Ich kümmere mich um meinen See.« Sie riss Lina den Wischlappen fast aus der Hand und war auch schon weg, kaum dass Lina sich der Kundin zuwandte.

Die ältere Dame kramte in ihrer Handtasche herum und brachte schließlich ein Foto zutage. Sie strahlte Lina überglücklich an, als sie ihr das Bild reichte. »Das ist Marie-Antoinette!«

Eine possierliche Hamsterdame schaute mehr schlecht als recht in die Kamera. Das Foto war nicht ganz scharf, doch Frau Hauser wirkte überglücklich, während sie es Lina präsentierte.

»Ich freu mich so für sie!«, rief Lina überschwänglich aus. Wie schön, dass es für manche Probleme eine relativ einfache Lösung gab.

*

»Mist!« Lina verfluchte nicht das erste Mal, dass sie ihrer Chefin dazu geraten hatte, an den Bodensee zu reisen. Claudia war bereits drei Tage nach ihrem Gespräch mit wehenden Fahnen losgefahren und schon mehr als eine Woche weg. Tage, in der Lina tagtäglich die Arbeit im Laden verrichtete, die eindeutig ein Job für zwei Personen war.

Für morgen hatte sich dieses Schlagersternchen angekündigt, um die letzten Details für den Blumenschmuck zu besprechen. Es schien so, dass dieser Kevin Kort einen Hang zum Perfektionismus hatte. Er wünschte sich bereits im Vorfeld ein Ansichtsexemplar des Brautstraußes, der aus fünf Sonnenblumen bestehen und mit Beerenzweigen verziert werden sollte. Um diese Jahreszeit bedeutete das, hochwertige künstliche Zweige zu organisieren. Aber die, die Lina da gerade ausgepackt hatte, schrien geradezu, dass sie aus Plastik bestanden.

»Mist.« Sie machte den Karton wieder zu und schlug einmal mit der flachen Hand darauf. Dieser Kort würde niemals damit zufrieden sein – und sie konnte es verstehen, so wie diese Dinger aussahen.

Zum Glück gab es noch eine Hoffnung: Lina erwartete noch eine weitere Lieferung, via Express. Wenn die Zweige allerdings von derselben Qualität sein sollten, würde Kevin Kort mit Sicherheit ausflippen und seinen Auftrag anderweitig vergeben. Lina konnte nur hoffen, dass die Post am nächsten Tag pünktlich wäre, sonst würde der Sänger vor der erwarteten Sendung im Geschäft aufschlagen – nicht auszudenken! Lina fragte sich, ob Claudia dieser Bestellfehler auch passiert wäre und fühlte sich für eine Sekunde unsicher. Sie wollte alles richtig machen, sich vor allem auch selbst beweisen, dass sie es konnte. Nachdem sie tagelang durchgearbeitet hatte, fühlte sie sich erschöpft und ausgelaugt. Es war längst nach Ladenschluss, und sie hatte in den letzten Tagen kaum etwas anderes gesehen als das Geschäft und ihr Bett.

Sie gähnte herzhaft. Heute würde sie nichts mehr ausrichten. Lina schaute sich im Laden um. Alles war an seinem Platz und bereit für die morgige Arbeit. Sie hatte sogar geschafft, das Schaufenster umzudekorieren und herrliche Trockenblumenkränze ausgestellt. Die Craspedia leuchteten herrlich gelb, die Baumwolle war ein echter Blickfang und die getrockneten Rosen verliehen den Kränzen eine gewisse Eleganz. Außerdem roch die *Blühende Phantasie* herrlich nach Lavendel, der den Blumenarrangements ihre feine Duftnote verlieh. Es waren sogar schon Kundinnen da gewesen, die sich kleine Trockenblumensträußchen gewünscht hatten, und so war bei Lina die Idee entstanden, kleine Duftsträuße als Dekoration anzubieten, aber das musste sie nach Claudias Rückkehr mit der Chefin besprechen. Mit den Kränzen hatte sie sich schon weit aus dem Fenster gelehnt, was ihre Eigeninitiative betraf, sie hatte sich allerdings nicht beherrschen können. Die Leidenschaft für ihren Beruf hatte sie einfach überwältigt. Wie so oft dachte sie darüber nach, wie viele Möglichkeiten das Geschäft bot, ihrer Kreativität Ausdruck zu verleihen, wie viele ungenutzte Optionen es in der *Blühenden Phantasie* noch gab und …

Ach, sie liebte es einfach! Längst war die Pleite wegen der Plastikbeeren vergessen, und sie räumte die Kiste leise summend nach hinten in die kleine Kammer, wo sie so oft ihre Pause verbrachte. Sie schlüpfte in ihre Windjacke und danach zum Hinterausgang hinaus, wo ihr Fahrrad parkte. Eine Möwe kreischte laut in dem Moment, wo sie den Schlüssel ins Schloss steckte. Möwensommer, dachte sie bitter.

Als Lina absperren wollte, trat plötzlich von hinten jemand an sie heran. Sie fuhr zusammen, da ihr jemand die Hände über die Augen legte. Für einen kleinen Moment fühlte sie sich wie eingefroren. Doch schon im nächsten Moment wehte ihr ein vertrautes Parfum entgegen.

»Ines!« Lina lachte. »Was machst du denn hier?«

Einen Augenblick schoss Lina Mattis durch den Kopf. Er hätte es auch sein können, der sie zu Tode erschreckte, weil er sie eigentlich überraschen wollte, um ihr eine Freude zu machen. Aber nein. Mattis hatte sich seit ihrem Streit nicht bei ihr gemeldet, noch immer nicht. So lange hatte noch nie Funkstille zwischen ihnen geherrscht. Aber genauso will ich es doch, oder? fragte sich Lina aufgewühlt.

»Wie wäre es, wenn wir heute miteinander ins Schwimmbad gingen, ganz spontan?«

»Ich – also, ich weiß nicht.« Lina fühlte sich ein wenig überrumpelt. Klar, die Idee war verlockend, allerdings hatte sie keine Badesachen dabei.

»Geht es dir nicht gut? Ich hab mir Sorgen gemacht, weil du dich nicht gemeldet hast. Da dachte ich, ich komm einfach vorbei.«

Ines war einfach herrlich unkompliziert.

»Na ja, ich hatte viel zu tun.« Sie dachte einen Moment

nach. »Weißt du was? Ich glaube, eine Runde baden in der *Wasserebene* ist genau das, was ich heute brauche. Ein wenig Entspannung wird mir guttun. Und nette Gesellschaft auch.«

Ines klatschte in die Hände. »Super! Dann lass uns heimfahren und die Schwimmsachen holen. Wir können uns ja in einer Stunde beim Bad treffen, was meinst du?«

»Klingt super. Dann kann ich sogar noch einen schnellen Happen essen.« Lina war den ganzen Tag nicht zu mehr als ein paar Bissen von ihrer Stulle gekommen.

Die beiden Freundinnen verabschiedeten sich voneinander.

Als Lina durch den lauen Abend nach Hause radelte, fühlte sie sich zum ersten Mal seit Tagen ein wenig besser. In Ines hatte sie eine wirklich gute Freundin, der sogar auffiel, wenn sie sich mal nicht meldete. War das nicht viel mehr wert als ein Kerl wie Bent? Lina trat kräftig in die Pedale. Sie würde nachher auf jeden Fall pünktlich am Badehaus sein!

Das Wasser war herrlich. Lina lag im großen Becken vor einer Sprudeldüse und genoss, wie das Wasser ihren Körper umspülte. Es waren nur wenige Leute da, was die entspannte Atmosphäre noch verstärkte. Die Beleuchtung färbte das Wasser herrlich türkis, und die wenigen Menschen, die außer ihnen noch da waren, unterhielten sich, wie sie selbst, ganz leise.

»Ich hätte Mattis das so nie zugetraut. Er ist doch eigentlich kein Egoist.« Ines machte ein paar Schwimmbewegungen auf der Stelle. Sie hatte sich Linas Geschichte schweigend angehört und war jetzt sichtlich erschüttert.

»Anscheinend doch, wenn es um seine Frauengeschichten geht.« Der Schmerz war noch immer ganz frisch, spürte Lina.

»Ich hab ihn schon seit Langem nicht mit einer Frau gesehen.« Ines runzelte die Stirn, dachte nach, dann schüttelte sie den Kopf. »Oder doch. Mit dir. Aber sonst mit keiner.«

»Das liegt daran, dass er ein Gentleman ist. Jedenfalls hat der das irgendwann mal so zu mir gesagt: Ein Gentleman genießt und schweigt.« Lina schnaubte. »Das mit dem Schweigen kann er auf jeden Fall gut! Und seine Susanne wohnt nicht hier.«

Ines lachte so laut, dass ein Pärchen, das weiter hinten im Becken eng umschlungen durchs Wasser glitt, zu ihnen herüberschaute. »Auf jeden Fall bist du sehr schlagfertig und lässt dich nicht unterkriegen.«

Lina zuckte die Achseln. »Was bleibt mir auch übrig? Weißt du, ich hätte nur gedacht, dass unsere Freundschaft ihm mehr wert ist als eins, zwei, tepp mit irgendeiner Susanne. Aber nein! Mattis ist wie Bent und denkt nur an sich selbst. Sind denn alle Männer gleich, frage ich mich? Er hätte mir doch einfach erzählen können, dass er euch gesehen hat.« Lina wusste, dass Frust und Enttäuschung aus ihr sprachen, doch sie konnte sich nicht zurückhalten – die Worte wollten raus.

»Weißt du, als er mich und Bent gesehen hat, ist er ganz komisch gewesen. Ich glaube, er hatte einfach keine Ahnung, wie er reagieren sollte. Zu mir hat er auch nichts gesagt. Es ist ja auch eine schwierige Situation, oder?«

»Hm.« Lina wollte so einfach keine Entschuldigung für Mattis gelten lassen.

»Ich hab auch erst mal die Schnauze von Männern gestrichen voll, das sag ich dir. Wenn ich gewusst hätte, dass Bent dich auch trifft, hätte ich natürlich mit dir gesprochen, und wir hätten ihn gemeinsam zum Teufel gejagt!« Ines berührte Lina an der Schulter. Für wenige Augenblicke war es ungewohnt still zwischen den zwei Frauen. »Weißt du was? Wie wäre es, wenn wir das Thema Kerle für heute abhaken?«

»Sehr gern.« Lina stieß sich vom Beckenrand ab, weg von der Sprudeldüse. »Und ein Gutes hat das Ganze ja.«

»Was denn?«, fragte Ines nach.

»Wir zwei sind uns ein ganzes Stück nähergekommen – das empfinde ich als echten Gewinn!«

Ines wurde ganz rot vor Freude und nickte.

»Sehr wahr. Das ist wirklich ein echter Hauptgewinn. Was hältst du davon, wenn wir uns zur Feier des Tages ein gemeinsames Salzbad gönnen?«

Jetzt war es Lina, die lachte. »Sehr gern!«

Das kleine Solebecken war einer dunklen Grotte nachempfunden. Bei einem Salzgehalt wie im Toten Meer konnte man sich auf der Wasseroberfläche einfach treiben lassen. Lina versuchte im Dunkeln zu erkennen, ob sie das Becken für sich hatten. Doch leider war dem nicht so, was um diese Tageszeit auch kein Wunder war. Weiter hinten waren ein paar Leute, aber das Becken war groß genug, dass man einander nicht störte. Während Lina sich ins sechsunddreißig Grad warme Wasser gleiten ließ, schloss sie genießerisch die Augen. Die Wärme fühlte sich herrlich an auf der Haut. Sie konnte einen leisen Seufzer nicht unterdrücken, als alle Anspannung aus ihr herauszufließen schien, die sich in den letzten Tagen aufgebaut hatte.

Das war genau, was sie gebraucht hatte, Ines hatte völlig recht gehabt. Die beiden Frauen genossen schweigend das warme Wasser und ließen sich treiben.

Weiter hinten, wo es ein wenig dunkler war, kicherte jemand leise.

Ines stieß Lina an und warf ihr einen vielsagenden Blick zu. Oft kamen Pärchen in die dürftig beleuchtete Grotte und genossen die diskrete Atmosphäre, die das Becken ihnen bot. Lina erwiderte Ines' Blick. Sie freute sich, dass es noch Paare gab, die ihre Zweisamkeit genießen konnten. Es musste schließlich auch glückliche Pärchen auf der Welt geben – das gab ihr Hoffnung für ihre eigene Zukunft.

Lina ließ sich wieder ganz ins Wasser gleiten, sodass nur noch ihr Gesicht herausschaute. Ein paar Minuten vergingen so, in totaler Entspannung, bis Ines Lina am Arm zerrte. Erschrocken hob Lina den Kopf. Ines hatte den Menschen weiter hinten im Becken den Rücken zugewandt und legte ihren Finger auf die Lippen. Was wollte sie Lina denn damit sagen? Lina blickte sie fragend an, strich sich die nassen Haare aus dem Gesicht.

Ines beugte sich nah an Linas Ohr.

»Da hinten im Wasser ist Bent! Stell dir das mal vor. Und er ist mit einer Frau da.«

»Wie bitte?«

»Ja! Und weißt du, was das Krasseste überhaupt ist?«

»Was denn?«

»Die Frau hat meinen Bikini an!«

Ines hatte so leise geflüstert, dass Lina glaubte, sie falsch verstanden zu haben. »Wie bitte?«, wiederholte sie deshalb ihre Frage von vorhin.

»Meinen Bikini! Ich war einmal mit diesem Schürzenjäger hier und hab danach den Bikini bei ihm zum Trocknen aufgehängt – und vergessen.«

»Und du sagst, er hat ihn jetzt einer anderen Frau gegeben?« Die Idee war für Lina so absurd, dass sie es kaum glauben konnte.

Ines nickte energisch.

Lina musste nicht lange überlegen. »Na komm, dem zeigen wir's!«

Entschlossen machte Lina ein paar Schwimmbewegungen in Richtung des eng umschlungenen Paares, das sie nur schemenhaft erkennen konnte.

»Bent! Du hier?« Lina machte sich nicht die Mühe, leise zu sprechen. Im Gegenteil, sie wollte laut sein. Er war sehr offensichtlich die Art von Mann, dem die Gefühle aller Frauen ganz und gar egal waren. Ihr letztes Treffen war keine Woche her und schon sah sie ihn mit einer anderen Frau eng umschlungen im Thermalbad. Niederträchtiger konnte man sich ja wohl kaum verhalten – ganz abgesehen davon, dass offenbar weder Lina noch Ines bei Bent einen nachhaltigen Eindruck hinterlassen hatten. Er war emotional ihnen gegenüber völlig immun, sozusagen.

»Lina!« Der Schreck stand Bent ins Gesicht geschrieben.

»Ja, ist das nicht toll, dass wir uns sehen?« Sie schenkte ihm ihr scheinheiligstes Lächeln.

»Oh, äh …«

Die junge Frau in Ines' Bikini sah von einem zum anderen. Lina blickte über ihre Schulter zurück.

»Ah, da ist ja Ines. Schau, Bent, Ines ist auch da.«

»Hallo, Bent!« Ines winkte, indem sie ihre Finger durch

die Luft tanzen ließ, es war eine grazile und zugleich freche Handbewegung.

»Oh.« Bent war jetzt sichtlich von der Situation überfordert und sah zwischen den drei Frauen hin und her.

Lina wandte sich an Bents Begleitung. Die Frau mit den langen, dunklen Haaren tat ihr leid. »Bent hat deshalb Probleme, uns vorzustellen, weil wir seine Ex-Freundinnen sind. Er hatte mit uns beiden zur gleichen Zeit ein kurzes Intermezzo, wenn man es so sagen möchte.«

Bent schnappte nach Luft. Der Gesichtsausdruck seiner Begleitung wandelte sich. Hatte sie gerade noch freundlich gelächelt, wurde ihr Ausdruck jetzt ernst, und sie suchte den Blick ihrer männlichen Begleitung – vergeblich. Denn Bent schaute so intensiv auf die Wasseroberfläche, als gäbe es in dem Becken plötzlich Haie.

»Anlässlich eures heutigen Romantikausflugs hat er dir den Bikini von Ines wohl geschenkt.«

»… der dir übrigens sehr gut steht!«, warf Ines ein.

»Ja, das stimmt«, bestätigte Lina. Dann nahm sie den Faden wieder auf. »In jedem Fall wollen wir die Chance nutzen und dich eindringlich vor Bent warnen. Er hat zwar einen Hang zur Romantik – aber der ist wohl eher, na, wie könnte man es ausdrücken?«

»Zielorientiert«, ergänzte Ines.

»Danke. Das Wort hatte ich gesucht.« Lina verschränkte die Arme vor der Brust. »Ich fürchte, da bist du auf einen Casanova reingefallen. Genau wie wir!«

»Was bin ich froh, dass ich die Beziehung mit dir beendet habe«, wandte sich jetzt Ines an Bent.

»Komm, Ines. Jedes Wort an dieses Würstchen ist zu viel.

Ich glaube eh, Bent wollte gerade gehen.« Tatsächlich war Bent schon einen Schritt zurückgetreten. Es war, als hätte er nur auf Linas Worte gewartet. Jetzt tappte er durch das brusttiefe Wasser in Richtung der Treppe, die aus der Salzgrotte führte.

Ines wandte sich an die Frau, die gerade noch in Bents Arm gelegen hatte und nun unschlüssig neben Lina stand. »Magst du den Abend mit uns verbringen? Wir sind eigentlich sehr nett.«

Die Frau, die bis jetzt geschwiegen hatte, schüttelte ungläubig den Kopf. »Ich muss mich wohl bei euch bedanken. Aber um ehrlich zu sein, ist mir jetzt gerade überhaupt nicht nach Gesellschaft. Mein Urlaub hier auf der Insel fühlt sich gerade ziemlich ruiniert an.«

Lina und Ines nickten mitfühlend. Sie verstanden die Frau nur zu gut.

»Ich gebe dir den Bikini natürlich zurück«, beteuerte sie. Man sah ihr an, dass sie kurz davor war zu weinen. Die Frau tat Lina so leid. Aber dennoch – ein Ende mit Schrecken war vermutlich besser als ein Schrecken ohne Ende.

»Nein, musst du nicht. An dir sieht er viel besser aus als an mir.« Ines' Ehrlichkeit war immer wie ein frischer Wind.

Plötzlich erklang Applaus und ein schadenfrohes Lachen. Eine ältere Dame hatte die ganze Szene beobachtet. »Sehr gut, Mädels!« Ihre tiefe Stimme dröhnte in der Grotte regelrecht. »Ich wünschte, es wären mehr Frauen wie ihr! Lasst euch nichts gefallen von diesem Weichei!«

Lina musste tatsächlich lachen, obwohl ihr eigentlich so gar nicht zum Lachen zumute war. Weichei. Ja, das passte ganz genau.

Der Zusammenhalt, den Lina gegenüber Ines spürte, war überwältigend. Sie hatte sich selten einem Menschen so verbunden gefühlt wie in diesem Augenblick.

»Seid mir nicht böse, Mädels. Aber ich glaube, ich geh dann mal.«

»Mach das. Ich hoffe nur, unser Schürzenjäger für Arme hat wenigstens deinen Eintritt bezahlt!« Ines verlor ihren Humor wohl nie.

Nachdem die Touristin weg war, standen Lina und Ines für einen Moment unschlüssig im Wasser herum.

Die Dame, die sich vorhin kurz eingemischt hatte, kam in ihre Richtung. »Ihr zwei gefallt mir. Ihr habt Frauenpower! Davon bräuchten wir viel mehr.« Sie lachte gackernd und ließ sich zurück ans andere Ende der Grotte treiben. »Aber zu meiner Zeit hatten wir noch viel weniger Selbstbewusstsein als ihr heute. Ich wünschte mir ja glatt, dass ich noch mal jung wäre.«

Die alte Dame rieb sich die nassen Hände, dann tauchte sie ihren Körper wieder ganz in das warme Wasser und schloss die Augen.

Lina taten die Worte der fremden Frau gut. Wenn jemand, den sie gar nicht kannten, auf ihrer Seite war, dann war das eine schöne Bestätigung, dass sie das Richtige getan hatten.

Ines und Lina wechselten einen Blick und grinsten.

Ein längeres Schweigen breitete sich zwischen den beiden Frauen aus.

»Weißt du, ich war ziemlich überrascht, als du bei dem Tanzkurs auf Bent los bist«, sagte Ines schließlich.

»Weil du nicht wusstest, dass er mit mir auch was angefangen hat?«

»Nein!« Ines schüttelte den Kopf. »Weil du zu Mattis gehörst.«

Die Worte brannten regelrecht, als Lina sie vernahm. »Ich gehöre nicht zu Mattis«, sagte sie schließlich laut. Es zu hören schmerzte, mehr, als sie es für möglich gehalten hätte.

Ines zuckte mit den Schultern. »Ich glaube, das sieht die ganze Insel anders als du.«

Verächtlich schnaubte Lina. »Wir haben nichts mehr miteinander zu tun, weißt du? Ich bin ganz schön sauer gewesen, weil er mich hat so auflaufen lassen. Außerdem hat er eine Freundin, mit der er sehr glücklich ist.« Die Worte hinterließen einen bitteren Geschmack in ihrem Mund.

Ines hob beide Augenbrauen. »Ja, das hast du gesagt.«

»Eben. Und jetzt sind wir eh zerstritten, wegen dieser ganzen Bent-Geschichte. Aber ich will wirklich nicht drüber reden. Es tut noch zu weh.« Ihre Ehrlichkeit tat Lina gut. Es war keine Schande, zu betrauern, wenn man jemanden verlor, der einem so wichtig gewesen war.

Verständnisvoll schaute Ines sie an. »Wenn du noch mal darüber sprechen willst, weißt du ja, wo du mich findest.«

Lina nickte. Wieder schwiegen beide Frauen, und Ines tauchte kurz unter. Beim Auftauchen strich sie sich das nasse Haar aus der Stirn und prustete wenig damenhaft. Lina musste lachen und tat es ihr nach.

»Hätte ich ein Glas Sekt«, sagte Lina schließlich, »dann würde ich glatt mit dir anstoßen. Auf die Frauenpower!« Stattdessen hob sie eine Faust, und Ines verstand und klopfte mit ihrer eigenen Faust dagegen. »Auf uns! Den Sekt holen wir dann nach, ja?« Ines zwinkerte ihr zu. Plötzlich fühlte Lina sich sehr stark und voller Energie.

Lina wusste, dass dieser euphorische Augenblick vergehen würde, die Verlorenheit und die Trauer würden sie erneut einholen – doch das Wissen, dass sie mit Bent endgültig fertig war, sollten es dieses Mal leichter machen, die Klippen des Liebeskummers zu umschiffen, die auf sie zukamen. Immerhin hatte sie echte Freundinnen, auf die sie sich verlassen konnte – und das war schon ziemlich viel.

Kapitel 17

Herr Schröder und Frau Merkel sahen aus, als würden sie sich küssen, weil sie sanft am Schnabel ihres jeweiligen Gegenübers knabberten und dazu wohlige, kleine Laute ausstießen, die sowohl Oliver als auch Lina ein Lächeln in die Gesichter zauberten. Ohne die beiden Papageien wäre ihr Leben so viel trister gewesen, und Lina war wie so oft froh, dass ihr Bruder seine Vögel hatte.

Es war Samstagmorgen um acht Uhr. Die Eltern waren wie üblich ganz früh ins Hotel aufgebrochen, und Lina saß mit Olli bei der zweiten Tasse Kaffee. Gleich würde sie auch losmüssen. Aber für den Augenblick genossen die Geschwister, dass sie ein wenig Zeit miteinander hatten, und Linas Füße lagen auf dem Stuhl gegenüber. Wäre ihre Mutter zu Hause, dachte Lina bei sich, dann würde sie keine Chance haben, so am Tisch herumzulungern.

Heute stand, erstmals seit Claudia weg war, kein stressiger Arbeitstag bevor. Gestern war Kevin Kort da gewesen, und dank der Post hatte Lina ihm einen herrlichen Strauß aus Sonnenblumen und von Beeren gezierten Ästen anbieten können, der ihm so sehr zusagte, dass er Lina auf die Wange geküsst hatte. Dabei roch Kort so stark nach Knoblauch, dass Lina fast vom Stuhl gefallen wäre. Erstaunlich, wie sehr das durch die Medien erzeugte Bild des Mallorca-Stars von seiner realen Erscheinung abwich.

Seit der Episode im Schwimmbad musste Lina kaum mehr an Bent denken, und die Tatsache, dass sie so viel zu tun hatte, ließ sie auch Mattis' Besuche im Laden, die jetzt wegfielen, gar nicht so sehr vermissen, wie sie befürchtet hatte. Untertags kam sie gut zurecht. Nur abends, wenn sie ins Bett ging, holten ihre Gedanken sie ein, und sie war dankbar, dass sie meistens so müde war, dass der Schlaf sie schnell überfiel.

Gemütlich saß sie mit ihrem Bruder in der Küche, mit den kuschelnden Papageien, die ihren Platz auf der Vorhangstange gefunden hatten und sich ganz dem jeweils anderen widmeten. Der Anblick, der sie vorhin noch hatte schmunzeln lassen, machte sie dann doch etwas wehmütig.

»Ich wünschte, ich wäre Frau Merkel«, sagte Lina in Richtung der zwei Vögel und trank einen Schluck Kaffee. Es war schön gewesen, mal wieder menschliche Wärme und Nähe zu spüren. Das hatte ihr gutgetan, auch wenn Bent sich danach als der Mann erwiesen hatte, der er war. Und trotzdem: Am Ende war es wohl mehr körperliche Nähe generell gewesen, die sie vermisste, als die Nähe zu Bent? Sie erinnerte sich daran, wie es sich angefühlt hatte, als Mattis sie am Strand umarmt hatte – und wie sicher und tröstlich dieser Moment gewesen war.

Jetzt klang ihr Tonfall schon sehr resigniert, als sie sich das Leben einer Papageiendame wünschte, die auf der Vorhangstange saß und mit ihrem Partner Schimpfworte austauschte.

»Ach komm«, unterbrach die Stimme ihres Bruders ihren Gedankenstrom. »Das wird alles wieder, besonders mit Mattis. Ihr zwei könnt ohne einander gar nicht leben. Da kannst du mir sonst noch was erzählen.« Olli sah wie so oft alles positiv, und darüber hinaus war er direkt wie immer. Gerade hatte Lina ihm die Ereignisse der letzten Zeit geschildert, ohne ein Detail auszulassen.

»Ich kann sehr wohl ohne Mattis leben!«, stieß Lina hervor, wie um sich gegen das zu wehren, was Oliver gesagt hatte.

»Blödsack«, murmelte Schröder zärtlich von der Vorhangstange, wie zur Bestätigung.

»Siehste, Schröder versteht mich!«

Oliver grinste. »Natürlich. Mein Vogel weiß einfach, wie es läuft. Aber ich kenn dich, und Mattis auch, übrigens.«

Lina verdrehte die Augen gen Himmel. Er hatte recht, und sie wusste es genau. Doch das machte sie nur noch wütender und noch verzweifelter, was ihren besten Freund anging. Sie konnte ohne Mattis nicht wirklich gut leben. Sie *wollte* es können, aber – na, das war ein gewaltiger Unterschied. Wie oft sie in den letzten Tagen gedacht hatte, dass sie eine Begebenheit Mattis erzählen wollte, war nicht zu zählen. Erst im nächsten Gedankenschritt kam dann die Erkenntnis, dass sie ihm an den Kopf geknallt hatte, keinen Kontakt mehr mit ihm haben zu wollen. Immer wieder fühlte sich die Vorstellung, dass es keinen Mattis mehr in ihrem Leben geben sollte, wie eine spitze Nadel einer Spritze an, die ihr mitten ins Herz stach. Mattis nicht mehr zu sehen, schmerzte Lina sogar mehr, als Bents Betrug, das musste sie sich eingestehen. Sie kannte Mattis eben, seit sie klein war. Es war ein wenig so, als hätte sie sich ihren eigenen Arm abgehackt. Es würde viel Zeit brauchen, bis sie ihm nicht mehr hinterhertrauerte. Doch sie würde das aushalten, jawohl! Sie würde nicht klein beigeben, nachdem Mattis sich so mies ihr gegenüber benommen hatte.

»Von wegen«, erwiderte sie aufbrausend. »Er hat nicht mal den Versuch gemacht, Kontakt mit mir aufzunehmen. Ich glaube kaum, dass ich ihm fehle, und er fehlt mir schon gar nicht.« Sie war überhaupt nicht talentiert im Lügen und biss energisch in einen Schokoladenkeks, nur um ihren Worten Nachdruck zu verleihen.

»Du sagst, er hat gar nichts gesagt. Meinst du nicht, du bist ihm verbal ein wenig zu sehr auf die Füße getreten?«, wagte Oliver einzuwenden. Wo Lina laut geworden war, schlug Oliver einen ganz leisen, vorsichtigen Ton an.

»Ein wenig zu sehr? Pft! Von wegen. Er hatte genau das verdient! Er hat mich bei Bent total ins Messer laufen lassen – nur, weil er so verknallt in diese bescheuerte Susanne ist, dass er mich gar nicht mehr wahrnimmt als Mensch.« Jedes ihrer Worte tat ihr selbst weh. Sie konnte noch immer nicht fassen, dass sie Mattis verloren hatte, dass er eine andere Frau liebte, dass …

»Vielleicht wollte er nur, dass Bent …« So leicht ließ Oliver nicht locker. Aber Lina hatte nun wirklich keine Lust, über das Weichei, wie sie ihn in Gedanken betitelte, zu sprechen.

Lina unterbrach ihn. »Über den will ich überhaupt nicht mehr reden. Der hatte doch gleich nach Ines und mir die Nächste am Start. Und wer weiß, welche Eisen er noch alle im Feuer hat. So was ist doch das Letzte!« In kurzen Worten erzählte Lina ihrem Bruder noch, was im Schwimmbad passiert war, und Oliver hörte schweigend zu.

»Krass. Den werde ich mir in der Arbeit mal so richtig vorknöpfen und …« Oliver war seine Wut anzusehen. Er war der beste Bruder aller Zeiten, entschied Lina.

»Nein, das ist überhaupt nicht nötig, Brüderchen. Ines und ich haben das perfekt gelöst.« Lina erzählte noch das Finale der Geschichte, und Oliver musste lachen.

»Das habt ihr gut gemacht. Ines ist wirklich eine Knallerfrau!« Der Respekt in seiner Stimme war nicht zu überhören.

Olli stieß einen kleinen Pfiff aus, der sich nicht auf das Gespräch mit Lina bezog. Frau Merkel flatterte von der Vorhangstange herunter und setzte sich auf Olivers Schulter. Er hielt ihr ein winziges Stück Keks hin, das sie mit ihrem Schnabel sanft aus seinen Fingern nahm und klein bröselte.

»Aber was Mattis angeht …«, wollte Olli den Faden wieder aufgreifen, aber Lina schüttelte den Kopf.

»Dummdödel«, meinte Frau Merkel dazu leise. »So dumm.«

»Siehste!« Lina deutete auf die Papageiendame und nickte zu dem, was der Vogel gesagt hatte. »Hör auf die Merkel!«

Doch Olli ließ nicht locker. »Wir reden von Mattis, nicht von einem Monster. Er hat vielleicht einfach nicht weiter nachgedacht.«

»Das wär ja noch schlimmer! Dann war ich ihm einfach total egal, weil er nur seine Tussi im Kopf hatte.« Nicht, dass Lina wusste, ob Susanne eine Tussi war. Vermutlich war sie sehr hübsch, hatte ein wunderschönes Lächeln, eine perfekte Frisur, die allen Winden der Insel standhielt und war überhaupt in allen Belangen perfekt. Aber das machte es auf keinen Fall besser.

Kapitulierend hob ihr Bruder die Hände. »Okay, ich geb es

auf. Du bist dir so sicher, dass Mattis ein Ausbund der Hölle geworden ist – und das über Nacht –, dass *ich* sicher bin, ich dringe nicht zu dir durch.«

So konnte auch nur ihr Bruder mit ihr reden! Lina ärgerte sich fürchterlich über seinen schneidenden Kommentar – aber zugleich fragte eine leise innere Stimme, ob ein Quäntchen Wahrheit in seinen Worten lag. Sie dachte daran, wie er beim Drachensteigenlassen mit ihr gemeinsam die Handschlaufen gehalten hatte, wie anders er sich hinter ihr angefühlt hatte als Bent, wie sie lachend von dem Drachen über den Sand gezogen worden waren. Die Selbstverständlichkeit, mit der sie miteinander umgegangen waren. Es war so schön gewesen, die Zeit mit Mattis am Strand zu verbringen, dass Lina alle anderen Menschen um sie herum einfach vergaß – genauso wie die Zeit. Plötzlich war die Sonne weg gewesen, und die Dämmerung hatte die Rot- und Lilatöne abgelöst, die den Himmel zuvor noch gefärbt hatten. Sie waren stundenlang am Strand gewesen, hatten den Drachen über den Himmel tanzen lassen, und es hatte sich angefühlt wie Minuten.

Vielleicht, ganz vielleicht, tat sie Mattis doch unrecht. Natürlich hätte sie das Oliver gegenüber in diesem Augenblick nicht zugegeben.

Und auf keinen Fall würde sie Mattis gegenüber so einfach klein beigeben. Da musste schon Mattis den ersten Schritt machen!

»Nein, nicht mit mir«, nuschelte Frau Merkel und schnappte nach einem weiteren Keksstück, das Olli ihr hinhielt. Ihre Worte trafen den Kern von Linas Überlegungen so gut, dass sie dieses Mal auf die Worte der Papageiendame reagierte.

»Mit mir auch nicht, Frau Merkel«, wandte Lina sich an sie, stand auf und schnappte sich im Gehen noch einen Keks. Sie lief um den Tisch herum und drückte ihrem Bruder einen Schmatzer auf die Wange.

»Ich muss jetzt los. Meine Blumen rufen mich. Danke aber, ne? Fürs Zuhören.«

Olli grinste seine Schwester an. »Kein Problem. Dass du unbelehrbar bist, wusste ich schon vorher.«

»Haha.« Lina zog eine Grimasse, dann steckte sie sich den ganzen Keks auf einmal in den Mund, bevor sie aus der Küche stürmte.

Lina kam überpünktlich in den Laden und erschrak sich fast zu Tode, als sie die Hintertür aufschließen wollte: Die war nämlich offen. Sie schluckte schwer. Hatte sie am Vorabend vor lauter Stress vergessen zuzusperren? Sie konnte nicht fassen, dass ihr so etwas passierte. Ihr Herzschlag beschleunigte sich, und ein Adrenalinstoß durchfuhr sie bis in alle Fingerspitzen. Wie unverantwortlich von ihr! Sofort überfiel sie ein schlechtes Gewissen. Sie drückte die Türklinke und trat in den Laden. Es roch frisch und nach dem Lavendel aus dem Schaufenster. Vorne im Laden brannte Licht. Hatte sie das etwa auch noch vergessen auszuknipsen? Sie trat ein paar Schritte in den kleinen Flur und öffnete den Reißverschluss ihrer Windjacke.

»Überraschung!« Da stand Claudia und breitete die Arme aus.

Lina zuckte so zusammen, dass sie einen Meter nach hinten sprang. »Gott, hast du mich erschreckt!« Sie fasste sich reflexartig an die Brust. Dann atmete sie tief ein und wieder aus, nahm einen weiteren tiefen Atemzug und sah Claudia vor sich stehen, rotwangig und mit offenen Haaren.

»Wie schön, dich zu sehen!« Sie dachte an die Hochzeit von Kevin Kort, an die Beerdigung des armen alten Herrn Rosner, die kommende Woche leider bevorstand und die eine Vielzahl Blumenkränze und Gestecke bedeutete, die es zu binden galt. Der alte Mann hatte jahrelang Wattwanderungen geführt, war bei Alt und Jung bekannt und sogar auf der Insel geboren. Dass er jetzt einen Herzinfarkt bei einer Wattwanderung erlitten und sofort tot gewesen war, hatte unter den Norderneyer Bürgern für viel Aufregung gesorgt. Die Anteilnahme, besonders auch mit seiner Frau Isolde, hätte nicht größer sein können. Entsprechend groß würde der Ansturm werden. Wie gut, dass sie jetzt wieder zu zweit waren.

Lina musterte ihre Kollegin eingehend. »Spitze siehst du aus.«

»Ja, oder?« Claudia drehte sich um die eigene Achse, dass ihre Haare nur so flogen. Die offenen Haare gaben Claudias Gesicht eine herrliche Weichheit, die von ihren rosigen Wangen noch unterstrichen wurde.

Claudia trat auf Lina zu und schloss ihre Mitarbeiterin fest in die Arme. »Ich hab schon alles genau angeschaut. Das Schaufenster gefällt mir. Und ich mag auch, wie du die Orchideen neu arrangiert hast. Außerdem hast du die Wanne da hinten neu bepflanzt, oder? Die Vergissmeinnicht gefallen mir besonders gut.« Sie war keine Frau, die ständig Komplimente verteilte. Umso mehr freute Lina, dass ihre Chefin so zufrieden mit ihr war.

»Danke.« Lina errötete. Ihre Arbeit war immerhin ein Lebensbereich, der seit Jahren sicher und unproblematisch einfach funktionierte, wie er sollte.

Claudia nickte und warf mit einer schnellen Kopfbewegung ihre Haare nach hinten, offensichtlich musste sie sich noch an den neuen Style gewöhnen.

»Bist du auch sonst gut klargekommen?«, fragte die Chefin und schaute sich erneut im Geschäft um. Lina wusste, dass es nichts auszusetzen gab. Sie hatte die *Blühende Phantasie* gehütet wie ihren Augapfel.

»Ja. Es war viel Arbeit. Aber alles hat gut funktioniert. Trotzdem bin ich froh, dass du wieder hier bist«, gab Lina zu. »Der Laden ist für eine Person ein ganz schönes Pfund.«

Claudia nickte, schaute kurz zu Boden, offensichtlich verlegen, weil sie Lina allein mit dem Geschäft gelassen hatte, um dann allerdings schnell wieder zurück zur Sache zu kommen.

»Wollen wir eben über die nächste Woche sprechen?« Sie wirkte so motiviert, wie sie es zuletzt vor dem Beginn der Beziehung mit Ruth gewesen war. Sie ging los in Richtung Verkaufsraum und bedeutete Lina, ihr zu folgen. »Ich will alles über diesen Schauspieler Kevin soundso wissen und wie es gelaufen ist.«

»Na klar! Und es ist einer dieser Malle-Musiker, vom Ballermann, weißt du«, berichtigte Lina, froh, dass Claudia anscheinend wieder ganz die Alte war. »Was der bei uns auf der Insel wollte, ist mir eh schleierhaft. Ich hätte erwartet, dass er eher auf Sangria und lange Partynächte steht, statt auf die *Hochtiedsstuv*.«

»Ach so. Und ich dachte, es wäre einer dieser coolen Schauspieler mit Sonnenbrille und Hut, die hier manchmal auftauchen und sich so auffällig unauffällig kleiden, dass man sie sofort erkennen muss.«

Lina lachte angesichts Claudias Beschreibung. Sie passte exakt auf die Stars und Sternchen, die die Insel besuchten, in teuren Hotels abstiegen und sich hier erholten. Nachdem Lina ihre Jacke aufgehängt hatte, gesellte sie sich zu Claudia, die sich tief über das Auftragsbuch beugte.

»Wie hast du das denn die letzten Tage gemacht?«, fragte sie schließlich nach einem langen Moment des Schweigens und zeigte auf das Buch.

Lina lachte. »Ich bin früh gekommen und spät gegangen.«

»Wow. Ich glaube, du solltest deine Chefin mal um eine Gehaltserhöhung bitten.« Claudia lächelte voll Anerkennung.

»Ich werde es mir merken.« Lina grinste. Das weitere Kompliment verfehlte nicht seine Wirkung. Besonders, dass Claudia ihr vermittelte, die Zeit ohne sie gut gemeistert zu haben, tat ihr gut. Irgendwann würde sie vielleicht doch einen eigenen Laden haben, dann konnte sie jede Fähigkeit und Fertigkeit, die sie jetzt mit all der Verantwortung erworben hatte, gut gebrauchen.

Die beiden Frauen begannen, über die Aufträge der kommenden Woche zu sprechen. Herr Rainer kam außertourlich vorbei, um für seine Frau zum Geburtstag ein Trockenblumengesteck zu kaufen. »Das kommt auf den Esstisch. Ach, wie schön. Es macht mich immer so traurig, wenn die Blumen verblühen. Mit diesem Gesteck hier wird mir das nicht passieren«, meinte er und nahm das in das neue, farblich zu den Trockenblumen passende lila Papier eingeschlagene Gesteck entgegen. Lina hatte ihre Zeit als Vertretung der Chefin genutzt und schon aus Protest auf die ewige Plastikfolie verzichtet.

Stattdessen hatte sie eine kleine Menge Papierrollen bestellt, um die Blumen zu verpacken. Claudia schien nichts dagegen zu haben – oder sie hatte noch gar nicht gemerkt, dass Lina zu der umweltfreundlichen Alternative gegriffen hatte.

Nachdem er den Laden verlassen hatte, orderte Claudia noch ein paar weiße Schleifen, die zu den Grabgestecken passen würden, exakt das Cremeweiß, das auch die Farbe der Gerbera war.

Dann warf sie achtlos den Kugelschreiber auf das Auftragsbuch.

»So! Das hätten wir«, sagte sie das Offensichtliche. Lina nickte und ging hinüber zu den Frischblumen. Sie würde die Rosen neu anschneiden und frisches Wasser in die Eimer geben.

»Was hast du denn morgen vor?«, fragte Claudia, die die Efeuranken über dem Tresen neu arrangierte, aus heiterem Himmel. Lina nahm sich gerade ein kleines Messer und die Gartenschere, die Mattis ihr letztes Jahr geschenkt hatte, von ihrem Tisch, um sich an die Arbeit zu machen. Verdammt, er steckte wirklich in viel zu vielen Details ihres Lebens.

Immerhin war der Lenkdrachen kein Alltagsgegenstand. Trotzdem hing er in Linas Zimmer, über einer Ecke ihres Kleiderschranks und erhellte mit seinen bunten Farben ihr Schlafzimmer. Sie hatte ihn längst abnehmen wollen, aber er hing noch immer, weil Lina es am Ende doch nicht fertiggebracht hatte, schon ganz mit Mattis abzuschließen.

»Keine Ahnung. Ich bin im Moment sehr frei.« Spürte sie da einen kleinen Stich? Schließlich war sie so oft am Wochenende mit Mattis draußen auf dem Meer gewesen. Wie würde sie das Segeln vermissen! Wie oft würde sie, wenn sie die Schere verwendete, an ihn denken?

»Ja?« Claudias kurze Frage klang voll ehrlichem Interesse. Sie hatte nichts von den Ereignissen mitgekriegt.

»Das dauert länger, bis ich dir das erzählt habe. Ich weiß gar nicht, ob ich es überhaupt schon erzählen will«, gab Lina zu. Sie griff sich eine herrliche, fast orange Rose aus dem Eimer. Ja, sie brauchte wirklich unten, am Ansatz des Stiels, einen neuen Anschnitt.

»Sehr gut. Wie wäre es, wenn wir morgen raus zum Strandflieder fahren? Der sollte noch blühen, oder? Wir könnten spazieren gehen und dann noch irgendwo eine Kleinigkeit essen? Vielleicht beim FKK-Strand? Die haben diesen leckeren Milchreis«, schlug Claudia vor.

Lina war überrascht. Sie und Claudia mochten einander ohne Frage, aber einen Sonntag hatten sie noch nie miteinander verbracht. Aber warum eigentlich nicht? Sie hatte nichts Besseres vor, und schließlich hatte Mattis, mit dem sie auch die Erinnerung an lange Spaziergänge in Richtung Wrack teilte, den Nationalpark nicht gepachtet, dachte Lina trotzig.

»Ich bin dabei.« Schon aus Protest und um sich selbst zu zeigen, dass es auch ohne Mattis schön in den Dünen war, wollte sie das alte, rostige Schiffsgerippe mit Claudia besuchen.

»Super. Der Milchreis geht dann auch auf mich, quasi als erster Schritt zur Lohnerhöhung.« Claudia grinste breit.

»Gerade jetzt, wo für Montag dieser Sturm vorhergesagt wurde, sollten wir das Wetter noch ausnutzen«, fügte sie hinzu, ihren Kopf schon wieder über das Auftragsbuch gebeugt.

»Ein Sturm?«

»Ja, hast du das gar nicht mitbekommen?«

Lina schüttelte den Kopf. Die letzten Tage hatte sie außer das Innere der *Blühenden Phantasie* wenig gesehen oder gehört.

»Angeblich gibt es Wind.« Die trockene Aussage von Claudia war von Sarkasmus durchtränkt. Wenn die Insel eines kannte, dann schließlich Wind in allen möglichen Windgeschwindigkeiten. »Auf jeden Fall ist das Wetter wohl morgen noch prima, aber danach unterirdisch.«

»Na, umso besser, dass wir rauskommen. Dann kannst du mir auch alles über Ruth erzählen.« Lina platzte schließlich fast vor Neugier, was Claudias Liebesleben anging. Sie strahlte förmlich von innen – da musste es einfach gute Neuigkeiten geben, und Lina hatte nichts dagegen, mal wieder positive Nachrichten zu hören. Schließlich verdiente ihre Chefin ihr großes Glück.

Claudia lieferte ihr die Antwort gewissermaßen sofort. Ihr Gesicht leuchtete förmlich auf, als Lina den Namen Ruth auch nur erwähnte. »Das mach ich nur zu gern.«

Lina griff nach der nächsten Rose und roch daran. Sie schloss die Augen. Der Duft von Rosen kam ihr immer vor wie ein ganz eigenes Universum, so einzigartig war er.

»Schön, ich bin schon richtig gespannt«, meinte Lina und öffnete ihre Augen wieder, da die Ladenglocke ertönte.

Eine Frau betrat den Raum, und Lina erkannte in ihr die Frau aus der Salzwassergrotte im Badehaus. Schnell steckte sie die Rose zurück in den Eimer und richtete sich auf. Diese Kundin wollte sie nur zu gern bestens bedienen.

Kapitel 18

Sie waren den direkten Weg am Leuchtturm vorbei zum letzten Parkplatz am Nationalpark geradelt. Claudia hatte eine Mütze auf, unter der sich ihre langen Haare verbargen, und Lina verfluchte ihr Stirnband. Sicher sah sie wieder aus wie ein alter Pinsel mit wirr abstehenden Borsten.

Die Sonne strahlte vom Himmel, aber die stramme Brise sorgte dafür, dass es nicht zu heiß war, im Gegenteil, Lina empfand ihre Windjacke als durchaus angenehm, während sie mit Claudia die ersten Schritte in Richtung Wrack ging.

»Laufen wir bis zur *Möwendüne*?«, fragte Lina. Dort war sie gern. Bei der alten Bake hatte man einen guten Überblick über die Gegend.

Claudia nickte. »Gern.«

Die zwei Frauen liefen einträchtig nebeneinander her. Längst hatten sie die Schuhe ausgezogen. Der Sand unter den Füßen fühlte sich herrlich weich an und massierte die Fußsohlen. Ab und an sprangen sie über kleine Gräben. In der Ferne leuchtete der Strandflieder noch immer blau. Sicher würde es nicht mehr lange dauern, bis er verblühte und dann auch der Herbst Einzug hielt. Jetzt allerdings verpasste das Blau der wunderschönen Dünenlandschaft genau den richtigen Farbtupfer, der sie zu einem perfekten Bild machte, kombiniert mit dem saftigen Grün und dem hellen Sand war die Szenerie geradezu ein Fest für die Augen.

Auf dem Weg hierher hatten die beiden schon ein wenig geplaudert, und Lina, die einen schönen Tag haben wollte, hatte nur kurz die ganze Bent-und-Mattis-Situation angeschnitten. Dabei hatte sie deutlich gemacht, dass sie nicht weiter über die Männer sprechen wollte. Claudia wäre nicht Claudia gewesen, wenn sie das nicht akzeptiert und abgenickt hätte, ohne lästig nachzuhaken und Lina damit auf die Nerven zu gehen.

Lina nahm sich ein Beispiel an ihr und wartete einfach darauf, dass Claudia von alleine anfangen würde zu reden, was sie schließlich auch machte. »Der Urlaub hat mir richtig gutgetan, weißt du. Der Bodensee ist wirklich reizvoll. Wir waren sogar in der *Rappenlochklamm*.«

Lina hatte noch nie von dieser Schlucht gehört, nickte aber.

»Das ist eine Landschaft, sag ich dir! Diese Felswände und dazwischen das laute Rauschen von dem Bach – da wird einem richtig klar, wie klein man eigentlich ist. Ruth hatte da wirklich den perfekten Weg ausgesucht. Wir haben dann noch an einem See gepicknickt, diese Aussicht von oben – da kann sich die *Möwendüne* verstecken!« Claudia geriet ins Schwärmen, erzählte vom Bodensee, von der Insel Mainau und den Wandermöglichkeiten.

»Du hast gesagt: ›Wir‹?«

»Na, da hast du genau aufgepasst.« Claudia lachte. Es klang frei und glockenhell. Sie nahm Anlauf und sprang mühelos – wie beflügelt – über einen weiteren kleinen Graben. Ein paar einzelne Kaulquappen schwammen in dem stehenden

Gewässer herum. Komisch, dachte Lina, ich habe die dazugehörigen Frösche – oder waren es Kröten? – noch nie gesehen, obwohl es sie selbstredend geben musste.

»Ich bin natürlich gleich nach meiner Ankunft am Bodensee zu Ruth gefahren und hab todesmutig bei ihr geklingelt. Allerdings war ich sehr nervös, fürchte ich.« Sie sah Jahre jünger aus, während sie erzählte und sich an das Wiedersehen erinnerte. »Sie hat die Tür aufgemacht, und ich hab was von Urlaub gestammelt und dass ich den Bodensee kennenlernen will, ob sie denn einen Tag Zeit hätte und so weiter. Meine Güte! Man macht es sich manchmal echt selbst schwer, oder?«

Claudia und Lina gingen weiter, nachdem auch Lina die Wasserstelle überquert hatte. »Ruth sieht mich also und starrt mich erst mal an wie eine Fata Morgana, während ich dummes Zeug plappere. Wenn man verliebt ist, stellt man sich manchmal echt ungeschickt an.« Claudia lachte und schüttelte den Kopf, als könnte sie selbst nicht glauben, wie verrückt ihr Benehmen gewesen war. »Ich steh da also, hochroter Kopf, und stottere vor mich hin. Aber weißt du, was Ruth gemacht hat?« Claudia wartete nicht auf eine Antwort von Lina. »Sie hat mich einfach zu sich gezogen und geküsst. Ganz selbstverständlich, als wären wir miteinander verabredet und hätten uns erst am Tag zuvor getroffen. Genau so hat es sich dann auch angefühlt, als hätten wir uns nämlich gerade erst geküsst. Es war einfach perfekt.«

Lina lächelte. Sie freute sich aus ganzem Herzen für Claudia. Doch zugleich kam sie sich schrecklich alleine vor. Ein Ziehen in ihrer Brust, der Gedanke an Bent und auch an Mattis, komischerweise besonders an Mattis, tauchte auf. Ihr bester Freund, von wegen! Trotzdem spürte sie eine unerklärliche

Sehnsucht in sich. Ein Teil von ihr war heimatlos geworden, weil Mattis weg war. Sie hatten sich in ihrem ganzen Leben noch nicht länger als ein paar Tage nicht gesehen oder gehört. Selbst damals, als Lina Windpocken hatte mit dreizehn, war sie nachts zu Mattis geradelt, hatte ihm die Windpocken mitgebracht, und sie hatten einen Abend heimlich in seinem Kinderzimmer Karten gespielt, weil sie es nicht aushielten ohne einander.

»Danach hat Ruth mich in ihre Wohnung gezogen und …« Claudia ließ den Satz in der Luft hängen, schaute dazu aber so verlegen drein, dass Lina ganz genau wusste, wie er weiterging. Wie schön für ihre Freundin!

In einträchtigem Schweigen liefen die beiden Frauen ein kleines Stück weiter. Ein Kaninchen hoppelte erschrocken in seinen Bau, sowie es die beiden Spaziergängerinnen erblickte. Es gab unzählige der Hoppler in den Dünen der Insel, so viele, dass sie längst auch die Wohngebiete der Stadt eroberten und überall ihre Bauten gruben. Selbst die Blumengestecke auf dem Friedhof waren nicht vor ihnen sicher, die Fressschäden durch die Karnickel betrafen die ganze Insel, ausnahmslos. Immer wieder wurde mit den unterschiedlichsten Methoden versucht, die Kaninchen zu bekämpfen – mit wenig Erfolg. Normalerweise kamen die Graufelle allerdings eher in der Dämmerung aus ihren Löchern. Die Tiere am Vormittag zu sehen war eher eine Ausnahme als die Regel.

Linas Gedanken wanderten, inspiriert von Claudias Liebesgeschichte, zu ihrem ersten Abend mit Bent in dessen Wohnung. *This is only temporary*, sie dachte an das Tattoo auf seinem Oberarm. Wie ironisch ihr die Worte im Nachhinein vorkamen. Ja, alles galt nur für eine bestimmte Zeit.

Lina hoffte für Claudia, dass es der Freundin anders ergehen würde als ihr selbst und ihre Liebe eben nicht nur von kurzer Dauer wäre, wie ihr eigenes, schmerzhaftes Intermezzo mit Bent es gewesen war.

Als sie die Bake erreichten, erklommen sie die kleine Düne und setzten sich. Hier hinten in den Sandhügeln waren so wenig Menschen wie sonst nirgends auf der Insel. Rechts von ihnen leuchtete blau der Strandflieder, links dominierte das Dunkelblau des Meeres und der weiße Sand das Bild. Dazwischen waren immer wieder Flecken, an denen das saftige Dünengras sich im Wind bewegte.

Die beiden Frauen hatten eine ganze Weile harmonisch miteinander geschwiegen, bis sich Claudia räusperte.

»Ich muss dir noch etwas anderes sagen.« Claudia stockte kurz. Dann sprach sie weiter. »Weißt du, warum ich Mattis nicht mag? Oder mochte?«, korrigierte sie ihre eigene Frage. Sie schaute erwartungsvoll zu Lina herüber, die den Kopf schüttelte. Lina hatte in den Sand vor sich gegriffen und ließ die Körner zwischen ihren Fingern hindurchrieseln. Sie mochte das Gefühl, das der Sand dabei erzeugte, die Wärme der Sonne, die in den feinen Körnchen gespeichert war.

Leise lachte Claudia. »Du bist wirklich sehr blind.«

Linas Verstand arbeitete auf Hochtouren. Sie runzelte die Stirn. »Warum? Wie meinst du das?«

»Meine Güte!«, rief Claudia aus und hob die Hände gen Himmel in einer verzweifelten, theatralischen Geste. »Ich war in dich verliebt. Sehr verliebt, um genau zu sein, jahrelang. Und es musste erst Ruth in mein Leben treten, damit ich endlich mit dir abschließen konnte.«

Lina blieb der Mund offen stehen. Sie starrte Claudia an

und konnte tatsächlich nicht glauben, was sie da hörte – oder doch. So viele Situationen mit Mattis und Claudia ergaben plötzlich einen Sinn. Situationen, in denen ihre Chefin zickig reagiert oder Mattis angeschwiegen hatte, wenn er Lina kurz im Geschäft besucht hatte, und wenn es nur für Augenblicke war.

»Du? In mich?«, fragte sie dennoch, das Gehörte noch immer verarbeitend. Lina wusste wirklich nichts Vernünftigeres zu sagen.

»Ja. Ich in dich. Meine Güte. Wie blind bist du eigentlich?« Claudias Worte hätten harsch klingen können, wäre da nicht das Lächeln gewesen, das ihre Züge noch immer umspielte. »Ich hab so oft versucht, dir Signale zu senden. Erinnerst du dich an den Valentinstag, an dem ich dir die Rose geschenkt habe? Oder an die Geburtstagskarte? Selbst an deinem letzten Geburtstag war ich noch nicht ganz über dich hinweg.«

Lina dachte an die Karte, die die Schrift »Schön, dass es dich gibt« geziert hatte, die beiden verbundenen Hände, die darauf abgebildet gewesen waren. Für sie war das ganz freundschaftlich gewesen, eben ein wenig mehr als ein Arbeitsverhältnis. Die Karte hatte ihren Platz neben der Karte vom letzten Jahr gefunden, auf der ein Herz aus Tulpen abgebildet gewesen war.

Lina erinnerte sich an das herzliche Geschenk, das Claudia ihr erst am Valentinstag übergeben hatte. Es waren Pralinen gewesen, von ihr selbst liebevoll zubereitet und einzeln in kleine Papierförmchen verpackt.

All die Puzzleteile fügten sich zu einem Bild zusammen.

»Oh, Claudia, es tut mir so leid«, entfuhr es Lina. Von Liebeskummer konnte sie schließlich ein Lied singen.

Aber ihre Chefin schüttelte vehement den Kopf. »Das muss es nicht. Du kannst nichts dafür. Außerdem habe ich jetzt meine Ruth. Und du stehst eben auf Typen wie Mattis.« Claudia zuckte mit den Schultern. Sie riss einen Grashalm aus und begann, ihn sich um den Zeigefinger zu wickeln.

Etwas in Lina bäumte sich auf. »Ich steh überhaupt nicht auf Typen wie Mattis, wie du es so schön formulierst. Niemand hat mich je so enttäuscht wie er. Typen wie Mattis, ha! Dass ich nicht lache«, platzte es aus Lina heraus.

Claudia sagte gar nichts, wartete. Es war eine Aufforderung für Lina weiterzusprechen.

»Er hat mich voll ins Messer laufen lassen mit Bent. Stell dir das mal vor! Und Bent hat mich mit Ines betrogen, beziehungsweise Ines mit mir …«

»Stopp! Warte. Ich versteh überhaupt nicht, was du gerade versuchst, mir zu sagen«, unterbrach Claudia Linas Redeschwall. »Hol erst mal Luft.«

Lina tat genau das. Dann begann sie, Claudia alles haargenau zu erklären.

»Und du meinst, Mattis wollte dich verletzen, indem er mit dir tanzen gegangen ist?«, fragte Claudia schlussendlich nach.

»Das weiß ich nicht.« Die Frage laut ausgesprochen zu hören ließ sie absurd klingen, das musste Lina zugeben. »Ich glaube eigentlich nicht. Eher hat er gar nicht mehr an mich gedacht, vor lauter Susanne.«

»Wer ist denn Susanne?«

»Seine Freundin. Die erste Frau, die an ihn so richtig rankommt.« Lina konnte die Bitternis schier auf der Zunge schmecken, die ihre Worte begleitete.

»Ach komm! Mattis und Freundin. So ein Blödsinn. Er könnte in hundert Jahren keine Freundin haben.« Claudia lächelte amüsiert und zupfte noch einen Grashalm aus.

»Doch! Deshalb hat er ja den Tanzkurs für uns organisiert. Sie tanzt wohl gern, und er wollte sie beeindrucken. Tja, keine Ahnung, wem er jetzt beim Üben auf die Füße tritt.« Der Wind hatte aufgefrischt und zerrte an Linas Haaren. Sie würde nachher wieder aussehen wie ein Wischmopp. Aber es war ihr völlig egal, sie realisierte nur am Rande, dass der Wind schon ein Level erreicht hatte, das sie beim Segeln ordentlich herausgefordert hätte.

»Hm. Armer Mattis.« Claudia riss dieses Mal ein ganzes Büschel Gras aus und warf es in die Luft. Die Halme wurden sofort vom starken Wind erfasst und davongetragen.

»Wie bitte?«

»Na, seit Jahren versucht er, dich zu erobern, und dann überhört er, dass Bent auch zum Tanzkurs geht und wird zum Buhmann. Ich finde, du bist da echt ein bisschen unfair.«

Lina konnte nicht fassen, was Claudia sich da als Wahrheit zurechtgezimmert hatte. »Das kann ja wohl nicht dein Ernst sein!«, stieß sie hervor. »Mattis hat mich total verletzt, und du nimmst ihn in Schutz!«

»Oh nein, das mach ich ja gar nicht. Aber schau mal. Er hat über Jahre versucht, an dich ranzukommen – immer ohne den Hauch einer Chance. Das sind für mich einfach nur Tatsachen.«

Lina spürte, wie sie in Aufruhr geriet. »Das stimmt einfach nicht, was du da sagst! Er hat nie auch nur den Hauch eines Flirts in meine Richtung unternommen. Ich meine, du warst schon dezent, doch er hat einfach *nichts* unternommen in diese Richtung.« Außer mit ihr zu schlafen. Das hatte er sehr wohl getan. Lina dachte an ihre gemeinsame Nacht, daran, dass er am Morgen einfach weg gewesen war. Lina schüttelte ihre Erinnerungen ab. »Du weißt gar nichts über Mattis!« Ihre Stimme war so laut geworden, sie schrie fast.

»Meine Güte, ist ja gut.« Claudia hob abwehrend ihre Hände. »Du musst ja nicht gleich explodieren.« Auch sie klang leicht gereizt.

Lina holte tief Luft, um ihre Verärgerung in den Griff zu bekommen. »Halten wir fest«, sprach Claudia indessen weiter, »dass Mattis ein Mistkerl ist, der so hinter dem Rock dieser Susanne her ist, dass er dich und all deine Belange, eure Freundschaft und all eure gemeinsamen Erlebnisse einfach vergessen hat, um Tanzen zu lernen. Er hat die Wochenenden beim Segeln vergessen und eure Mittagspausen, das Krabbenpulen und die Wanderungen. Außerdem hat er seine gesamte Kindheit aus seinem Gedächtnis getilgt. In Ordnung?« Lina überhörte die triefende Ironie in Claudias Worte. Ihre Wut war noch immer viel zu mächtig, als dass sie einen anderen Gedanken auch nur zulassen konnte.

Lina holte ein weiteres Mal tief Luft. Sie fühlte sich unwohl in ihrer Haut, ein wenig wie ein kleines Kind, stur und trotzig. Doch sie war einfach nicht bereit zurückzurudern, und noch weniger war sie bereit, Mattis zu verzeihen. Er hatte es in jedem Fall kräftig verbockt und war noch dazu nicht bereit gewesen, sich wenigstens zu verteidigen. Lina ließ den Rest Sand durch ihre Finger rieseln und verschränkte dann die Arme vor der Brust.

»Gut. Dann können wir das Thema abschließen und uns weiterhin mögen.« Claudia grinste, legte für einen kurzen

Moment den Arm um die Freundin und zog sie an sich. Lina fühlte sich tatsächlich gleich wieder wohler in ihrer Haut. Auch wenn sie noch eine ganze Weile darüber würde nachdenken müssen, dass Claudia tatsächlich in sie verliebt gewesen war und sie es nicht einmal gemerkt hatte.

»Ich bin nämlich noch nicht fertig mit dem Erzählen«, fuhr Claudia fort. »Wollen wir vielleicht langsam zurückgehen? Ich krieg Hunger.«

Lina dachte an den herrlichen Milchreis mit Beerengrütze, den es im *Strandpieper*, direkt hinter den Dünen des FKK-Strands, gab. Ihr Magen knurrte laut und deutlich.

»Dann mal los«, sagte Lina und stand auf.

Claudia erhob sich ebenfalls. Entspannt schlenderten sie zurück zu ihren Rädern. Ihre Chefin hatte im Urlaub etwas über eine neue Tulpensorte gelesen, die knalllila sein sollte. Nun erzählte sie begeistert von der Blume. Sie hatten schon immer gern über die neusten Züchtungen gefachsimpelt und genossen beide das Gespräch über die Neuentwicklungen auf dem Markt.

Das Lokal war wie immer bei schönem Wetter sehr gut besucht. Besonders seit es renoviert worden war und sich das Selbstbedienungslokal *Oase* in das noble *Strandpieper* verwandelt hatte, blieb die Kundschaft nicht aus. Die klassische Einrichtung aus hellem Holz und dunklen Möbeln, die weißen riesigen Sonnenschirme und die gehobenen kulinarischen Angebote vereinten sich zu einem gastronomischen Erlebnis, das Urlauber wie Einheimische gleichermaßen schätzten.

Als die zwei Frauen ankamen, war tatsächlich der weiße Strandkorb, der auch als Sitzgelegenheit diente, frei. Sie mussten sich nicht absprechen. Es war sofort klar, dass sie das besondere Flair des Korbes genießen wollten. Sofort ließen sie sich nebeneinander in dem Sitzmöbel nieder. Sie bestellten den Milchreis mit Beerengrütze, dazu entschied sich Lina für einen Latte Macchiato und Claudia für einen typischen Friesentee.

»Schön ist es ja schon hier auf Norderney, halt ganz anders«, erklärte Claudia seufzend und streckte ihre Beine auf dem Fußteil des Strandkorbs aus.

»Was meinst du damit? Anders?«, fragte Lina nach.

Langsam richtete sich Claudia auf. »Ich meine damit, dass ich die Insel verlasse.« Sie sagte es frei heraus, ohne ein Zittern in der Stimme, ganz sicher und fest.

»Wie bitte?« Lina erschrak so, dass der Schaum ihres Kaffees über den Glasrand schwappte und auf ihrer Hose Milchflecken entstanden, die sie mit einer fahrigen Geste wegwischte. »Was meinst du damit?«, wiederholte sie.

»Na, dass ich die *Blühende Phantasie* schließe und zu Ruth ziehe.« Claudia wirkte sehr zufrieden. Sie klang sehr sicher, so, als stünde das alles ohne jeden Zweifel fest.

Wie konnte sie nur? Ihre Arbeit war Linas Leidenschaft. Sie lebte für ihren Beruf, vor allem jetzt, da ihr Liebesleben eine absolute Katastrophe war.

»Aber dann bin ich arbeitslos. Hast du daran keinen einzigen Gedanken verschwendet?«

Lina schaute Claudia dabei zu, wie sie genussvoll einen Löffel Milchreis zum Mund führte, den der Kellner gebracht und unauffällig neben ihnen abgestellt hatte, und dabei den

Kopf schüttelte. »Aber nein. Du bist natürlich nicht arbeitslos.«

»Nein?«

Claudia verdrehte die Augen. »Du bist wirklich unfassbar schwer von Begriff, was?«

Lina verstand noch immer nichts.

»Natürlich übernimmst du den Laden.« Claudia pustete auf den heißen Reis, danach steckte sie sich einen weiteren Löffel der Süßspeise in den Mund. »Schmeckt köstlich«, kommentierte sie das Geschmackserlebnis, als hätte sie nicht Sekunden vorher eine wahre Informationsbombe auf Lina geworfen, die noch immer nicht fassen konnte, was sie da hörte. Sie sollte die *Blühende Phantasie* übernehmen? Lina dachte an die vergangenen Tage, wie anspruchsvoll sie die Aufgabe empfunden hatte, wie stark sie gefordert gewesen war, vor allem wie erschöpft sie sich schon nach den Tagen ohne Claudia gefühlt hatte. Und dabei war sie nur vertretungsweise am Ruder gewesen.

»Ich bin nicht sicher, dass ich das schaffe«, sagte sie deshalb auch ehrlich.

»Warum? Ist doch prima gelaufen.« Claudia schien ihre Bedenken so gar nicht zu teilen.

»Schon, aber ...« Lina wollte alles Mögliche einwenden, das ihr durch den Kopf schoss.

»Kein Aber. Allein die Gestecke im Schaufenster! Lina, die Idee ist sensationell. Da hätte ich auch selber draufkommen können.« Claudia stellte ihren Teller auf das kleine Tischchen an der Seite des Strandkorbs und wandte sich Lina zu. »Bin ich aber nicht, und genau das ist der Punkt! Du hast doch immer so kreative Ideen. Du könntest dem Laden ein ganz neues Gesicht verleihen. Du bist dafür geschaffen, so ein Geschäft zu leiten, und ich weiß auch, dass das dein großer Traum ist. Ich kenne dich nämlich besser, als du denkst, meine Liebe!«

Das stimmte natürlich. Es war ihr Traum, zweifelsohne. Doch wer sollte die Kuchen backen? Wo könnte sie Platz für ein paar kleine Tische schaffen? Und welche Pflanzen sollten dafür weichen?

Ihre Gedanken überschlugen sich. In ihrer Fantasie war der Laden schon umgebaut, alte, selbst gestrichene Stühle und Tische, Kaffeeduft, Törtchen und vielleicht Sanddornkekse …

Aber halt! Erst einmal musste sie sich die Realität vor Augen halten und damit die Tatsache, dass ihr ganzes Leben dann das Geschäft wäre. Für eine Person war es kaum möglich, einen solchen Arbeitsaufwand zu stemmen, also würde sie Personal brauchen, einen Geschäftsplan, jemand, der sich um den Papierkram kümmerte vielleicht auch. Sie wusste gar nicht, welche Arbeiten Claudia noch hinter den Kulissen leistete.

Lina schaute auf ihren Milchreis. Der Appetit war ihr vergangen. Vielleicht wäre es besser, jemand anders übernahm den Laden und sie konnte weiter als Angestellte arbeiten?

»Lina, du bist geradezu prädestiniert, um das Geschäft zu übernehmen.« Es war, als hätte Claudia ihre Bedenken erraten.

»Kann Ruth nicht einfach herziehen?«, fragte Lina zaghaft.

»Hast du vergessen, dass sie Bergführerin ist?« Claudia zog eine Augenbraue hoch. Natürlich! Sie hatten darüber gesprochen. Lina erinnerte sich. »Außerdem habe ich einen total süßen Laden direkt in Lindau entdeckt. Dort unten ist das reinste Blumen-Mekka, schon wegen der Insel Mainau. Außerdem – um ehrlich zu sein, habe ich das Inselleben ziemlich satt. Selbst nach all den Jahren habe ich hier nie richtig Fuß gefasst und mich wie eine waschechte Insulanerin gefühlt. Da kann ich es noch so hassen, Strandkörbe mit Efeu zu dekorieren. Das reicht nicht, um dazuzugehören. Ich habe es versucht, weißt du. Aber es ist immer beim Versuch geblieben.« Claudia lächelte, doch es sah nicht besonders fröhlich, sondern eher wehmütig aus. Ihren Argumenten hatte Lina nichts entgegenzusetzen. Sie verstand Claudia. Schließlich kannte sie die Verschrobenheit der Insulaner und die Vorbehalte, die manche der älteren Generation Fremden gegenüber zuweilen hegten.

»Das tut mir so leid«, erwiderte Lina voller Empathie.

»Muss es nicht. Du hast mir nie dieses Gefühl gegeben. Aber nun, wo ich Ruth habe, weiß ich, wie es sich anfühlt, angekommen zu sein … Sie ist mein Zuhause, weißt du?«

Lina verstand Claudia sehr gut. Sie konnte sich schließlich nicht im Entferntesten vorstellen, das Eiland zu verlassen, so sehr war es ihre Heimat. Komischerweise tauchte beim Begriff eines Zuhauses allerdings nicht ihr Zimmer in der elterlichen Wohnung auf oder das Blumengeschäft. Nein. Zu Hause – da dachte sie an Mattis' Segelboot und seine Hand, die ihr Sonnencreme auf dem Rücken verteilte, weil sie mal wieder unvernünftig gewesen war. Das war zu Hause. Schnell schob sie wieder den Gedanken an die Zukunft der *Blühenden Phantasie* vor das Bild, das sich vor ihrem inneren Auge aufgebaut hatte und das sie ohnehin nicht sehen wollte. Lina konzentrierte sich auf das, was Claudia sagte.

»Alles, was mich auf Norderney gehalten hat, ist mein Blumenladen – und du. Und wenn ich wüsste, dass du ihn übernehmen würdest, könnte ich meine Sachen packen, ohne schlechtes Gewissen und auch ohne einen wehmütigen Blick zurück. Ich meine, ich kann immer noch in den Urlaub hierherfahren – mit Ruth. Drum bitte ich dich: Überleg dir wenigstens, die neue Inhaberin zu werden, hm? Denk doch nur an die Rainers oder Frau Hauser. Niemand auf der Insel kennt unsere Stammkunden und wird sie so gut betreuen wie wir.« Der flehende Blick, den Claudia Lina zuwarf, war so intensiv, dass Lina gar nicht anders konnte, als zu nicken. Und natürlich traf sie damit einen Nerv bei Lina.

Herr Rainer kam nicht nur wegen seiner wöchentlichen Blume in den Laden – und Lina wusste das. Er schaute auch wegen des Klönschnacks vorbei, weil der Besuch im Blumengeschäft irgendwie seine Woche strukturierte und weil er Lina und Claudia schlicht mochte. Er wäre ein gutes Stück einsamer ohne die *Blühende Phantasie*, und ob jemand anders Frau Hauser so gut verstünde mit ihren Schrullen und ihrem neuen Goldhamster namens Marie-Antoinette – das war durchaus fraglich.

Lina fluchte innerlich.

Es war schon ziemlich verrückt. Da träumte sie seit Jahren von einem eigenen Geschäft und plötzlich, als ihr die Chance auf einem Silbertablett serviert wurde, merkte sie, dass es gar nicht so einfach war, wenn Träume Wirklichkeit wurden und sich mit all ihren Herausforderungen präsentierten.

Unwillkürlich griff Lina doch nach dem Teller mit dem nach Vanille duftenden Milchreis. Mittlerweile war er kalt geworden, aber das machte nichts. Sie nahm einen großen Bissen, kaute und schluckte mechanisch.

»Ich muss es mir durch den Kopf gehen lassen«, ließ Lina Claudia in mürrischem Ton wissen.

Warum nur war der Blick ihrer Chefin gar so zufrieden, während sie den letzten Rest der Beerengrütze von ihrem Teller kratzte?

Kapitel 19

GESCHLOSSEN

Lina hatte das Schild im Laden noch nicht umgedreht. Es war kaum ein Durchkommen gewesen. Auf der Insel war man Wind gewohnt, aber heute auf ein Fahrrad zu steigen wäre verantwortungslos gewesen. Unberechenbare Böen fegten regelrecht über die Insel und hätten jeden Radfahrer schlicht von seinem Drahtesel geweht, der es riskiert hätte, aufs Rad zu steigen. Allerdings war Lina den Wind gewohnt, und am Morgen hatte es noch so ausgesehen, als ob sie durchaus hätte aufsperren können. Ein mittlerer Sturm hielt auf der Insel niemanden davon ab, einkaufen zu gehen – jedenfalls keinen der Insulaner, die durchaus mit einer mächtigen Brise umgehen konnten.

Der Sturm hatte jedoch ein solches Ausmaß angenommen, dass die Leute zu Hause blieben, wenn es irgendwie ging. Es war einer der Stürme, bei denen von überallher winzige Sandkörner durch die Luft geschleudert wurden und die sich, wenn sie auf die Haut trafen, wie schmerzhafte Nadelstiche anfühlten. Alles, was nicht niet- und nagelfest war, wurde mit dem Wind davongerissen. Mit Sicherheit würden auch einige Fahnen von ihren Masten gezerrt werden und übers Meer davongetragen.

Abgesehen vom Sturm, der um die Häuser brauste, war es im Laden ruhig. Die *Blühende Phantasie* schien einfach abzuwarten, bis sich der Wind wieder legen würde. Für heute war die Lieferung abgesagt, es war sinnlos zu versuchen, vom Festland herüberzukommen. Ein Glück. Viele der frischen Schnittblumen hätte sie ohnehin wegwerfen müssen, wenn die Kundschaft ausblieb.

Claudia war zu Hause geblieben, nachdem Lina ihr eine Nachricht geschickt und sie vor den Böen gewarnt hatte. Das kam Lina gerade recht.

Sie hatte sich einen Plastikeimer genommen, ihn umgedreht und sich in der Mitte des Geschäfts daraufgesetzt. Grübelnd saß sie auf dem unbequemen, improvisierten Sitzmöbel und schaute sich um, ließ den Laden auf sich wirken, als sähe sie ihn zum ersten Mal: ihr alter Holztisch, der Tresen, die alten Metallwannen, farbenfroh bepflanzt, die neu eingetroffenen Amaryllis, die eigentlich erst im Oktober blühen sollten und deshalb jetzt im Sommer eine wahre Sensation waren, ein paar Orchideen standen auch noch auf einem kleinen Tisch. Den Großteil der Phalaenopsis hatten sie zwischenzeitlich verkauft, die wenigen noch vorhandenen Pflanzen waren der verbliebene Rest. Efeuranken hingen in den Ecken des Geschäfts von der Decke, genauso wie über dem Tresen, was dem Verkaufsraum noch mehr Gemütlichkeit verlieh. Glänzende Gießkannen, die neuen Trockengestecke, die Schnittblumen an der linken Seite, der ganze Laden schien überzugehen vor lauter Farben, Düften und kleinen, sorgfältig ausgewählten

Gegenständen wie den alten Metallwannen, die sie kürzlich erst bepflanzt hatte.

Lina schloss die Augen und atmete den Duft ein, versuchte, einzelne Komponenten zu erkennen. Lavendel, Rosen, Lilien, ein Hauch Zitrus – woher stammte der? Lina überlegte, wollte aber nicht recht darauf kommen.

Ein lautes Pochen an der Vordertür ließ sie ihre Augen unvermittelt aufreißen. Erst erkannte sie die Person nicht, die da mit der Faust gegen die Tür schlug, weil sie in einen gelben Regenmantel gehüllt war, die Kapuze tief ins Gesicht gezogen. Doch kaum, dass Lina aufgestanden und nach vorn gegangen war, erkannte sie Ines. Schnell sperrte sie auf. Es schien sich zu einem Ritual zu entwickeln, dass Ines Lina im Laden besuchte, dachte sie bei sich.

»Komm rein, beeil dich!« Das ließ Ines sich nicht zweimal sagen und schlüpfte herein. Ein harter Windstoß traf Linas Gesicht, und schnell warf sie die Tür wieder zu. »Puh! Was hast du denn für ein Wetter mitgebracht?«

»Ich? Von wegen!« Ines warf die Kapuze zurück. Sie grinste. »Ich mag das ja, wenn die Insel tobt. Da lernen die Touris unser Norderney mal richtig kennen«, sagte Ines lachend.

»Magst du einen Kaffee?«, bot Lina an. »Zum Aufwärmen?«

»Gern, wenn du einen hast.«

Ines folgte Lina einfach in die kleine Angestelltenkammer, wo die Kaffeemaschine stand. »Geht es dir gut?«, fragte sie frei heraus.

»Ja, warum?«

»Na, ich hab dich da sitzen sehen und dachte, es ist ein

seltsamer Ort für Meditation, da zwischen deinen ganzen Pflanzen.« Ines nahm ihren Kaffee dankbar nickend entgegen. »Oder hast du noch Liebeskummer?«

»Pft, von wegen!«, wies Lina Ines' Vermutung weit von sich. »Ich hab ganz andere Sorgen grade.«

»Und die wären?«

Ines' direkte Art war genau die Einladung, die Lina brauchte, um sich zu öffnen. »Ich hab die Möglichkeit, den Laden zu übernehmen. Und eigentlich ist das schon immer mein Traum. Ich hab tausend Ideen, weißt du?«

»Klingt super.« Ines stellte ihre Tasse auf dem kleinen Tisch ab und zog ihren Regenmantel aus.

»Ja, schon«, gab Lina zu. »Ich spare mein Leben lang jeden Cent, um irgendwann ein eigenes Geschäft zu haben. Außerdem hab ich damals, als Oma Emma gestorben ist, auch ein wenig geerbt. Aber wenn ich ehrlich bin, spüre ich jetzt, wo es plötzlich ernst wird, einen Heidenrespekt vor der Aufgabe. Allein die ganze Buchhaltung – ich war noch nie ein Papiertiger. Und dann hätte ich so gern ein kleines Café mit dabei. Ich sitze selbst so gern hier im Laden, das geht doch sicher mehr Leuten so, habe ich mir überlegt. Doch plötzlich ist mir eingefallen, dass Kuchenbacken nicht unbedingt zu meinen Stärken zählt und …«

»Moooment.« Ines unterbrach Linas Wortschwall. »Du sagst, der Laden ist dein Lebenstraum, oder?«

Lina nickte.

»Na, dann wird sich der Rest finden.« Ines zuckte mit den Schultern, als wäre ein eigenes Geschäft wirklich nur ein kleiner Klacks.

»Aber …«

»Nein, es gibt kein Aber. Wie heißt es doch so schön, wo ein Wille ist, ist auch ein Weg. Erinnerst du dich daran, dass ich auf der Suche nach einem neuen Arbeitsplatz bin? Ich kann sehr gut backen, und möglicherweise wäre das genau die Herausforderung, die mir guttäte. Muffins, Petit Fours, Macarons, da könnte man doch wunderbare kleine Köstlichkeiten erschaffen. Endlich hätte ich wieder eine kreative Aufgabe!«

Lina musste grinsen. Genau diese Art Gebäck stellte sie sich vor. Kleine Köstlichkeiten, wie Ines es gerade formuliert hatte, farbenfroh, mit Kaffee in hübschen Porzellantassen serviert.

Plötzlich erschien ihr dank Ines der Berg gar nicht mehr so unüberwindbar hoch vor.

»Und für den Papierkram gibt es doch Steuerberater«, sprach die Freundin schon weiter. »Das ist alles kein Hexenwerk.«

Für Ines schien alles ganz einfach, was für Lina gerade noch furchtbar kompliziert gewirkt hatte.

»Vielleicht sollte ich es zumindest versuchen«, räumte sie schließlich ein.

Ines trank einen Schluck Kaffee. »Davon bin ich überzeugt.«

Wie zur Bestätigung pfiff in diesem Augenblick eine besonders starke Windböe um das Haus, Sekunden später ging das Licht aus, und der Raum versank in dämmrigem Schummer.

Der Wind presste Lina gegen die Hauswand, und der Regen, der jetzt in schweren Tropfen vom Himmel fiel, ließ alles noch düsterer wirken. Lina wollte nach Hause, das Wetter wurde immer schlechter. Wenn sie noch länger gewartet hätte, wäre zu Fuß sicher kein Durchkommen mehr gewesen. Und ohne Strom konnte sie im Laden ohnehin kaum etwas sehen.

Die ganze Insel lag in Düsternis vor ihr, wirkte beinahe feindlich. Lina war fürchterlich kalt. Eine weitere Böe erschwerte es ihr, das Gleichgewicht zu halten, rüttelte an ihrer durchnässten Hose und ließ sie frösteln. Ihre Finger waren so eisig und steif, dass jede Bewegung ihrer Hände schmerzte, obwohl sie sie tief in den Taschen ihrer Windjacke versenkt hatte. Sie drückte sich regelrecht gegen den Sturm, schob ihren Oberkörper nach vorn. Lina war Sturm gewohnt, allerdings hatte dieses Unwetter eine ganz eigene Kategorie. Sie hätte jetzt nicht auf dem Deich sein wollen. Das Tosen des Meeres war hinter dem sich immer weiter aufbäumenden Brausen des Windes nur zu erahnen, aber Lina wusste, wie sich das Meer gebärden würde, wie die weiße Gischt weit über den Deich spritzte und wie bedrohlich dieser Jahrhundertsturm im freien Gelände wäre. Eine erneute Böe ließ sie straucheln. Lina fluchte leise.

Nur noch um die Ecke, dann wäre sie da, endlich daheim! Hoffentlich schaffte es auch Ines gut nach Hause, sie würde ihr nachher gleich noch schreiben.

Lina schaute auf. Eine dick eingepackte Gestalt in einer blauen Daunenjacke kam ihr entgegen, den Schal um den Mund gewickelt, eine Mütze tief in die Stirn gezogen. Selbst in der Dämmerung erkannte sie Oliver sofort, der – vom Wind getrieben – auf sie zukam.

»Hast du es gehört?« Er grüßte Lina nicht einmal, schrie ihr einfach seine Frage entgegen, die ihr dumpf durch den Stoff seines Schals hindurch entgegenschallte.

»Was denn?«

»Wir haben einen Stromausfall.«

»Das seh ich selber, kleiner Bruder.«

Selbst im diffusen Licht sah Lina, dass Olli die Augen verdrehte. »Das mein ich nicht. Hast du es denn nicht gehört?« Wiederholte er seine Frage mit fast genau den gleichen Worten wie zuvor.

»Was denn? Mach es doch nicht so spannend!« Lina wollte nach Hause. Die Kälte kroch nun auch durch ihre Windjacke, und sie hatte langsam das Gefühl, sie in jedem Knochen zu spüren.

»Es hat einen Unfall gegeben, drüben beim Elektrizitätswerk.« Oliver schaute sie auf eine Art und Weise an, als würde das eine Reaktion von ihr fordern. Lina verstand nicht. Sie wartete.

»Elektrizität, Lina.« Sein besorgter Blick sorgte dafür, dass der Groschen fiel. Nein, er fiel nicht, er krachte schier zu Boden. Lina wusste, dass Mattis ab und zu im Stromwerk schon mal bei kleineren Dingen ausgeholfen hatte, wenn absolute Not am Mann war. Wenn heute keine Not am Mann war, bei dem Schietwetter – wann dann? Außerdem sprach Ollis Blick Bände.

»Mattis!« Linas Herz blieb stehen. Sie konnte nicht atmen. Sie konnte gar nichts mehr. Sie spürte nichts mehr. Da war keine Kälte, da war kein Wind, da war nichts mehr.

»Oh Gott, was ist passiert?«

»Ich weiß es nicht genau. Die alte Frau Dietrich hat mit

ihrem Handy angerufen, du weißt schon, diese Klatschtante, die mit Oma Emma befreundet gewesen ist?«

Lina konnte nur nicken.

Oliver sprach weiter. »Sie hat erzählt, es habe einen schweren Unfall gegeben, mehrere Krankenwagen, es ist sogar von einem Todesfall die Rede. Und sie wollte von mir erfahren, ob du etwas weißt, wo du doch mit Mattis so dicke bist.« Er sprach das Wort *dicke* so aus, dass Lina klar war, wie er es meinte. Es war ihr aber ganz egal, das Wort Todesfall hallte in ihr nach und verdrängte jeden anderen Gedanken aus ihrem Kopf.

»Ich wollte dir jetzt einfach nur sagen, dass etwas passiert ist, bevor du es von jemand anderem hörst. Ich hatte eh schon Angst, du hättest es im Blumenladen erfahren und …«

Lina unterbrach ihren Bruder. »Kommst du mit ins Krankenhaus?« Das stand außer Frage, sie musste dort hin. Sie musste einfach. Ihr Körper wollte losrennen, so schnell er konnte. Was, wenn Mattis tot war? Was, wenn das Letzte, was sie ihm gesagt hatte, war, dass sie nichts mehr mit ihm zu tun haben wollte?

Bilder, da waren so viele Bilder, die plötzlich über sie hereinstürzten. Mattis mit der ersten Zahnlücke, Mattis auf dem Segelboot, den Wind im Gesicht, Mattis, der sie wegen des Golfens auslachte, Mattis, der neben ihr durch die Strandfliederwiesen lief, Mattis, der sie küsste, in einer einzigen Nacht, der sie gestreichelt hatte, der ihr in die Augen geschaut hatte – bis auf den Grund ihres Herzens. Mattis.

»Ich muss da hin.«

Olli erkannte sofort, wie es um sie stand. »Komm, ich fahr dich mit dem Auto hin.«

Lina war schon dem Wind entgegen losgerannt, wissend, dass Oliver ihr folgte. Kein Sturm dieser Welt konnte sie jetzt aufhalten. Eine Welt ohne Mattis war eine Welt ohne Leben.

Das Krankenhaus war das einzige Gebäude weit und breit, in dem Licht brannte. Natürlich verfügte es über ein Notstromaggregat. Lina hatte sich schon abgeschnallt, bevor Oliver den Wagen zum Stehen gebracht hatte. Die Fahrt über hatte sie geschwiegen, es gab keine Worte. Mattis war immer zur Stelle, wenn er helfen konnte. Und er war niemand, der sich drückte, oder? Sicher war er im Stromwerk gewesen. Linas Magen war zu einem schmerzenden Klumpen zusammengeschmolzen.

Ängstlich stürmte sie in das Krankenhaus an den Empfang.

»Wo finde ich Mattis?« Sie brauchte keinen Nachnamen, sie kannte die Rezeptionistin, es war eine Stammkundin, Paula, die jedes Jahr am Muttertag in der *Blühenden Phantasie* einen Strauß für ihre Mama orderte.

Paulas Gesicht nahm einen grauen besorgten Gesichtsausdruck an, der nichts Gutes verhieß. »Er ist im ersten Stock. Du findest das Zimmer gleich, aber …«

Lina hörte schon nicht mehr zu. Sie wusste, wohin sie gehen musste. Es war keine Option, auf den Fahrstuhl zu warten, auch wenn das Krankenhaus weiter mit Strom versorgt war.

Auch ihr Bruder, der gerade hereinkam, war Lina völlig egal. Sie rannte die Treppe hinauf, immer zwei Stufen auf einmal nehmend. Oben war sie völlig außer Atem, während sie den Gang hinunterlief. Aber sie ignorierte es, sie ignorierte ihre brennenden Lungen. Weiter vorn war eine Menschenmenge versammelt. Lina rannte direkt darauf zu. Als sie dazukam, herrschte betroffenes Schweigen.

»Was ist passiert?« Sie fragte irgendwen. Lina kannte den Mann nicht, doch er trug einen weißen Kittel, sicher war er Arzt.

»Das darf ich Ihnen nicht sagen«, wies der Mann sie ab. »Schweigepflicht.«

»Hey, Lina. Es war ein Stromschlag.« Frau Dietrich! Dass die auch hier war, hätte Lina sich denken können. Sie spürte, wie Wut in ihr aufflammte, als sie den reißerischen Ton der alten Frau hörte. »Muss schlimm gewesen sein, er war sofort tot.«

Tot. Lina ließ Frau Dietrich einfach stehen. Sie drängte sich zwischen den Menschen hindurch zur nächstgelegenen Tür. Niemand hielt sie auf. Alle waren mit sich beschäftigt. Da war der Bürgermeister, Lina sah ihn aus dem Augenwinkel, ebenso erkannte sie ein paar Mitarbeiter aus dem Rathaus, eine junge Frau, die weinte. War das Susanne? Es war Lina völlig egal, das alles zählte nicht mehr. Sie spürte das kühle Metall der Türklinke unter ihrer Hand und drückte sie hinunter. Mattis, sie wollte nur noch zu Mattis.

Schnell schloss sie die Tür hinter sich und lehnte sich dagegen. Für Sekundenbruchteile schloss sie die Augen. Nachdem sie sie wieder öffnete, wurde sie ihrer Umgebung gewahr. Da stand das Bett und darauf lag unter einem Laken ein Körper. Die Stille in dem Raum war mit den Händen zu greifen. Sie wollte, sie hätte den Mut gehabt, den weißen Stoff hochzuheben. Lina glaubte zu fühlen, dass kein Leben mehr im Raum präsent war außer dem ihren. Vorsichtig trat sie einen Schritt näher an die Liege, aufgehalten von einem Gefühl von Ehrfurcht vor dem Tod, das sie langsam und behutsam sein ließ. Außerdem hatte sie Angst, solche Angst vor der Wahrheit.

Plötzlich, als sie das Bett fast erreicht hatte, erblickte sie ein winziges Detail: ein paar dunkle Haare schauten unter dem Laken hervor, das auch über das Gesicht des Toten gelegt worden war. Mattis Haare, daran bestand kein Zweifel, die Haarfarbe, alles passte. Der Körper unter dem Laken war Mattis!

Ein Laut, der ihr selbst fremd war, entrang sich ihrer Kehle. Es war ein Ausdruck tiefster Trauer, der sich in diesem Moment der Erkenntnis entlud.

Lina spürte, wie ihre Beine unter ihr zu zittern begannen. Oh Gott, dieser Schmerz!

»Mattis, oh Gott, Mattis! Es tut mir so leid.« Die Stimme, die sie da hörte, war nicht ihre und war es doch. Ihr Blick hatte sich festgesogen an den Haarsträhnen, diesen braunen vollen Haaren, die sie immer so schön an ihm gefunden hatte. Ein weiterer Schluchzer erschütterte ihren Körper.

Sie wollte zu Mattis gehen und konnte nicht, sie wollte weglaufen und konnte nicht, sie wollte, dass dieser Schmerz aufhörte, doch das würde er nicht. Das hier fühlte sich an wie das Ende. Ab hier ging es nicht weiter. Ab hier gab es nichts mehr, für das es sich lohnte weiterzuleben.

Draußen tobte der Sturm und in Lina das schlimmste Inferno, das sie jemals gefühlt hatte. Sie wünschte sich, in Ohnmacht zu fallen. Stattdessen starrte sie auf die Leiche, unfähig, sich zu bewegen.

»Ich hab dich so geliebt, Mattis. Ich hab dich so geliebt.« Sie wiederholte die Worte wie ein Mantra, als ob sie ihn einzig durch ihre Liebe zum Leben erwecken konnte. Sie schlang fest die Arme um sich. Tränen rannen ihr über die Wangen.

Das alles passierte in Sekunden, aber was war schon Zeit?

Lina bemerkte nicht, dass die Tür hinter ihr sich öffnete.

»Mattis. Ich hab dich so geliebt.« Sie wiegte ihren Körper, weinte, weinte.

Schritte kamen von hinten auf sie zu.

»Oh, Mattis.« Lina wollte ihre Finger in diesen Haaren vergraben, sie wollte ihm sagen, dass alles falsch war, alles grundverkehrt.

Arme legten sich von hinten um ihren Körper, starke Arme, die sie zu sich herumdrehen wollten. Doch Lina wehrte sich. Sie würde nicht gehen. Sie würde bei Mattis bleiben, koste es, was es wolle, da konnte Oliver sich auf den Kopf stellen. Die Kraft, die sie entwickelte, war die einer Löwenmutter, die um ihr Junges kämpfte.

»Lina, alles wird gut.« Sie hörte ihn. Ihr Weinen verstummte schlagartig. Sie ergab sich in die Arme, die sie hartnäckig umschlangen. Jetzt war sie es, die sich umdrehte, blitzschnell.

Strahlend blaue Augen schauten sie an, hielten sie auf Armeslänge entfernt, trockneten mit einem Hemdsärmel ihre Tränen.

»Mattis, du …« War er es wirklich? Wie konnte es sein? Spielte ihr Verstand ihr Streiche? Er lag doch dort drüben, auf der Bahre und … Das Zittern ihres Körpers erreichte ein neues Ausmaß. Sie hatte sich nicht mehr unter Kontrolle. Die Ränder der Welt verschwammen vor ihren Augen.

»Ganz ruhig, Lina, komm her. Alles ist gut, ich bin da. Na los, Linchen.« So hatte er sie ewig nicht genannt, nicht mehr seit dem Fiasko mit Bent. Niemand auf der Welt nannte sie so – außer Mattis. Er war es wirklich. Und alles andere war ihr in diesem Moment egal, es war einfach egal.

»Ich liebe dich auch«, flüsterte er, ganz leise nur. Aber Lina hörte ihn, oh ja, sie hörte ihn sehr genau, bevor sie sich an Mattis' Brust warf, ihr Gesicht an ihn schmiegte und tief seinen Duft einsog. Sie schluchzte und schlug ihm mit der Faust gegen den Oberarm, bevor sie sich mit aller Kraft an ihn drückte. Sich in seiner Umarmung zu wissen, bei ihm zu sein, war alles. Sie wollte ihn nie wieder loslassen, keine Sekunde lang, egal, was gewesen war.

Sie standen eine Ewigkeit so da, ineinander versunken.

»Komm, gehen wir raus.« Es war Mattis, der schließlich die Stille durchbrach. »Ich glaube, wir haben einiges zu besprechen, hm?« Er lächelte sein warmes, gütiges Mattis-Lächeln. Dieses Lächeln, das ihr mehr Heimat war als die ganze Insel mit all ihren Dünen, dem Strandflieder und dem Meer. Sie verstand in diesem Moment nur zu gut, warum es so leicht für Claudia war, Ruth an den Bodensee zu folgen, denn sie wäre mit Mattis überallhin gegangen, ohne zu zögern.

Als Mattis Lina hinausführte, einen Arm um sie gelegt, nahm sie jedes Detail wahr. Im Gang stand noch immer eine Traube Menschen. Mattis dirigierte sie einfach an ihnen vorbei. Sein Blick wies Frau Dietrich in die Schranken, ohne dass er ein Wort an sie richten musste, und Lina war ihm nur zu dankbar dafür.

Sie gingen hinüber zu ein paar Stühlen, die an der Wand ein Stück weiter unten im Gang standen, und setzten sich.

Draußen tobte der Sturm. Man hörte ihn bedrohlich pfeifen. Er hatte Schäden angerichtet, große Schäden, und er schien noch nicht fertig damit zu sein, obwohl er schon beträchtlich nachgelassen hatte. Trotzdem fühlte Lina sich so sicher wie seit Jahren nicht.

Kapitel 20

Es schaukelte ein wenig, aber gar nicht so viel, wie man bei dem Schietwetter hätte vermuten können. Allerdings hatte der Wind jetzt auch nachgelassen und war massiven Regenschauern gewichen, sodass die Tropfen auf das Dach der Kajüte trommelten. Mattis und Lina hatten sich in sein Segelboot zurückgezogen. Kerzen brannten, obwohl es auch wieder Strom gab – aber auf dem Schiff war es so einfach gemütlicher. Sie saßen nebeneinander, mit viel Platz dazwischen, wie Lina fast schon schmerzlich auffiel.

Im Krankenhaus hatten sie miteinander geschwiegen. Im Flur war ohnehin nichts zu hören gewesen als leises Raunen. Die allgemeine Betroffenheit war nicht zu übersehen. Es war ein Mitarbeiter der Stromwerke gewesen, der den Unfall erlitten hatte. Warum, wusste man nicht genau. Er hatte eben erst dort angefangen und zufällig Dienst gehabt. Die bedauernswerte junge Frau, die geweint hatte, war seine Tochter, die gerade für ein paar Tage zu Besuch auf der Insel war.

Mattis war zu den Stromwerken gefahren, um zu helfen. Obwohl er sich diesmal schon gedacht hatte, dass es seinen

Kompetenzbereich sicher übersteigen würde, wollte er in dieser Ausnahmesituation seine Unterstützung anbieten, auch wenn die Reparatur einer Waschmaschine oder das Austauschen der Leuchtmittel im Rathaus rein gar nichts mit der Instandhaltung oder Instandsetzung eines Stromwerkes zu tun hatte. Mattis war ein Allrounder, wie er im Buche stand.

Jetzt saß ihm Lina gegenüber und konnte gar nicht anders, als Mattis die ganze Zeit anzustarren, und widerstand nur schwer dem Impuls, ihn ständig zu berühren, um sich zu vergewissern, dass Mattis tatsächlich da war.

Er hatte Tee gekocht und Lina die dicke Decke gegeben, die immer unter der einen Sitzbank verstaut auf ihren Einsatz wartete.

Sie beide schwiegen, lauschten Regen und Wind, und niemand schien, nachdem sich die Sache mit dem Toten aufgeklärt hatte, so recht zu wissen, wo er an ihr Gespräch anknüpfen sollte, obwohl so viel Ungesagtes in der Luft lag, dass Lina das Gefühl hatte, kaum atmen zu können.

Ich liebe dich auch hatte er gesagt, und dass sie Dinge zu besprechen hätten. Nun schienen beide nicht zu wissen, wo sie anfangen sollten.

Schließlich war es Lina, die das Wort ergriff. »Ich dachte, die junge Frau im Gang sei Susanne.«

»Wie bitte?«

»Na, die so um ihren armen Papa geweint hat.« Lina dachte daran, wie schrecklich die Ärmste sich fühlen musste.

»Ach, Lina.« Mattis ließ den Kopf hängen, fuhr sich mit der Hand durch die dunklen Wuschelhaare »Es tut mir alles so leid.«

Sie beobachtete seine Reaktion, zog die Decke noch enger über ihren Schoß. Linas Hose war fast wieder trocken. »Was denn genau?«

»Das alles. Ich bin so ein Idiot.«

Lina dachte an die Situation mit Bent, an ihr Gespräch an seinem Fenster mitten in der Nacht, das mehr ein Monolog als ein Dialog gewesen war, an sein Schweigen. Aber Mattis so traurig zu sehen, tat Lina auch weh.

»Es ist alles nicht so schlimm.« Dass sie ihn verloren geglaubt hatte, rückte alles Geschehene in ein neues Licht. »Ich versteh ja, dass du Susanne so sehr liebst, dass du …«

»Boah, Lina, hör auf!« Er schrie fast.

»Aber …«

»Nein.« Er schüttelte so heftig den Kopf, dass seine Haare nur so flogen. »Verstehst du denn nicht?«

Lina starrte ihn an. Die Intensität, mit der er sie anblickte, war kaum auszuhalten.

»Es gibt keine Susanne. Es gibt überhaupt keine andere Frau. Ich habe es versucht, ja, aber es hat mit keiner gepasst.«

Lina brauchte ein paar Augenblicke, bis sie verstand, was Mattis gesagt hatte – und dann verstand sie auch nur die Worte, allerdings nicht die Botschaft. »Wie bitte?«

»Ich habe dich angelogen. Ich wollte, dass du eifersüchtig wirst. Als ob das je funktioniert hätte!« Er schnaubte verächtlich aus. »Aber dann ist alles durcheinandergeraten. Ich hab Bent bei Ines gesehen, als ich ihre Waschmaschine repariert habe. Und die zwei haben sich über den Tanzunterricht unterhalten. Bent hat heftig geflirtet, Ines immer wieder berührt und zweideutige Kommentare gemacht. Da war mir klar, dass er ein doppeltes Spiel spielt.«

»Warum hast du mir das nicht einfach gesagt?«, fragte Lina verständnislos.

»Wie hätte das denn gewirkt? Und hättest du mir geglaubt? Du warst so verliebt in diesen … diesen …«

»Frau Merkel sagt, er ist ein Dummdödel.«

Mattis und Lina grinsten einander an, obwohl die Situation nicht komisch war. Das alte vertraute Band war noch da.

»Ja. Das passt. Ich wollte einfach, dass du mit eigenen Augen siehst, was er für einer ist, weißt du?«

»Das habe ich«, gab Lina trocken zur Antwort. »Das habe ich sogar sehr deutlich.« Ihr kam das Bild von der armen Frau in Ines' Bikini in den Sinn.

Sie spürte in sich hinein. Komisch. Bent war, obwohl ihr letztes Treffen noch nicht so lange her war, schon völlig unwichtig geworden.

Wieder entstand ein minutenlanges Schweigen. Von irgendwoher holte Mattis eine Tüte Gummibärchen, machte sie auf und legte die Tüte in die Mitte des kleinen Tisches. Die Folie knisterte leise, als er sich ein rotes Bärchen herausholte. Er nahm immer zuerst die roten heraus, wie Lina wusste. Erneut musste sie lächeln.

»Warum wolltest du mich denn eifersüchtig machen?«

Das stete Prasseln des Regens war zu vereinzeltem Tropfen geworden.

Es war einfach nicht Mattis' Art von sich aus emotionale Gespräche zu führen. Da musste Lina die Initiative ergreifen, um ihn aus der Reserve zu locken.

»Meine Güte. Kennst du mich denn überhaupt nicht? Ich renn dir doch seit Jahren hinterher! Und du hast Justus und Bent und dein Leben, während ich darauf warte, dass ich endlich nicht mehr unsichtbar bin.« Mattis war laut geworden. »Seit damals, an deinem Geburtstag, hab ich gehofft, du würdest mich genauso wollen wie ich dich, aber …«

»Halt! Stopp!« Lina war wie vor den Kopf gestoßen. »Du bist doch damals verschwunden! Ich bin aufgewacht und war ganz allein.« Ihre Augen füllten sich mit Tränen bei der unschönen Erinnerung. Überhaupt: Ihre Nerven waren nach dem heutigen Tag einfach zu dünn.

»Linchen. Ich war Schrippen holen. Das ist alles. Ich wollte dir ein Frühstück machen. Und als ich zurückkam, warst du verschwunden und ich allein mit meinem Buttercroissant.« Er klang bitter, genau wie sie selbst sich fühlte.

»Wir waren an dem Abend beide nicht nüchtern, und ich dachte, du wärst einfach davongelaufen.« Mattis stopfte sich eine ganze Handvoll roter Gummibären in den Mund und kaute energisch. »Mir war es wirklich lieber, weiterhin mit dir befreundet zu sein, als mir eine Abfuhr einzufangen.«

Langsam dämmerte Lina, was passiert war. Sie waren beide nichts weiter als sprachlose Feiglinge.

»Aber – all die anderen Frauen?«

Mattis schluckte die Gummibärchen runter, dann lächelte er. Es sah müde und kein bisschen fröhlich aus. »Es gibt keine anderen Frauen. Ich habe es versucht, natürlich. Ich meine, wer würde nicht versuchen, sich zu betäuben, nicht wahr? Doch es gibt mir nichts. Ich will sie alle nicht. Ich wollte immer nur dich.«

Lina dachte daran, wie sie mit Mattis und Olli auf dem Weinfest gewesen war vor zwei Jahren und wie Mattis mit einer Blondine verschwunden war. Auch an das Gefühl dazu konnte sie sich noch erinnern – als hätte ihr diese Frau etwas weggenommen, das ihr gehörte.

Ich wollte immer nur dich, hatte er gerade gesagt. Und als er sie jetzt anschaute, intensiv wie nie, wusste Lina, dass das, was er sagte, der Wahrheit entsprach.

Sie dachte an die vergangenen sieben Jahre. Sieben! So viel Zeit, die sie beide hatten verstreichen lassen.

»Oh mein Gott«, stieß sie betroffen hervor.

»Ich weiß, dass das einseitig war. Und ich hab mich damit abgefunden. Ich dachte immer, dass ich irgendwann darüber hinwegkomme.« Mattis wollte wieder in die Gummibärchentüte greifen, doch Lina hielt ihn zurück und nahm stattdessen seine Hand. Die langen Finger, die sie so liebte, die perfekten Halbmonde seiner Nägel, das kleine Muttermal auf dem Handrücken seiner rechten Hand: Lina kannte seine Hände bis in die kleinsten Details.

»Das wollte ich nicht sagen.« Sie hielt seine Hand in ihren beiden Händen, drückte sie fest, viel zu fest. Lina suchte seinen Blick.

»Warst du vorhin in dem Zimmer mit dem armen toten Mann nicht dabei? Hast du mich nicht gehört?«

Mattis schaute sie an, er schien bis auf den Grund ihres Herzens zu blicken. »Ich liebe dich. Ich glaube, ich liebe dich schon immer. Und ich liebe dich nicht wie meinen Bruder. Das mit dir war etwas ganz Besonderes für mich damals an meinem Geburtstag.«

Lina zögerte. War es zu viel, wenn sie sich ihm vollständig offenbarte. Nein, entschied sie, es war wirklich höchste Zeit, sich ganz und gar zu öffnen. »Es war mein erstes Mal.«

Lina sprach ganz leise, doch Mattis verstand jedes Wort.

Seine Augen wurden groß vor Überraschung, dann wurde der Ausdruck in ihnen ganz weich, als würde er gleich weinen.

»Ich habe das nicht gewusst«, entgegnete Mattis mit einer Stimme so rau wie Schmirgelpapier.

»Ich weiß«, antwortete Lina nur, ganz schlicht. Es war zu viel nicht gesagt worden, dafür, dass sie einander so wichtig waren. Ab sofort würde Lina alles sagen, nahm sie sich vor. Denn was hatte ihr ihre Sprachlosigkeit gebracht? Nichts als Kummer!

Mattis und Lina schauten einander tief in die Augen. Dann konnte Lina es einfach nicht mehr erwarten. Sie beugte sich nach vorn, ein wenig zu schnell vor lauter Erwartung, und dann küsste sie ihn. Sie wusste, wie es sich anfühlen würde, denn sie hatte es nicht vergessen, ihr Körper erinnerte sich, ihre Lippen erinnerten sich, ihr Herz erinnerte sich.

Mattis erwiderte ihren Kuss ohne ein Zögern, schloss Lina in seine Arme, hielt sie ganz fest, wie schon zuvor in der Klinik und doch so ganz anders.

Linas ganzes Sein wollte zu Mattis und ihn so nah wie möglich spüren. Endlich konnte sie ihren aufgestauten Gefühlen freie Bahn lassen. Zärtlich glitt sie mit den Händen unter seinen Pullover. Es war ganz anders als bei Bent, wo sie immer das Gefühl begleitet hatte, der Moment, um aufs Ganze zu gehen, um ganz und gar bei ihm zu sein, sei noch nicht gekommen. Mit Mattis gab es kein Wartenwollen.

Sie strich seinen muskulösen Rücken hinauf, fühlte seine weiche Haut und konnte es kaum erwarten, ihm den Pullover über den Kopf zu ziehen. Aber Mattis kam ihr zuvor. Er löste sich von Lina und streifte das überflüssige Kleidungsstück ab. Dann wandte er sich ihrer Jacke zu. Sie konnte am Glitzern in seinen Augen sehen, dass es ihm wie ihr erging. Er konnte es kaum erwarten, sie noch näher zu spüren. Schon waren seine Finger am Reißverschluss ihrer Hoodie-Jacke. Er zog ihn langsam nach unten, schob ihr das Kleidungsstück von den Schultern. Langsam strich er ihr über die nackten Arme, so sanft, dass Lina unwillkürlich erschauerte. Dann ließ er die Finger unter Linas Top wandern, zog es hoch und streifte es ihr mit einer einzigen fließenden Bewegung ab. Sie trug einen alten Sport-BH, dessen wurde sie sich in diesem Augenblick fast schmerzhaft bewusst. Sie griff ganz schnell nach der Decke, die über ihrem Schoß lag, aber Mattis hielt sie auf.

»Nein, Lina.« Er streichelte über den Stoff ihres BHs, sie fühlte seine Berührung überdeutlich. »Du bist so schön.« Seine Stimme war nur ein heiseres Flüstern. Dann waren seine Finger schon unter ihrem BH, umschlossen ihre Brüste, umkreisten sanft die harten Spitzen.

Und Lina ließ sich fallen. Sie schaltete den Kopf einfach aus und gab sich ganz hin. Mattis' Zeigefinger umkreiste ihren Nabel, während Lina seine Halsbeuge küsste und ihre Hände in Richtung seines Gürtels glitten, wovon sie behutsam einen Pfad entlang seines Bauches hinunter zu der Schnalle beschrieben. Mattis hatte ein Sixpack, perfekt definiert und wunderbar schmale Hüften, die mit seinem breiten Oberkörper den perfekten Kontrast bildeten. Mattis hatte gesagt, sie sei schön, aber er kam Lina noch viel schöner vor, als sie selbst es je würde sein können.

Sie nestelte an seinem Gürtel. Ein unüberhörbares Einatmen von Mattis war die Antwort, die Lina weitertrieb. Sie öffnete die Gürtelschnalle, entkleidete Mattis vollständig. Er wollte sie so sehr wie sie ihn. Längst hatte Mattis sie ihrer noch immer nicht ganz getrockneten Jeans entledigt. Seine Finger streichelten sie zart, fuhren wie zuvor an den Armen jetzt die Innenseiten ihrer Oberschenkel hinauf, was Lina fast in den Wahnsinn trieb. Alles an ihr war blanke Begierde. Sie drückte Mattis eng an sich. Es war keine Zeit mehr für behutsame Zärtlichkeiten, sie wollte Mattis ganz und gar.

Sieben Jahre waren eine lange Durststrecke, und Lina wollte keine Sekunde mehr verlieren. Alles war so fremd und so vertraut zugleich, denn endlich war alles am richtigen Platz.

Es hatte aufgehört zu regnen. Nur das Plätschern des Meeres gegen den Schiffsbug und ihrer beider lauter Atem war zu hören, als sie ihren gemeinsamen Rhythmus fanden und ihre Liebe endlich die Erfüllung erfuhr, die sie so lange gesucht hatte.

Kapitel 21

Blühende Phantasie
Große Neueröffnung

Lina konnte es noch immer nicht fassen, dass sie jetzt ihren eigenen Laden haben würde. Heute war die Eröffnungsparty, die sie für Freunde und Familie veranstaltete, um dann morgen mit dem eigentlichen Betrieb zu beginnen.

Das Geschäft war eine Mischung aus neu und alt geworden, wenn sie sich umsah. Da gab es die kleinen Holztische in weiß mit den bunten Stühlen drum herum, jeder in einer eigenen Farbe, die den ganzen Verkaufsraum lebendig und gemütlich zugleich wirken ließen. Sie hatte auf jeden Tisch eine rote Amaryllis gestellt, ganz schlicht. Aber gerade deshalb wirkte das Arrangement so gut.

Lina hatte kleine Blumengestecke in handgetöpferte Tassen, die sie künftig vom Festland beziehen würde, im Schaufenster arrangiert und auch die Trockenblumenkränze, die ein neuer Verkaufsschlager waren, sahen wunderschön dazu aus. Besonders gut machten sich im Moment die Strohblumen, die sie künftig mit einarbeiten würde.

Hinter der Theke hingen Rollen bunten Papiers, alles Plastik war aus dem Laden entfernt worden. Außerdem gab es keine künstlichen Düngemittel mehr. Lina wollte ihr Geschäft so ökologisch wie möglich führen. Die alten Wannen, bunt bepflanzt, hatte Lina beibehalten, und auch die ersten Christsterne waren schon eingetroffen und ließen vorweihnachtliche Stimmung aufkommen.

Ines war gleich am Morgen mit drei Tabletts voll gebackener Köstlichkeiten gekommen, so wie sie das ab nun jeden Morgen tun würde. Die beiden Frauen hatten sich längst darauf verständigt, dass Ines die neue Mitarbeiterin sein würde, die Lina im Laden unter die Arme griff. Sie war zwar keine Floristin, doch sie würde sich um Kaffee und Kuchen kümmern. Im Advent würde Lina auch Punsch und Glühwein anbieten, vielleicht sogar Plätzchen verkaufen, wofür Ines geradezu prädestiniert war.

Außerdem zeigten die ersten Versuche mit dem Blumenbinden, dass Ines durchaus auch ein Händchen für Blumen hatte und schon schöne Sträuße zustande brachte, die lediglich noch einen letzten Schliff brauchten, um für den Verkauf geeignet zu sein.

Außerdem würde es erfahrungsgemäß so viele Handgriffe zu erledigen geben, dass die Arbeit leicht für zwei reichte.

Gerade hatte Ines ihre süßen Träume in die Vitrine einsortiert, die Lina neu angeschafft hatte, als die Ladentür das erste Mal aufging.

»Olli!«

Linas Bruder kam grinsend zur Tür herein. »Hey, ihr zwei. Ich hätte ja Blumen mitgebracht, aber es kam mir so absurd vor.« Er lachte.

Dann ging er zu Ines hinüber, die ihm einen Florentiner reichte.

»Oh danke, Ines.«

Lina amüsierte sich köstlich. Neuerdings interessierte Oliver sich brennend für Sonnenblumen und Margeriten. Er war fast täglich in der *Blühenden Phantasie*, hatte freiwillig Stühle abgeschliffen und gestrichen und dabei die Augen nicht von Ines abwenden können. Und auch die wirkte durchaus angetan von den Avancen von Linas Bruder. Letztens hatte sie sogar Vanillekipferl gebacken, weil Olli nebenbei erwähnte, dass die süßen Kekse seine absoluten Vorweihnachtslieblinge seien.

»Ich muss eben hinten ins Lager«, sagte sie deshalb auch und ließ die zwei allein. Ein paar Minuten Privatsphäre konnten den beiden Turteltauben mit Sicherheit nicht schaden.

Nachher würden Claudia und Ruth vorbeischauen, die extra für diesen besonderen Tag angereist waren. Auch Mattis, sein Vater und ihre Schulfreundinnen wollten vorbeikommen. Sogar ihre Eltern würden da sein, wenn auch nicht gleichzeitig. Einer musste in ihrem kleinen Hotel bleiben und die Stellung halten. Außerdem hatte Lina einige Stammkunden eingeladen, die heute kleine Gratisblumensträußchen erhielten.

Es sollte ein gemütliches, kleines Fest werden.

Lina füllte Teelichter in kleine, durchsichtige Gläschen, die sie mit Sand und Muscheln dekoriert hatte. Sie würden den Tischen den letzten Schliff geben.

Noch immer hatte Lina großen Respekt vor der neuen Aufgabe. Aber wenn sie eines aus der Erfahrung mit Mattis gelernt hatte, dann, dass man sich seinen Ängsten stellen musste, sonst verschwendete man seine Zeit – und Lina wollte nie wieder Zeit verschwenden.

»Moin, meine Schöne!«

Lina drehte sich um. Da stand Mattis, mit einer übergroßen Flasche Sekt in der Hand. Wie immer reichte es, ihn zu sehen, und ihr Herz schlug schneller. Er beugte sich leicht zu ihr herunter und gab ihr einen sanften Kuss. »Es sieht wunderschön aus vorn im Laden«, meinte er. »Besonders das harmonische Pärchen macht sich gut.« Er lachte.

Lina grinste. »Oh, das finde ich auch.« Sie küsste ihn erneut, dieses Mal inniger.

»Ich rede nicht von uns. Ich rede von deinem Bruder und Ines.«

Jetzt war es Lina, die lachen musste. »Oh ja, gesucht und gefunden, oder? Wäre Ines nicht ein paar Jährchen älter als Olli – die zwei wären sicher seit Jahren zusammen. Wurde echt Zeit, dass es zwischen den beiden Klick macht.«

Mattis nickte. »Ja, das finde ich auch.«

Er nahm ein paar der Windlichter, nachdem er den Sekt abgestellt hatte. »Sollen die rüber, oder?«

»Ja, genau. Danke dir!« Wie immer, wenn Mattis kam, sah er, wo es noch Dinge zu erledigen gab und packte mit an, ohne dass Lina ihn lange bitten musste.

»Ich war übrigens im Rathaus«, warf er noch über die Schulter zurück – ganz so, als wäre das die normalste Sache der Welt und nicht ein weltbewegender Schritt, um den Lina jahrelang gekämpft hatte.

»Und?« Jetzt ließ er sich auch noch alles aus der Nase ziehen. Typisch!

»Ich geh künftig in der Fangsaison nur halbtags arbeiten und fahre ansonsten raus aufs Meer. Da werde ich mir wohl noch jemanden einstellen müssen, der mir hilft. Aber in der

Saison dürfte das kein Problem sein, es gibt immer Leute, die einen Job auf der Insel über den Sommer wollen. Ich kann dann halt nicht mehr so viel für die Gemeinde arbeiten. Aber das hat der Bürgermeister gleich verstanden. Er meinte, er habe eh nie nachvollziehen können, dass ich nicht Krabbenfischer geworden sei, wo die Leidenschaft dafür doch in der Familie liege.«

»Wie schön!« Lina grinste. In den letzten Wochen hatte sie nicht aufgegeben, mit Mattis über Träume zu sprechen. Sein Traum war das Meer, wie ihrer der eigene Laden war. Und es war nur vernünftig, aus Träumen konkrete Ziele erwachsen zu lassen. Ihre leidenschaftliche Rede blieb nun, wo sie ein Paar waren, nicht ohne Wirkung.

Außerdem wurde Mattis' Vater Sven gebrechlicher. Alles sprach dafür, den Familienbetrieb, die Traditionen, aufrechtzuerhalten. Selbst die Fangzahlen waren auf Linas Seite.

»Ich freu mich so«, sagte Lina herzlich.

»Ich weiß.« Mattis war mit den Windlichtern losgegangen, und Lina folgte ihm mit den zwei Gläsern.

»Aber dir ist schon klar, dass du deine Sonntage dann auf einem Krabbenkutter verbringen wirst nächsten Sommer? Sonst seh ich dich ja so gut wie gar nicht«, gab Mattis noch zu bedenken. Als ob er nicht wüsste, wie sehr auch Lina das Meer liebte!

»Hm, da muss ich drüber nachdenken. Gibt es Remoulade?«, fragte sie, um ihn zu necken.

»Natürlich. Ich werde dich mit Krabbenbrötchen füttern, bis du die Dinger nicht mehr sehen kannst.« Mattis positionierte eines der Windlichter neben einer Amaryllis und zauberte ein Feuerzeug aus seiner Hosentasche. Es sah wirklich wunderschön aus, als Mattis die kleinen Kerzen anzündete und sie ihr warmes Licht verbreiteten.

»Ich glaub kaum, dass ich jemals genug von Krabbenbrötchen kriegen kann«, erwiderte sie. Sie hatte einfach eine Schwäche für die Nordsee-Köstlichkeit.

Nachdem Mattis alle Teelichter entflammt hatte, trat er zu Lina und gab ihr erneut einen Kuss. »Na, dann ist es gut. Ich kann nämlich von dir nicht genug kriegen«, flüsterte er Lina ins Ohr. Sein Atem kitzelte sie leicht in der Ohrmuschel, und ein wohliger Schauer durchfuhr sie, bevor sie sich wieder von Mattis löste. Später, dachte sie, später würden sie damit weitermachen, alles aufzuholen, was sie in den sieben Jahren versäumt hatten. Allein der Gedanke löste in ihr diese ganz spezielle Wärme aus, die sie nur für Mattis empfand, und sie konnte es kaum erwarten, nachher mit ihm allein zu sein.

Aus dem Augenwinkel beobachtete Lina, dass Oliver und Ines einander umarmt hatten und sich jetzt auseinanderwichen. Gleich würde die Ladentür aufgehen, die Klingel über der Tür würde ihren fröhlichen Ton hören lassen, und Lina würde all ihre Lieben hier in ihrem Reich begrüßen können, um mit ihnen gemeinsam den Start in ihre neue Zukunft zu feiern. Erneut schaute sie sich in der *Blühenden Phantasie* um. Ihr kleines Blumengeschäft war für Lina wie ein Spiegel ihres Lebens: bunt, gemütlich, warm und fröhlich – aber auch mit der richtigen Prise Spannung gewürzt. Und Lina nahm sich vor, für immer dafür zu sorgen, dass ihr Leben genau so blieb, wie es gerade war.